南派三叔 著

【完结篇】

绝密飞行

北京联合出版公司
Beijing United Publishing Co., Ltd.

目录

目录

谨以此文献给在祖国广袤大山中艰苦奋斗过的老一辈地质勘探工作者。

本故事纯属虚构，如有雷同，纯属巧合。

　　如果我在四十年前的当时，带着那盒胶卷立即原路返回，顺着水势逐渐低落
的地下河离开，那么以后的一切事情，可能都不会发生。

　　然而，在黑暗的地下河上，我们做出了完全相反的决定。

　　到现在为止，我都不知道自己的那个决定是否正确，但是相信即使时光倒流到
那一刻，我还是会做出相同的选择。

　　性格决定着命运。

在 1962 年与 1963 年交会时，对那个异常寒冷的冬天，想必很多人有记忆。那是三年困难时期的尾声，中印边境的战争局势已经明朗，很多人以为混乱的局面已经过去，国内将迎来一段相对稳定的时期。

当所有人的目光都聚集在这些大事件上时，没有人能够想到，在一千二百米深的地下河里，我们正在面临一个抉择。

几十年前，日本人在这条地下河里，建设如此巨大的工程，只是为了在这条狭窄的河道里飞起一架飞机，飞进那片好似无穷无尽的地底虚空中。并且，这一次飞行记录下来的秘密，全都在眼前这盒胶卷里。这份东西如果上交，那么，以我们的级别，这辈子无论如何都不可能知道日本人在这片巨大的深渊里究竟看到了什么。

而我们就算立即离开，也需要跋涉十多个小时才能回到洞口。另外，能够放映这盒胶卷的机器就在身后的大坝里，只需要耽误一两个小时，我们就能知道日本人在这里活动的目的，甚至了解到这片深渊里隐藏的秘密。

那么，在经历了那么多事情之后，是走是留，对于我们这些农村出来的孩子来说，并不是很难的选择。

我现在回想起来，这个决定无疑有点冒险，当时逃进水里的家伙肯定还在附

近潜伏着，如果继续在这里逗留，这家伙一定会是一个麻烦，但当时我们并没有考虑太多。

谁也没有想到，就是因为没有考虑太多，成了整件事情的转折点。

决定以后，我们一边防备着身后有人跟踪，一边走上了回途。

按照来时的路线，我们很快就回到了大坝里，一路走得小心翼翼，也许是因为熟悉路线，没出现什么意外，顺利地回到放映室里。

我们重新打量这间放映室，比起之前的走马观花，这次看得相当仔细，我发现这间放映室并没有我想象中那么小，可能是里面的长木椅给人一种局促的错觉。所有的东西上都有一层极厚的灰尘，这让我担心放映机不能使用。

放映机在整个放映室的后方，是一台铁皮的、大概有弹药箱那么大的机器，有两个转轮连接胶卷的转头，上面全是灰。王四川拿着铁棍守在门口，以防被偷袭。

我没有摆弄放映机的经验，一身冷汗地研究着那台铁皮机器，害怕一不小心弄坏。

其实，放映机的构造并不复杂，当时的机械大多是简单的轮组结构。但不知道是紧张还是出于其他什么原因，我无论如何也没法把胶卷装上去，忙了半天，手上全是汗也没有什么进展，最后还是马在海帮我装了上去。也许因为是工程兵熟悉机械原理，他只是看几眼，就摸到了窍门，接着又找到开关，启动了机器。

前面满是灰尘的白布上突然出现了黑白图案，二十世纪六十年代的航空摄像技术非常不成熟，模糊的黑白画面有点抖，我们什么都看不清楚。

然后，马在海摇动着胶卷轮轴，白布上开始出现活动的画面，我突然兴奋起来。日本人当年为什么要在这里建设这座大坝，以及他们在深渊里带回了什么影像，很快就可以有答案了。

最早的画面是白色的，带着黑点，应该是胶卷上的废片，好比照相机胶片最开始的部分总是黑色。马在海缓缓地摇动轮轴，画面上的黑点跳动着，让我们知道时间在往前走。

走了大概有一分钟，画面却没有任何变化，我有点着急，不知道是马在海不敢加速还是放映机有问题。正在我担心不能放出影像时，幕布上有一行字一闪而过。

马在海好像愣了一下，停住手，然后摇动摇柄慢慢往回倒，把那行字倒了出来，定在幕布上。

这是一行很潦草的日文字，掺杂着一些汉字，我虽然不懂是什么意思，但还是能看出，这是一句非常严厉的警告。

黑色的字在白色的底布上很清晰，那几个"汉字"我认出是一句警告，署名的部分是"特情07绝密筑城工程部队"。

"工程部队"这几个字，使得我一刹那以为是我们自己的抬头。日本人也用汉字，"筑城工程部队"这半句虽然很像中文句式，但我们一般称自己为"建设兵团"，或者"内蒙古工程部队"。"筑城工程部队"听起来非常奇怪，很像是日本人在这里建设要塞的部队自称。

让我觉得有问题的是，这行字并不是字幕常用工体字，而是手写的，像是影像拍完之后用笔写在了胶片上。

那行字很长，我猜想是"这是一盒绝密胶卷，你没有权力观看"之类的含义？这行字肯定蕴含了其他信息，因为只是这么写在胶卷上，在幕布上显示的时间不会超过一秒，等别人意识到它，内容早该看完了。

"绝密"两个字让我觉得呼吸困难，我想到了下来前发的誓言，想不到日本人也会用相同的字眼。

我对马在海打了个招呼，马在海反应过来，又开始转动摇柄。几秒钟后，上面终于出现了画面，我们再次屏住呼吸看起来。

有连续画面的部分时长长短不一，包含的信息量非常少，我们看完全部的影

像，只用了一个小时。但是播放完后，没有人去理会静止的画面，只是静静地坐着，心中的惊骇难以形容。

影像内容大体可以分为两个部分，前面是大概十分钟的各种零散的资料片段，后面是整体的航拍片段。

影像内容其实质量不高，中华人民共和国成立前各种空中侦察进行的所谓航拍，一般都使用航空摄像机。当时的航空摄像机因为各种技术限制，在空中拍摄到的画面都抖得非常厉害，这从美国拍摄轰炸长崎的黑白影像上就能了解。

庆幸的是，这盒胶卷还能基本表现出画面的各种细节，我能分辨出白布上的图像，只是没有声音。不知道它本来就是默片，还是因为这里没有音频系统设备。

胶卷本身展示的内容十分少，感觉没有去营造氛围，更注重记录一些信息。这份胶卷展示的内容每一段时长都非常短，但是包含很多信息，而且都和之后的事情有关系，无法省略，我需要全部记述出来。

这些影像应该是日军的随军摄影师拍摄的，当时的日本是一台战争机器，随军摄影师负责记录的战争侧写片段，有些会被作为战争资料保存，有些会在军事会议上使用。现在的日军侵华资料，基本上都是这批人留下的。

我想那个摄影师可能想不到，我们会是这些影像的第一批中国观众。

第一部分画面，展示的是地面上的情景。黑白画面上出现了一个机场。那是个白天，我们能看到非常明亮的天空。在处在地下河的深处，举头就是漆黑的岩石，看到幕布上映出苍白天空的一刹那，我心中产生了一种强烈的渴望。

机场上停着几架飞机，四周有很多日本鬼子在搬运东西，飞行员也在其中。摄像机拍摄到那些鬼子后，又一下转了过来，改为拍一个穿着军官服装的人，且重复了好几次。这组画面被快速切换，再加上多余的抖动，给人一种非常急促的感觉。

没等我看清那个日本军官的模样，这些画面又飞快地跳了过去，变成两个日本飞行员在飞机的机翼下谈话。两个人一边说话一边拍着飞机的起落架，一副哈哈大笑的姿态。

没有声音（就算有我也听不懂），这些画面让人产生很多的联想。接下来，画面变成了从飞机舷窗往下拍摄的角度，我们看到地面的村庄、森林和河流。那是真的在天空，不是在地下河。这应该是他们来这里的前期准备过程，当时东三省还被日本人控制着，他们在这里可以从容地调动飞机。之后镜头一会儿扫向舷窗外，一会儿拍摄飞机的内部，我能猜到这是一架运输机，里面蹲着很多的鬼子并放着成堆的东西。

所有的鬼子都低头不语，随着机身的晃动而晃动，看上去非常疲惫，很像我们当时在卡车后斗里的情况。

画面快速切换，这一部分很快就放完了。

这些镜头看上去没有什么意义，但包含了很多的信息：第一，在××战争时期，只有相当紧急的行动，才会使用飞机运兵，说明摄影师应该是从离目的地很远的地方赶来的，而且很紧急；第二，摄影师拍了很多生活化的画面，这也许可以推测出，他在拍摄这些画面时，还不知道自己在执行真实的拍摄任务——否则，我相信他绝对没有那份闲心。

往后，画面立即变成他们进入丛林的片段。我看到了林子深处那几栋现在已经腐朽的日本木房军营。

在影片里，那里应该刚刚搭建完成，这时我又看到了那个日本军官，黑白的画面使得他的面色看起来非常苍白。他正呆呆地、漫无目的地看着忙碌的人群。

这一次，镜头停留的时间长了一点，我看着画面上那张脸，心里觉得有点毛毛的。

也许是因为电影里的日本人都长得非常可笑，台本戏里的鬼子也都是找丑角来演，但这个真正的日本鬼子，长得十分正常。

我再要仔细去看，却发现他的脸上透出一股很怪的气质，这股气质，远远比电影里的那些反派演员给我的感觉可怕得多。

我的童年经历过战争的最后阶段，那个时候，我听说过无数关于日本鬼子的传言，他们就是最凶狠的怪物。又因为当时在非战区，我实际上没有见过他们，所以鬼子再可怕，对我来说也只是一个想象中的东西而已，从小到大看到的，都是电影里的角色、老人的口述和宣传队台本戏里的东西。直到现在，我才终于看

到，原来真正的日本鬼子是这样的。

他们并不是丑陋的怪人，看上去也和我们一样，但不知道为什么，这种感觉却让我更加厌恶。

镜头停留的时间很长，我以为这是出于对这个军官的尊敬，但很快就知道不是那样，因为有一个女人来到军官身边，他们开始交谈。

镜头开始拍摄那个女人。那个女人显然也发现了自己正在被拍摄，冲镜头的方向看了几眼，但也没有在意，还是继续和军官说着什么。

这个女人谈不上漂亮，但身形很修长，也穿着军服，镜头还拍到了她的脸。

这个时候，看着这女人的表情，我忽然感觉到一股异样，心里闪过一种奇怪的感觉。

没等我仔细去品，关于木屋的几个镜头已经快速闪过，军官和女人都消失了，幕布上又回到了一片漆黑的状态。

我觉得不对，刚想让马在海倒回去看，幕布一下再次亮起，我又看到画面上出现了奇怪的影像，顿时把我因为那个女人出现的奇怪感觉压了下去。

那是一个光球，有脸盆那么大，光球内部，好像有什么东西在涌动。

我不明白那是什么，难道是月亮？但仔细看那形态就知道不是，那光球太圆了，中秋节的月亮也没有那么圆。

难道这已经是深渊里的景象？我紧张起来，那这是什么？深渊里面怎么会有一个像月亮一样的光球？

那可真是匪夷所思到极点，而且，为什么中间没有任何过渡？我感觉不太对劲，至少也应该拍摄一下飞机飞入深渊时的情形。

接着，那个光球开始在幕布上移动。

那种感觉非常诡异，因为光球移动的方式十分生硬，从幕布中心移动到上方，然后移回中心，接着往下，几秒后又消失了。幕布重新漆黑一片，很快光球再次出现，再次移动，就这样重复了好几次。

奇怪的是，看着看着，我对这个画面并不感觉陌生，好像在哪里见过。

我想了一会儿，忽然就知道了光球是什么。我想起了当时马在海用探照灯照射深渊穹顶的情形，妈的，这是探照灯的光斑。

但我还是觉得莫名其妙，心说：鬼子为什么要拍摄一个光斑？摄像机难道拍到了什么奇怪的东西？

但是光斑里什么都没有。

"这是什么？"王四川不解地问。

我把我的猜测一说，马在海就点头道："吴工说得对，这是探照灯，他们好像在做调试。"

"调试？"我问道，"调试什么？"

他道："我觉得应该是在做摄像机和探照灯之间的协调工作，我以前看见我们军区二炮的人调试过。当时是在做高射炮演习，探照灯跟着高射炮走，和这个感觉很像。我们装电台的时候也这么干，开一下，收一下，看看效果。用电的东西不好好调试一定会出问题，这是我们连长说的。"

马在海说得有点小心，可能是因为我们两个"工"都不知道，他怕说得太多驳了我们面子。

我明白了，这时再看，就发现光斑中的那些涌动的感觉，确实好像是流动的河水。如果是这样，那飞机这时应该已经停在大坝内部的铁轨上，摄像机也固定在飞机上了。接着，马在海加快了速度，画面变快，一下又黑了。

一刹那，我的心紧缩了一下，人也开始轻微地发抖，因为我知道，接下来，即将看到最关键的东西。

几秒钟后，幕布再次亮起。

我屏住呼吸，看到了一片虚无的黑色，刚才看到的光斑变得很小，那是探照灯光在深远距离下的效果。从画面的抖动程度来看，飞机已经飞了起来，这时画面上的黑暗，就是那片诡异深渊的体现。

我能看到深渊下有一层隐隐约约的雾气，它是深灰色的，给人的感觉很奇怪，介于固体和气体之间。但是因为清晰度、距离还有光线的关系，我们没法感受太多。

从画面上能感觉飞机正在缓慢地下降，逐渐靠近下方的雾气，但到一个高度就停止了，接下来是平飞的过程。

之后的十几分钟，我们能看到飞机贴着雾气在飞，雾气就在下方，但没有什么变化。

这是我可以预料的，但没有想到深渊竟然这么大，以飞机的速度，飞行十几分钟还没有到头——那里面到底有多大？

这十几分钟里，画面几乎没有什么变化，但我们根本不敢移开眼睛，就怕错漏了什么。

就在这时，忽然画面一白，我们由于精神过于集中都惊了一下，接着画面快速地闪过了一行字。

马在海立即停手，把画面倒回去，把那行字放了出来。

那是一组数字，和之前的一样，也是非常潦草的手写字体。那几个符号我倒是认识，那是高度、时间和一些方位数据。

这是一个标注，应该表示下面的影片中，出现了什么异常的东西。

我紧张起来，画面切换以后立即重新亮起，我当即就发现，飞机的状况和刚才完全不同了，幕布上的图像全在奇怪地抖动。

这种抖动十分激烈，显然当时的飞行状况很不好。在这种震动下，我们基本没法看到连续的镜头，只能勉强看到晃动中难得的以秒计算的稳定画面，让我头昏欲吐。

一路看下来，连续性画面最长也只有十几秒，但我还是发现，飞机这时在做一个弧度极大的俯冲，同时还在转向。

我非常清楚他们这么做的目的，因为在画面上，能看到他们正在迅速逼近一团雾气。而在那团雾气之中，我看到了一个巨大的影子，能看到的部分就有六七层楼那么高。

那一瞬间我目瞪口呆，倒不是因为影子的大小，而是在那十几秒闪过的几个画面里，飞机转了几个很大的角度。从任何角度来看，我们都只能隐约看见藏在雾里的巨大物体。我下意识地觉得不对，招呼马在海定格了仔细去看，立刻发现那竟然是一个人影。

这个巨大的人影，在雾中双手垂下，好像在哀悼什么。它并不清晰，但是绝对不能说是模糊的。

我简直不敢相信自己的眼睛，后背的汗毛瞬间就立了起来。

不能完全肯定这是一个人，但是那形状就算不想承认，我也无法骗自己说我看错了。

它站在浓雾中若隐若现，探照灯无法穿透浓雾，我们也就无法看清那到底是什么，是鬼斧神工的石头，还是什么神人雕刻的石像？

画面再次变化，飞机最后几乎贴住那层雾气，拉起摄像机头俯冲到一团迷蒙

绝密飞行

里，再拉起来，幕布上的图像一下停止不动了。

我满手都是冷汗，这个突兀的停止把我从震惊中拉回来，王四川马上去看放映机，就发现胶卷放到底了，显然拍摄到这里时，胶卷正式用尽。

整个放映室里一片寂静，谁也没有说话，我们都看着幕布上定格的画面，静止的画面什么都分辨不出来。

我不记得王四川那时候说了什么，无论他们说了什么都没有意义，我的大脑也没有思考，我的手已经把烟盒摸了出来，但哆嗦得连根烟都抽不出来。

一直到马在海把放映机关掉，幕布还原成那块破旧的白布，我的思绪才缓了回来，问了第一句话："这是什么东西？"

没有人回答。

我努力镇定，把哆嗦抑制下去，点火抽了口烟，看向王四川，王四川也看了看我，面色比马在海还要苍白。

我们受过大学教育，当时的教育水平虽然达不到现在的水准，但是横向比较，中国当时的大学教育不会比世界上同期的大学逊色太多，特别是我们这样的专业，师资都是当时留学苏联和留美的那一批老专家学者。能在他们手下毕业，我们对于自己的理解能力都很自信。

而这一批人都是坚定的唯物主义者，我们受到的自然也是这样的教育，这其实非常可怕，因为无神论者无所畏惧，一旦遇到一些无法解释的事情，受到的冲击力就比一般人更厉害。

我想做出一些可行的推测，但是什么都想不出来。单凭一个模糊的影子，没法进行任何思考，但我明白，那不是幻觉或者错觉。

在地下一千多米的地方，有一个如此深远的巨大空腔，已经是地质学上的奇迹。然而，在这深渊里，竟然还立着这样一个东西，这是谁的杰作？

看那个黑色影子的形状，一定是人造的东西，但在这样一个地方，谁能够造出这么巨大的东西？

我的唯物主义世界观不可避免地动摇了。我们的脑子里都是疑问，我也明白没有人可以为我们解答。

一边的王四川忽然长出一口气，走到我边上问我要烟，我发现他的手也在轻微地哆嗦。

我递给他一支，把我的烟头也递过去让他对着点上，又丢给马在海一支。那孩子已经完全蒙了，过了很久才过来接走。王四川拿着烟却不抽，而是放到前面的木椅上，然后跪下，行了一个奇怪的礼，同时嘴里念着他们民族的话。

这个举动更加奇怪，我等他念完，他才对我们道，他在祈祷"额赫嘎扎尔"的保佑，一般是要点香灯的，但现在只有香烟。他说以前他一直不相信父母对于"地母"的说法，觉得是迷信，现在也是半信半疑，但还是要给予尊敬地好。

我想和他说这确实是封建迷信，但看着幕布上的东西又说不出话来。一边的马在海问王四川祈祷要怎么做，王四川说"地母"只保佑他们族群，马在海才作罢。

整盒胶卷的内容就到此为止，我们没有再看一遍，也没有继续讨论，因为不知道该讨论什么。这件事情已经完全超出了我们的认知范围，马在海念了几句"菩萨保佑"，我们都静了下来。

几分钟后，王四川取下胶卷，重新装好，对我们道："事情就到这里了，现在咱们得有个默契。"

我们看向他，他已经恢复原来的神色："再想也没有用，光凭我们不可能知道那到底是什么东西，它也不应该流传在世。我相信把这盒胶卷上交以后，它一定会被封存起来。所以，我们谁也不能说看过胶卷内容的事情，同意吗？"

我知道他的意思，这种东西太颠覆世界观了，如果让别人知道我们看过，会有很多麻烦事。

我点头，马在海却道："可我不太会骗人，连长一瞪我，我肯定瞒不住。"

王四川怒道："你怎么这么软蛋？！你要不说，出去肯定给你升个班长，怎么样，你管得住你的嘴吗？"

马在海立即就开心了，脚跟一并，对王四川敬礼："谢谢王工，我一定管住我的嘴。"

其实我们没有权力决定这种军衔的升降，不过这一次如果我们能回去，一等功是肯定有的，马在海即使不是班长，也会升到副班长。

"现在我们马上离开。"王四川道，"免得夜长梦多。"

我本来就非常想回到地面，如今一看胶卷内容，这片深渊的诡异让我毛骨悚然，更加不想留在这里，一时间却有点迈不开腿。

在王四川的催促下，我们勉强收拾了一切。等到重新背起行李，我不由自主地对之前的决定感到后悔，这样的内容还不如不看，看了让人更没法平静了。

王四川来到门口，拿掉原先卡住门的铁棒，招呼我们跟上，我们耽误了两个小时，现在要加快速度补回来。

我们凑过去，他小心翼翼地推门，看样子是怕有人伏击，又让我们小心门突然被人撞开。

可是，王四川推了一下，门纹丝不动。

他有些惊讶，用了点力气，还是这样，门只是稍微动了一下，但没有一丝要被打开的迹象。

王四川看了看我，面色变得难看起来。他用力抓住门把手晃了晃，我顿时意识到出事了，因为门明显不是被卡住的样子。他又用力晃了几下，灰尘一片片地被震落下来，门还是纹丝不动。

王四川转头退了几步，有点难以置信地骂道："真他娘见鬼，有人在外面把门锁上了。"

　　这里全是军事设施，所有的门都是有三防功能的铁皮夹心门，外面是水泥，里面是铁皮和棉花。这种门一旦被锁上，就算有炸药也很难弄开，更何况我们根本就没有炸药。我也上去推了推，从手感来看，我清楚地知道门已经在外面被锁死，不可能有从里面打开的希望了。看来，刚才我们放映胶卷的时候，有人偷偷把门锁上了。

　　一股不安涌上我的心头。在这座大坝里会这么干的只有那个我们刚才截住的敌特，难道他一路尾随我们，而我们竟然没有发现？

　　王四川大怒，用熊一样的身体狂撞门板，我也上去帮忙，但只撞了几下就吃不消了，那种感觉就像直接撞在水泥墙上。

　　王四川的怒气一下发泄出来，表情很是可怕，撞了一通后还不够，又跳起来用脚去踹。然而撞都没用，踹就更没了，折腾了一会儿，他气喘吁吁地坐下来，沮丧地皱起眉头，对着门就骂："你奶奶的熊驴腿儿的，别老是关别人后门，有种开门和爷单练。"

　　门外没有任何动静，本来这就是放映室，隔音措施很好，门外的人基本是听不到里面声音的。这也可能是敌特锁门，王四川没有发觉的原因。

　　想到在仓库的时候，他用过一样的手法，我们偷袭得手之后，这孙子又他娘

的直接摆回我们一道，我不由得心头火起，但是对着这门，再火也没有办法。我对他们道："这么快就跟了过来，看样子他非得到这盒胶卷不可，我们得快点离开，否则恐怕他还有后招，我们被困在这里很被动。"

"等等，不用那么急。"王四川阻止道，"我们合计一下，一急就该中他的圈套了，这门隔在这里，他没什么办法用后招的。"

话音刚落，房间的几盏灯忽然闪了闪，一下全灭掉了。顿时，四周一片漆黑。有人切断了电源。

几个人立即打起手电，王四川大骂了一声"妈了个巴子的"，又踹了铁门一脚。同时，我们听到了，从四周的墙壁里传来一阵奇怪的声音。

这种声音是一种轻微的共鸣声，我摸了摸墙壁，发现墙壁轻微抖动着，好像有什么机器被启动了。

我立即紧张起来，虽然不知道那是什么，但一定不是什么好事。这一连串变故发生得极快，一定是他事先计划好的。

"找找还有没有其他出口。"我道。

三个人立即分开，开始到处乱翻，但这个放映室并不大，转了一圈下来，只在幕布后面找到一个通风口。

这个通风口的口子是圆形的，就像大号的脚盆，口子上还有个鼓风的风扇，面上全是结成絮一样的灰尘，已经不转了。外面封着一层铁丝网，比我们在沉箱里看到的要简陋得多，可能因为这里是生活区，只需要在总阀门那里进行封闭处理，保持空气流通就行了。

我凑上去，感觉从通风口里有一股气流正吹进新鲜的空气，但是风速很小，通风口深处有很多噪声，刚才的奇怪声音可能是通风管道里的什么机器被启动了。

王四川想把铁丝网拔下来，却发现铁丝网似牢牢长在水泥里，每一根都有小指头粗细，根本没法撼动半分。

"小日本的东西真他娘瓷实。"王四川道，说着让马在海来看："你是工兵，你有什么办法？"

马在海上来看了半天，然后摸了摸边上的水泥墙，摇头："这是军工加固的，铁丝网的边浇了十几公分水泥，要用石工锤才能砸开，否则就要用气割机或者炸药。"

他提到的三个东西我们一个都没有，王四川想到了什么，走过去拿铁棍对着铁丝网的边缘敲了几下。我看见他虎口都被震裂了，却只砸下了一点水泥碎屑。

所谓的军事要塞，虽然简陋，但鬼子在用料和做工上确实并不马虎，极度坚固，这个不服不行。

王四川又敲了一通，随即放弃了，改用铁棍插入铁丝网的网眼里撬，这一次倒是有了效果。铁丝网被撬得变了形，但网眼很大，变形以后铁棍就吃不上力了，没法再撬。

我也知道此路不通，王四川把铁棍一扔开始叉腰叹气，样子滑稽得要命，但是我一点也笑不出来。

我站在房间的中心，用手电环照着封闭的水泥墙，想找找其他口子。就在这时，我忽然闻到了一股奇怪的味道在空气里弥漫。猛地，我意识到不对，回头一看，发现刚才封闭的铁门不知道什么时候开了一条缝。

我立即打了个响指吸引他们的注意力，然后走过去，越到门边那种味道就越浓，很快我闻出那是烟的味道。

我下意识地推了一把铁门，力道往前一送，铁门竟然随之动了一下，好像可以打开了。我心里一惊，立即用力往前，铁门一下被推开一条更大的缝隙，几乎同时，一股浓烟涌了进来，把我呛得瞬间眼里全是眼泪。

我一边擦眼睛一边大叫王四川快来帮忙，王四川这才反应过来，迅速上来，我们两个用力去推门，但门后像是被顶上了十分结实的东西，撞了几下那条缝都没有变宽，反而浓烟更汹涌地涌了进来。

我一看发现不对，这是设计好的，是要用烟熏死我们。我又大叫着让他们把门拉上，一拉却发现门动不了。再用力拉了几下，我就知道坏了，一定有什么东西把门卡住了，也可能用绳子系在了墙壁的钩子上，我们拉也拉不回来，推也推不出去。

浓烟源源不断地涌进来，我们呛得嘴、鼻、眼睛全部张不开，王四川一边咳

嗽一边脱衣服。"帮——忙！"他一边咳嗽一边大叫，"塞住缝！"

我们闭上眼睛冲过去，把衣服全脱了下来往缝隙里塞，但是缝隙太大了，衣服根本不够，后来王四川的衣服烧了起来，逼得他立即扯回来，用脚踩灭然后穿上。

王四川彻底暴怒了，一边破口大骂，一边抄起自己的铁棍插进缝隙里撬，但无论他叫得多么凄厉，棍子都撬弯了也完全没用。

整个房间里已经冲进来大量的浓烟，我们感到喉咙发紧无法呼吸，这样下去可能真的会被烟呛死。王四川只骂了几声就完全骂不下去了，我们退回来，撕下满是灰尘的电影幕布，用水壶里的水把它打湿捂住口鼻。慌乱中，我再一次看到那个通风口，竟然也有浓烟喷出来。

我想起刚才机器启动的声音，那是外面那个王八蛋开动了机器往这里灌空气，可能是他从其他通风口把浓烟导向了这里。

王四川完全失去了控制，在那里大声咆哮，而我浑身冒起冷汗。这里只有两个出口，但都在冒烟，其他地方还全是混凝土墙，我们基本等于死定了。

这时完全没有冷静下来思考的必要，我和王四川对视了一眼，他叫我们让开，抢起铁棍就往通风口的铁丝网上砸去。比起铁门，这里是唯一可能生还的道路。

他三两下把铁丝网砸得火星四溅，铁棍震动着，一直砸到他再也抢不动，我却绝望地看到那片铁丝网几乎没有任何变化。

马在海也急了，这时也顾不上管什么首长小兵，从王四川手里接过铁棍就砸。他的力气好像比王四川更大，而且动作更标准，应该是做军事工程开山的时候练出来的。但就算这样，那铁丝网也只是凹陷了一点。最后马在海砸得铁棍都脱手了，铁丝网还是完全没有被砸破，而浓烟已经呛得我们没法正常呼吸了。

我捂着嘴，看着不断涌进来的浓烟脑子里一片空白，悲哀地想，也许我们只能这样等死了。

就在这时，王四川忽然被什么吸引了注意力，他的手电照向那些木头长椅下的一个地方，我们跟着看过去，突然发现那边的浓烟有点奇怪。

烟雾像在被吸进什么地方。

　　三个人立即冲过去，把那张木头长椅搬开，我发现下面又出现了一个通风口。这个通风口比那边的小很多，只有一个大号的脸盆那么宽，上面也有那种手指粗细的铁丝网和风扇，但是用螺栓固定的。

　　我看着这个洞有些欣喜，但又觉得不对，因为不确定自己能钻进去。它太小了，但我们这时又管不了那么多。

　　王四川马上用铁棍卡住网眼去撬，很快把铁丝网撬下，然后抓住风扇的叶子往外掰。

　　日本人的军事设施用料很足，风扇的铁皮叶和中心的固定轴都厚得吓人，一看就极其敦实。王四川搞得满手都是灰和油，扇叶还是纹丝不动，最后还是马在海用铁丝网的网眼套住中间的螺帽当扳手，才把那东西拆了下来。

　　王四川把铁皮叶搬出来甩到一边，落地的声音听起来非常沉闷，感觉有小二十斤重，这一定是战争前期生产的，战争后期日本人根本没有那么多金属可以浪费。

　　烟越来越大，就算打着手电也几乎什么都看不见了，我们只能勉强看见通道里满是手腕粗细的电线。日本人在建设这里的时候，肯定一切以经济快速为准，所以所有的通风管路都充当了电缆通道。

最瘦小的马在海先尝试着爬进去，非常勉强地挤入了通道里，我看着心里有点发寒，倒不是担心我自己，马在海能下去，我这样的体形破点皮应该也没什么大问题，但王四川估计够呛。

到下面转弯进入水平的通风管口之后，空间变大，马在海跳下去后示意没问题。

我和王四川对视一眼，王四川笑笑道："你先下，我松松筋骨。"

我摇头，心说：你一个人肯定进不去。

"你来，我在上面踹你，就算把你骨头踹断也得把你踹下去。"

他倒也没意见，毕竟也不想死，但换了几个姿势入洞发现都不行。最后他干脆脱个精光，头朝下钻了进去，果然不出所料，进去一半就卡住了。

我直接跳到他身上，在他的哀号声中，用自己的体重把他一点一点踹了下去，他的两个肩膀全都磨破了，通道两边留下两道血痕。

这时浓烟已经漫到了头顶，我也是头朝下，被他们拉了下去。

这个通风管道设在地面上，所以我们现在处于地下，往左的话就是外面的走廊，我看到那边的顶部也有通风口，有光照过来。

那里也全是烟，所有通风管道里都充满了辛辣的烟味，我小心翼翼地爬过去，从通风口后抬头去看，上头挡着东西，浓烟四溢又没有照明，只能看见那王八蛋的手电在闪烁，其余的什么都看不清楚。

如果有手枪的话，我一定从这个口子一枪毙了这小子，把他的脑浆都打出来，可惜现在无计可施，好在这家伙也没了武器。我蹲下来，往另一个方向看了看，判断哪个地方可以从管道出去，然后杀他个回马枪，让他知道知道我的厉害。

整座大坝因为过于空旷，显得十分安静，选择的出口如果离他太近，我们踹掉风扇的动静肯定会被他听到，那就打草惊蛇了。我决定顺着管道继续往前爬一段，要把我们熏死，火恐怕还得烧一段时间，他不会这么快就发觉我们已经逃脱。

我小心翼翼地顺着电缆往前爬，两个人跟在我后面，我们经过一扇扇排气口，管道错综复杂，上面应该是不同的房间或者走廊地面，可惜没有照明，所有地方都一片漆黑，散发着霉味。手电光照上去，我们只能看到一些凌乱的无法看清的东西。

通风管道里灰尘之多，难以想象，很快我身上沾满了一层，一搓就搓起灰色油脂，很是恶心。我带他们爬过六个通风管道口，到了离放映室足够远的地方，才决定上去。

但到那里我们又傻眼了，因为里头没有东西可以作为扳手，难道要回去拿那个被卸下来的铁丝网？根本来不及，而且我们也没法切割掉它拿过来。一时间三个人面面相觑，很是绝望。

看着风扇发了几分钟呆，王四川焦躁起来，道："不能干等下去了，直接踹，否则就算敌特不来我们也要被熏死了。"

我点头，这时也没有别的办法，就招呼马在海直接踹。本来还不敢太过用力，但踹第一脚感觉风扇往外移了一些，马在海高兴起来，扭头对我们笑了一下，又踹了几下，风扇居然又松动了。

他从里面撬开铁丝网，然后踹掉风扇，洞口就不再有阻碍了，王四川拼死拼活地在前头爬，感觉好像又从娘胎里被生了一遍一样。我们爬出去一看，外面是条阴森幽长的隧道，我心里顿时沉了沉，因为这条走廊非常宽阔，几乎可以容纳两辆卡车并排，有三层楼高，赤裸的混凝土表面粗糙无比。

看来这是水坝内部运输的主干道，应该是距离放映室五六十米远以外的区域，已经出了办公区。

我一下冷静了下来，这是个令人畏惧的地方，一切都异常诡异。几十年前，这里一定发生过很多匪夷所思的事情，我们还是得谨慎，不能头脑发热。

王四川用手电照射着巨大的隧道，我立即发现地面上有很多铁轨，好像是用来运输的，铁轨之间互相连接，我在老家的砖瓦厂看到过类似的东西。

手电照到墙上后，我发现那里钉着一块铁皮牌子，上去擦掉灰尘，就看见一串锈迹斑斑的日文，夹着一些汉字。我尝试着猜测大概的意思，王四川却在前头急切地叫我跟上。

我走过去，发现隧道两边出现了很多通道和房间，但所有通道口和门的外沿都被钉上了非常厚的木板。

我觉得有点奇怪，感觉这里和大坝其他地方不一样，看起来更加破败萧索，而且入口都被封住了，这里到底发生了什么事情？

绝密飞行

如果是为了保护里面的东西，这种方法不见得有什么作用，而且日本人对搬不走的东西往往会毫不犹豫地毁掉。

"会不会是为了关住找来的中国劳工？"王四川自言自语道。我摇头，日本人对付中国劳工的办法不会那么复杂。他们会在工程完成以后屠杀他们，那些人不会为了中国人费什么脑筋。

王四川用手电照射着那些木板的缝隙，里面和我们从通风口爬出来的那个房间格局一样，但更多的就看不到了。

我们一路往前，朝着隧道的一端走去，很快就到了尽头，一路过去，所有的口子都被严实地堵上了，没有一个漏掉的。

"看样子这里是封闭的。"王四川道，"我们可能得再进到通风管道里。"

"不用。"我道，"用木板封闭这里的鬼子肯定也得出去，他们不会把自己困死在这里，肯定有一个没有封闭的通道通到另一个地方。"

我们走在隧道中间，我看左边，王四川看右边，马在海注意头顶。我们掉转方向一个一个口子找过去，但是一直走到隧道尽头，都没有找到那个出去的口子。

我还真不信邪，又回来找了一圈，还是如此，一下纳闷到了极点。

我们在铁门边上合计了一番，觉得这不符合常理，所有的口子都是从外面钉死的，如果它们都被封闭了，那钉死口子的人也出不去。我们肯定会在这里看到他的尸体，但隧道里除了一些空的木头箱子外，其他什么都没有。

王四川没有多说什么，显然也想不通。几个人互相看了看，王四川走向一个口子，说道："我们撬开一个看看房间里到底封着什么东西，也许就知道是怎么回事了。"

他手里的铁棍当真成了我们最可靠的工具，那些木板是常见的杨木，应该是从地面上的森林里就地砍伐的，都是毛料，已经没有当年那么结实，被王四川硬生生撬裂了。

撬掉几块木板后，就出现了一个可以让人通过的口子，我先上前用手电往里照了照，看到了很多床铺。那一刻我吃惊地发现，在手电光照射下，那些床上竟然躺满了人。

　　手电光非常昏暗，但我们还是能看到那些床上都躺着一个黑影。它们一动不动，我头皮一麻，心想：难道这里是停尸房？

　　但我看了看四周宽阔的走廊和一溜儿被木板钉死的通道口，心想：如果是停尸房，这里该有多少死人？

　　王四川催促我进去，我对他简单说了说情况，他和我换个位置也往里看了看，马上说道："忌讳什么？活的都不怕还怕死的？"说着就进去了。

　　我让马在海警惕点，然后镇定了一下也小心翼翼地爬过缺口，等到里面站起来再一照，就发现这些床铺上躺着的和我想象的有些出入。

　　那是一些睡袋一样的包裹，看起来非常像裹尸袋，和鬼子的军服一个颜色，一眼望去像一个个黄绿色的虫茧。更加让人心里发毛的是，那么多的三层通铺上，全都是这种帆布色，表面是一片一片的污垢，一看就知道是有什么东西从里面浸出了血色搞的。

　　我觉得有点恶心，好在我们这些大老爷儿们也不知道娇气，王四川让我们做好准备，之后用铁棍把帆布袋翻了一下，露出开口的地方后再挑开。我一下就看到了一只漆黑僵硬的手从里面露了出来。

　　在这里待了这么多天，见了太多诡异的事，看到这种奇怪的手，我已经没有

太多感觉了。等王四川把帆布袋弄开，我马上看见了一具干尸的半边身体。

"还真是死人。"王四川道。

马在海是工程兵，这种场面没怎么见过，这时已经怕得缩在后面。我拍了他一下，让他争气点，一个当兵的连这点勇气都没有，难怪当不了班长。

王四川拧弱了手电光去照，从尸体上破烂的军服来看，这是个日本兵，衣服全被他的体液"冻"成了硬块，整具尸体暴露在外的皮肤都是黑色的，而且腐烂得很不均匀，有的地方已经见了骨头，有些地方还是完好的，整个儿就像一蜂窝煤。

我在那架坠毁在地下河的"深山"轰炸机里也见过一具尸体出现同样的腐烂情况，那肯定是因为中毒，很可能这个日本兵和那个飞行员一样是中毒死的。

我们弄开另一个帆布袋，里头的尸体也是同样的情况。

"这些人都是中毒死的，看来是深渊里那些毒雾作用的牺牲品。"王四川轻声道，"毒物聚集的地方都腐烂了，没腐烂的地方估计连细菌都被毒死了，所以才烂成了这副德行。不过，怎么会是这种颜色？"

那具尸体表面的黑色确实很不寻常，王四川把铁棍插进尸体躯干上的一个烂孔里搅了搅，带了些棉絮一样的东西出来，又放到鼻子边闻了一下。

马在海在后面立即有些想要吐，我摇了摇头，心说：这小子确实没出息。

我也闻了闻，那是一种无法言喻的味道，但并没想象中那么恶心。

"如果尸体出现这种黑色是中毒导致的，那说明中毒的剂量很大，并且光靠呼吸不会这样，这种毒可能对人的皮肤也有作用。"王四川道，"咱们以后如果碰上，一定要特别小心。"

我点头，我们在三防课上听过这些，我没想过还真能用上这些知识。王四川把铁棍上沾到的脏东西在尸体的睡袋上蹭掉，又去看房间里的其他地方。

我低头看着尸体下的床板，忽然有了一个念头："不对，这可能是小日本到这里的先头部队。"

"你怎么看出来的？"王四川爬到一张床上，看着房间的顶部问道。

"这么多睡袋，是野战部队的装备，如果是鬼子的正规守备军，肯定有被褥，毕竟这里这么冷。"我道，"而且这里有这么多房间，假设里面全是死人的话，那死亡数量太多了。小日本到这里建设大坝，第一批人一开始可能不知道深渊下的雾气有剧毒。在建设期间，地下河上游开始下雨，水量增加冲到深渊里让毒雾上升，这批日本人和当时的一些劳工中毒大批死亡，所以才可能有这么大的伤亡量。"

"那为什么这些尸体没被处理掉？"马在海听了以后问，"日本人不是有焚尸炉吗？"

我看着尸体奇怪的姿势，心里有了个大概的猜测，但是这猜测让我觉得浑身发冷，如果它是正确的，那发生在这里的事情会很惨烈。

"应该有迫不得已这样做的原因。"我道，"这里每个人都躺在睡袋里，一个人一张床，这么处理尸体是很必要的，如果真的要停尸的话，这里三分之一的房间就够了。而且，用睡袋包裹尸体也太浪费了，日本人军力鼎盛的时期也不会这么浪费。"

所以，我想我们看到的并不是什么停尸房，尸体之所以这么放置，很可能是因为他们死的时候就是这个状态。

这里是宿营区，要命的大雾应该是半夜来的，通过通风管道进入这里，在睡梦中只有少数人幸免于难。而幸存者在大雾退去之后，发现整个营区一片死寂，已经变成死域。

面对那样的情况，幸存者肯定非常恐慌，没有能力处理那么多尸体，只能等到支援部队下来。但他们又害怕尸体腐烂引起瘟疫，就封闭了这里所有的口子，包括通风管道，废弃这块区域。

那么多人在一夜之间悄无声息地全死了，想想都让人不寒而栗，这种死亡方式虽然安静，但我很不喜欢，我宁可清醒地看着自己死去。

这个推测我觉得比较合理，但王四川突然叫了一声，招手让我上去。

我顺着木床爬到他身边，看到又有一个帆布袋被他挑开了，他用手电照着里头那具尸体的脑袋给我看。

我清晰地看到那具尸体的脑门处有一个弹孔。

他看了看我："这家伙是被毙掉的。你再看这里。"

他指了指那具尸体的身上，我发现尸体的胸口也有好几处弹孔："先是肺叶中

弹，然后一枪打在额头上，可能是为了减轻他的痛苦，让他死得痛快点。"

说着他跳下床，一口气挑开十几个帆布袋，我们就发现，竟然有七八具尸体都是中枪而死——有些是额头中弹，有些是其他部位中弹，很是奇怪。

"有些确实是被毒死的，但有些是被枪打死的，这里的情况一定比你说得复杂得多。"王四川道。

我觉得无法理解，被枪杀的尸体躺在睡袋里，肯定是死后被人装进去的，这么说来，日本人真的把这些房间当成了停尸房。那就像马在海说的，尸体停在这里会腐烂发臭，为何不用焚尸炉，而用木板把尸体封起来？难不成，当时这些尸体出了什么可怕的异变，让他们不敢触碰？

王四川听了就摇头，道："不可能，用木板封死不一定是不让里面的东西出去，也许是不让外面的东西进来。"

我摇头，觉得更不可能："这里又不是什么荒郊野外，又没野兽，何必要把尸体保护起来？"

"等等，你想想，"王四川忽然想到了什么，"这么多尸体没有被焚烧，会不会和鬼子突然放弃这里有关系？也许这些人死得很突然和密集，鬼子立即决定放弃这里，所以来不及处理尸体。他们用木板封死这块区域，其中的原因也许和他们忽然撤离是同样的。"

这就更难想象了，这座大坝里的各种迹象表明，鬼子在离开前，既没有烧毁资料，也没有进行什么破坏，是非常从容地离开的，从容得就好像突然都消失了一样。这也是我觉得最不对劲的地方。

整座大坝里的各种设施都很诡异，不知道有什么用处，鬼子在里面的活动痕迹又没有逻辑性，各种看到的东西都让我无法理解，这让人非常不安。

这个房间的地面没有通风管道，我们也没有找到其他线索。

王四川说，干脆我们把这些木板都撬掉，看看里面到底是什么样的结构。被木板封死的除了房间入口，还有很多通道口。虽然我们不知道那些通道通往什么地方，但总有一条路是可以出去的。

我心说：这样还不如回到通风管道去，虽然爬得很辛苦，但总比在这么大的停尸间里找出路合适。

我们正在犹豫不决，一直没说话的马在海忽然对我们做了一个让我们小声的动作。

他一直贴在门口没敢参与。我们静下来，忽然听到外面空旷的隧道里，传来了一道非常轻微的声音。这道声音很奇怪，仔细听，我发现那是谁在推动木板的声音。

有什么东西在外面？

我们互相看了看，立即爬出去，用手电在隧道里照射，声音在空旷的空间找不到来路。我们凭着模糊的感觉往声音方向走去，发现那声音来自隧道边上某条通道的深处。

"咯吱咯吱……"声音很轻微，我心里有些发毛，一下想到了那些木板后面封死的尸体，王四川把铁棒举了起来。

绝密飞行

怪声并没有立即停止，每隔一段时间就响几声，没有任何规律，听起来就像有人在修理上面木制的东西。在一片寂静得诡异的隧道里，忽然响起这种声音，所有人都屏住了呼吸。

王四川想说话，被我阻止，我让他们都保持安静。

这里的结构非常复杂，我能判断出声音大概传来的方向，但是要想找到怪声的所在，还得慢慢摸过去听。

我想过几种可能性，一是那小子摸过来了，也许他觉得我们被烟熏得差不多了，之后发现我们从通风管道里走了，于是从其他口子摸了过来。这时我看了看表，发现我们到这里花的时间不长，王四川那根撑在门后的铁棍够他折腾一阵子的，他绝对没有那么快。

而且，声音好像来自与放映室方向相反的地方，在错综复杂的通道体系深处，恐怕还有别人，弄不好是老唐、老猫他们。

但是老猫他们何必这么小心？他们人多势众，还有武器，不会只有这么点动静。

免不了又要想到木板和停尸房上去，我冒出一身冷汗，难道鬼子把这些地方都封起来，是因为这些死人有问题？

为了避免打草惊蛇，我对王四川做了个手势，让他前进时注意和声源的距离。他做了个手势表示会意，三个人顺着那道声音的方向摸过去。

顺着隧道往前，声音越来越清晰，我能够感觉我们靠近了，当走近到一定距离，却又开始分辨不清，各种回音来自四面八方，无论从哪个方向听，都感觉差不多。

我把耳朵贴在那些钉死的通道口木板上，听着木板后传来的声音，勉强分辨出了最可能是的那道声音，就招手让王四川上铁棍。这次王四川却没有动手撬，而是挨着木板蹲下，用手碰了碰底部的木板，很轻松地就拿了一块下来。

这是块搭上去的木板，我用手电照了照，发现木头边上有断裂的痕迹，也是被撬开的，但裂口很明显不是新出现的，看样子被撬开很长时间了。

王四川看了看我——这就有点耐人寻味了。他继续拨动那些木板，又有几块被拿了下来，一个能够过一个人的洞出现了。这是一个很久以前就被掰出来的口子，但那人把掰断的木板小心翼翼地放回去掩盖了起来。

原来是这样，我心说，难道这就是他们离开这里的出口？为什么要把出口隐藏？

几块木板拿掉之后，那奇怪的声音立即清晰地从后面传了过来，我们小心翼翼地爬进去，立即感觉到，这里的温度要比外面低得多。

很可能这里更靠近大坝底部的冰窖，它也是一条狭长的走廊，两边有很多的房间，但都被木板钉死了，只剩下很少的几个房间没有被钉死。我们走到其中一个房间一看，发现那是另一条通道的入口，里面一片漆黑，看来这里的走廊是"丰"字形互相穿插的设计。

小心翼翼地循着声音靠近，声音越来越清晰，最后我们在一个通道交叉的走廊口停下脚步，声音就从这条走廊的深处传了过来，源头似乎就在走廊口往里二三十米深的地方。

我和马在海把手电打向里面，王四川举起铁棍，但是等手电一照，那声音一下消失了。

四周猛然间一片寂静，我发现这条走廊的底部朦朦胧胧的，很不清楚，但是能看到那边有个东西在动，好像是个人。

"谁在那里？！"王四川叫了一声，那人立刻往边上跑去，竟然一下不见了，不知道是到了另一条走廊，还是那里有个可以藏的房间。

"是不是那个王八蛋？"王四川挽起袖子就来劲了。我立即摇头："他不可能那么快发现我们已经逃走了，应该还在吹烟呢。"我心里恍惚觉得刚才那人眼熟，没时间细想就挥手，"不管是谁，逮住再说。"

三个人马上往走廊的尽头追去，跑到那里一看，尽头的左边果然有一个房间，钉在门口的木板被掰开了一个大口子，里面非常黑，什么也看不清楚。

我猫腰就想进去，王四川一把把我拉住："小心有埋伏。"说完，他缩在门口，用手电仔细往里照去，好像要看看入口侧面有没有人躲着。

我也缩下去帮他看，刚蹲下去，忽然从右边的门后探出来一个人，一把抓住了王四川的手电，猝不及防之下，手电就被抢走了。

王四川愣了一下，立即就上去抢，但那人已经缩了回去，手电光一下跑到了房间的深处。王四川"啧"一声立即钻了进去。

我和马在海立即跟着，因为要猫腰进去，我被马在海卡了一下搞得晚了一点，刚进去站起来，就听到王四川叫了一句："不对！快堵着洞口。"

刚说完，边上的床就倒了下来，同时一个黑影蹿了上来，我用手把床一下推了回去，那人几乎同时从洞口钻了出去。

如果反应稍微慢一点，他就直接跑出去了，好在我手快，把他扑倒抓住拉了回来。

手电光乱晃下，我就看到了对方的脸。

那一瞬间我呆住了，出现在我面前的是一张很脏、很苍白的脸，我一眼就认了出来，对方竟然是袁喜乐。

"袁工。"我惊讶道，没说完她一头撞了过来，力气居然非常大，让我的嘴唇撞到了牙齿，同时一下挣脱我，捡起我的手电跑了出去。我抓了几下没抓住。

王四川也扑了过来，我们的脑袋撞在一起，他骂了一声就问我刚才叫什么。

"是袁喜乐！追、追！"我一边对王四川大叫，一边忍住嘴上的剧痛追了出去，只看到手电光已经跑出去很远，立刻狂跑着追过去。

绝密飞行

在迷宫一样的地形里追人十分困难，好在大部分的入口被封住了，黑暗里我跌跌撞撞起码有半根烟的工夫，跟着转了几个弯，忽然前面的灯光灭掉了，袁喜乐竟然把手电关了。

我又瞎追十几步，前面就出现了岔口，不知道她跑的是哪个方向，只能停下来。这时通道里传来回音，仔细听到处都是脚步声，我却听不出声源是在哪条通道里。看身后没有王四川和马在海，我有些着急，大叫道："人呢？"

"我在这里。"王四川在后面不知道什么地方大叫，我一听就知道不对，因为那声音不在我的正后方。看来我们已经走岔了。

"你们两个别动，她把手电关了，我听不到脚步声了。我去追，你们两个先等着。"我大叫道。

零乱的脚步声立即停了下来，我仔细辨认，就听见前方的通道里有轻微的脚步声，看样子袁喜乐已经跑出去很远，好在声音好像还在这条路上。我一路加速，踩过走廊里各种各样的杂物，跟着声音狂追而去。

追着追着，前面的声音忽然消失了，我继续跑几步，猛地就发现，下面像是死路，不由得心一惊，但是手电光扫去，除了大量的杂物，看不到袁喜乐的人。

我放慢脚步，叫道："袁工，我也是工程兵部的人。你别跑，自己人。"

没有人回答，我也料到了，往黑暗里小心地走过去，注意着那些杂物后面，很快就在弹药箱那里看到袁喜乐正蹲着不停地发抖。

我松了口气，看她好像不具备攻击性，就放下了戒备，凑过去道："袁工，别害怕，别害怕，我是自己人。"

这时我却觉得有一些怪异，因为袁喜乐抖得更厉害了。而她的眼睛，不由自主地瞟向一边。

我忽然意识到她好像不是躲我，否则应该躲到弹药箱另一边，那个我看不到的地方去。

一股不祥的感觉涌了上来，我心知不妙，马上用手电照向她的身后，一下就看到，在通道的尽头立着一个陌生的人影。

第九章

一个疯子

没等我惊讶，那人影瞬间就扑了过来，一下把我扑倒在地，我立即就闻到一股混合了尿和排泄物的恶臭，当下把手电当锤子乱砸，一记砸中他的下颌，把他砸到一边。

我立即翻身起来，却又被扑倒在地，闻着对方身上让人作呕的味道，心里邪火乱冒，又是一顿乱砸，这一次却没有成功，手上反而传来一阵剧痛，顿时岔毛了，大吼一声一头撞过去，再次把他撞翻。

这一下撞得我脑袋嗡嗡作响，一摸手臂，不知道被什么东西扎伤了，划了一个很大的血口子。我怒火中烧，也不去管伤口，抡起手电就扑了过去，手电光闪过，就见寒光一闪，我立即转身避开。

黑影踉跄几步，撞到墙上，又转身，我立即用手电去照他的眼睛。在这样的黑暗里，这样的光是很刺眼的，他立即转头，我还是一眼就把他认了出来。

这家伙竟然是陈落户。

原来他们两个都在这里，不过看他面色苍白，脸上满是鼻涕和污垢，竟然像疯了。

"落户！"我大喝了一声，他毫无反应，转头就朝我冲过来，手里的利器闪着寒光。

通道很窄，我躲了几下，抓住他的手，一下把他压贴到墙壁上，手电也滚到了一边。

混乱间，忽然有手电光照过来，接着王四川和马在海跑了出来，立即上来帮忙。三个人抓手的抓手，抓脚的抓脚，我心中一安，力道顿时放松了些。

陈落户不愧是从基层做上来的，身体非常强壮，这一松已经够他手脚乱扭地把我们都挣脱了。挤在这条通道里本来就很局促，又要戒备他手上的利器，一下三人都没敢近身。

陈落户乱挥着手把我们逼开，扭头朝黑暗里狂奔而去。马在海立即要追，马上被王四川喝住了，追这么一个疯子太危险了，何况我们已经抓到了一个袁喜乐。

我气喘吁吁地瘫倒在地，这时才觉得胳膊开始剧烈地疼起来，捡起摔裂了的手电一照，就发现整只手被血染红了，伤口是一个星状的血洞。

那好像是一把老旧的军用刺刀，没想到隔了这么多年还这么锋利。

马在海立即帮我止血，王四川看着陈落户消失的方向说道："这鬼地方到底怎么回事？人说疯就疯，他娘的陈落户好好的怎么也这样了？"

我看了看袁喜乐，她躲在角落，吓得全身发抖，头埋在膝盖间，不由得也心生恐惧。这个去过苏联的人算是我们这个时代的铁娘子，竟然会怕成这个样子。我对王四川说道："陈落户本来就胆子小，这地方邪气冲天，换成我一个人，肯定也扛不住要疯，倒是他们怎么会出现在这里？"

王四川摇头："你疯了会拿刀捅人吗？你看着他刚才那样，那不是吓疯的，我的手都差点被他砍下来。那刀刀下的杀手，要不是我下手重没留力，牵制住了他，你可能就挂了。"

我回想刚才的过程又出了一身冷汗，王四川看了看四周："邪门，长生天保佑，这地方一定有什么蹊跷，我们还是快点出去。"

"该不是被日本鬼子的鬼附身了吧？"马在海冷不丁冒出一句。

王四川和我看了他一眼，我说："这个世界哪有鬼？我们是唯物主义世界的成员，这种思想就是怪力乱神。"

"难怪你当不上班长。"王四川数落了一句。

马在海不说话了，我有点心里发寒，不管是因为什么，这几个疯子让我感到非常不安，这大坝里最可怕的事情，也许我们还没有遇到。再不离开，也许我们也会变成那个样子。

王四川走到袁喜乐面前，又尝试安抚她，发现完全没用，她基本不敢和他对视。王四川一走开她就抖得更厉害，和之前完全一样。

看来我们想从她身上知道这里发生了什么是不可能的。

看着通道的四壁，王四川就问我有什么打算。我有点犹豫，要不要把陈落户找回来？在这种地方，以他那种状态，撑不了多久。而且情况这么复杂，如果我们放任他不管，他活着出去的机会就很渺茫了。

虽然有段时间我几乎忘了他的存在，但毕竟是战友关系，事关在地面上休整的那一个多月里称兄道弟的人的生死，不是那么爽快能做决定的。

我们那个时代，抛弃战友要背负很大的心理包袱。在当时上映的电影中，这种行为被无数次批判过。里面的那些角色基本是看上去像小人的人扮演，让人鄙视，所以那种犹豫念头的产生，让我非常矛盾。

而实际情况是，我们就算找到了陈落户，把那么一个疯子弄出这里，也是一个很难完成的任务。我思考了一下，决定暂时放弃他，先离开这块区域，到时候可以让王四川带着胶卷先走，我们自己再做打算。我看着袁喜乐，暗想袁喜乐为什么会在这里出现，肯定不是通过我来时的通风管道，这说明我的思路是正确的，这里肯定另有通道出去，而且很可能就在这些走廊里。

想到这里，我就想起了当时他们两个人失踪的事情，看来他们真是在黑暗里偷偷跑出了那个沉箱。可是当时到底发生了什么事情？袁喜乐疯了跑了也就算了，为什么陈落户也跟着跑了出去？

袁喜乐非常了解这里，在雾气刚起来时，带着马在海和陈落户逃进了沉箱，是因为她知道沉箱是安全的。沉箱沉到大坝底下之后，她立即跑出来，跑到了这里，这肯定是有理由的。

为什么？

我又想起了之前出现的那个念头和这里各种日本人用途不明的设施，以及日本人留下的奇怪痕迹，心中的不安更加浓烈了。

看来，这大坝里一定有什么我们不知道的威胁。

绝密飞行

039

因为担心袁喜乐再次跑掉，我们不得不把她押起来。

虽然我有点好奇这里到底发生了什么，但看陈落户的样子，这种变化一定是极其邪门的，我不想步他的后尘。

不知道陈落户会在什么时候突然攻击我们，我们只能加倍小心。我看着袁喜乐，希望她能给我们一些提示，王四川开路在这块区域寻找。

一路往前走，通道错综复杂，这一次我们观察得非常仔细，我很快就发现这个地方和大坝的其他地方很不一样。这里的墙壁上到处都是无法形容的痕迹，之前我们在外面看到的水泥都是发黄的，但这里的水泥壁上全是一块一块的黑色东西。

这些黑色东西非常奇怪，既不是血，也不是油漆，好像是从墙壁里渗透出来的。在手电的照射下，这里的墙壁上都是腐朽的烂斑，看上去好像是大坝从这里腐烂了起来。

我边走边想，四周静得让我身上的汗毛都立起来，一直走到一个岔路口，袁喜乐忽然不走了。我推她也不动，而是看向其中一条路口，那里漆黑一片。

"往这里走？"王四川问。袁喜乐依然不回答，但是我和王四川对视一眼，把她往那个路口推去，她倒不挣扎了。

我心中一喜，给王四川使了个眼色，我们就往那个路口走了进去。

走进去没多久，我们发现里面比外面要潮湿很多，到处是水，深一脚浅一脚的，墙壁上黑色的霉斑到处都是，有一股非常浓重的气味。我们继续走，发现积水越来越深，都没到了小腿，水很浑浊，被我们一走动就更加脏，底层的沉淀物都被我们踩了起来。

转过几个复杂的弯，我们看到了这些水的来源，有一面水泥墙被砸掉了表层，露出墙里一大堆生锈的水管，下水管上有一道裂缝，水就从那里渗出来。

裂缝的出水量不大，但这么长年累月地流，积水是难免的。在水泥墙的尽头，是一个被木板封死的房间口，泡在水里和水面附近的木板烂了，露出一个洞。

我们爬进去，看到里面是一个大概有卡车后斗那么大的房间，里面全是水。水里有三张铁床，上面放满了东西。

王四川检查了一下，发现都是我们工程兵的设备。在一个帆布包里，我们翻出了袁喜乐的工作本和一本俄语书。

马在海在上面找到一把手枪，看样子是袁喜乐的。

"找找出路！"王四川立即道。我们在房里找起来，这里有袁喜乐的东西，她就是从这里进的。可是找了半天，我们绝望地发现，这个房间是密封的，就连通风口都没有。

"邪了门了！"王四川往床上一坐，看着袁喜乐就道："你他娘带我们到这里来干吗？"袁喜乐却没有那么害怕了，爬到床上缩到角落，看着一边发起了呆。

满怀希望落空，我有些愤怒，叹了几口气，也想休息一下。马在海就叫道："哎，有东西吃！"

我转头看到了马在海在翻那几个军包，从里面拿出几盒罐头丢给我。

我一看，我们也有一样的，不过没这么多，看来袁喜乐的伙食标准比我们好多了。

不提不觉得，提起来我还真觉得饿了，几个人开了罐头，王四川解开袁喜乐的绳子，也给她开了一罐，放在她面前，可她并没有吃。

我吃着吃着，看到一边的水下沉着一些什么东西，伸手去捡，立刻发现那些都是吃剩的罐头皮，一个个拿起来数，发现竟然有十几个。

"你干吗？"王四川不解地问。

"你看有这么多罐头，看来她在这里待了很久。"我道，"这里应该是她的避难所，她还真躲在这里。"

继续寻找，我从污水下捞起了起码三十盒罐头，堆成一座小山。以工程兵大队的设备，一个人最多带五盒罐头（罐头比压缩粮重得多，带太多非常吃力），这里这么多，起码有七个人的份。

看来躲在这里的不只她一个人，也不知道其他人是谁。

这就让我觉得有点奇怪，这是一个潮湿、肮脏，散发着难闻气味的房间。整个房间都积满了污水，如果需要找躲的地方，外面很多房间也可以，他们为什么要选择这里？我想起袁喜乐消失时的情形，现在能确定她是在黑暗里用什么手段逃离了，然后跑回这里，躲到这个房间里，显然她认为这里才是安全的地方。

真是百思不得其解，不过袁喜乐比我们都了解这里，她认为这里安全一定有理由，这倒让我放松下来。

这里有张双层大床，床脚泡在水里已经烂了，所以很不平稳。这里潮臭的气味倒不是无法忍受，但现在显然不是休息的时候，我们快速吃完东西，抽完烟，强打精神打算立即继续行动。

现在敌特可能发现我们逃走了，我们没法估计他下一步的举动，接下来就看谁的脑门亮了。马在海从袁喜乐包里又翻出了一些吃的塞到我们自己的包里，之后就拉起袁喜乐让她走。

结果，这一次袁喜乐完全不配合，一下缩回角落。

王四川伸手进去，像老鹰抓小鸡一样把她抓了起来，她开始拼命挣扎，大声尖叫，王四川被她抓了几下，只得松手，她一下又缩了回去，开始发抖。

王四川痛得直咧嘴，看了看手上的抓痕，就有点恼怒，想硬把她拉出来，我顿时觉得不妥，拦住他，示意他让我来。

说着，我尽量以友好的表情靠近缩在角落的袁喜乐，轻声说："袁工，现在我们要带你出去，我们是自己人，你不用害怕，我们会保护你的。"

袁喜乐看着我，表情仍旧惊恐，没有一点变化。随着我的靠近，她抖得更加厉害，表情扭曲得让我心惊。

绝密飞行

"别怕，别怕。"我想起在伊犁的那几年学会的辅导方法，动作特别慢地挨到她面前，抓住了她的手。

在这里折腾了那么久，她身上的味道也不会好闻到哪里去，但是我抓住她的手时，那种女性皮肤的细腻柔润，让我心脏一颤。我是个地质队队员，常年在深山老林里生活，女人非常少，别说恋爱牵手，就是见到异性的机会都非常少。我的心跳在这一刻不由自主地加快了。

好在我背对着王四川他们，他们没有发现我的变化，我镇定了一下，摒除了一些杂念，才把她拉起来。

可能是因为我的语气，她真的平静了下来，呼吸渐渐正常了，愣愣地看着我，我看着她，点头对她道："相信我。"

终于，我发现她的肩膀放松了下来，我拉她下床，就对王四川使了个眼色。

王四川和马在海背起装备，很有默契地没有说话，静静地走向房间外的走廊。

袁喜乐没有反抗，但我还是不敢大意，走到房间门口，我感到她的手明显哆嗦了一下。我拉紧她的手臂鼓励她，可就在这时，本来漆黑一片的走廊，有灯光忽然闪了一下，接着，一盏暗青色的灯亮了起来。

大坝的照明电力好像又恢复了。看样子，那家伙已经发现我们不见了。

走廊上没有损坏的灯陆续亮了，但是数量很少，一段亮一段暗，看着十分诡异。那些被照亮的地方被黑暗包围，成了一个个存在于黑色虚空中孤独的站点。

这是好事，省得我们摸黑找了，我们纷纷关掉手电，这时我发现袁喜乐的手又发起抖来。我坚定地握紧了她的手，想给她一些信心，但是瞬间，她甩脱了我的手，再次逃进房间，我们跟进去，发现她又缩回刚才的角落了。

我十分懊恼，和王四川对视一眼，他干脆发火了，拿出绳子想强绑。我也觉得没办法，只能上去帮忙，就听见袁喜乐在喃喃自语。

我一开始以为她在念经，仔细一听，才发现她反复说着一句话："关灯，关灯。影子里有鬼，影子里有鬼。"

　　我看着她的表情，又看了看外面的灯光，背上就感觉到了一股凉气。说实在
的，一刹那，我被袁喜乐吓坏了，倒不是因为她说有鬼，而是她的样子。显然她
非常害怕外面的灯光，她了解这里，这种表现无疑说明只要灯一亮起来，这里肯
定就会出现什么危险。"影子里有鬼。"那个特派员也说过类似的话，那是什么意
思？什么叫"影子里有鬼"？刚才袁喜乐看到灯光亮起来，就大叫着"关灯"，我
忽然想起我们见到她时的情景。那时候，她已经在一片漆黑里摸索了多长时间，
没有任何的照明？我不相信鬼神之说，但现在本能地有种不祥的感觉，这句话每
个人都说，而说的人都疯了，那就不能不重视。我拉住王四川，不让他再绑袁喜
乐。王四川是有宗教信仰的人，对于这种东西更加敏感，我怕他控制不住自己的
情绪，下手重了。又看了看幽深的、被光亮切成一段段的走廊，我心里犹豫起来。

　　我们总不能在这里待着不出去，也不知道什么时候会断电，龟缩不前不是我
的性格。而且我们一路过来都有手电照明，也没见照出什么鬼。马在海就道："吴
工，我出去看一下，要是有什么不妥，我就大叫。"我摇头，现在袁喜乐是个大麻
烦，我们只有三个人，一个人必须看住她，另外两个人勉强前后警戒。我们身上
还有那么多东西，不应该分散，最好的办法就是速战速决。而且不能再在这里寻
找出口了，我决定回到我们来时的通风管道，想想办法。

是福不是祸，是祸躲不过，这一次恐怕得硬扛了。那个年代，我们这些人身上没有太多的胆怯，反而有一种抵抗宿命的激烈情怀。"明知山有虎，偏向虎山行"，是一种原则。现在的人们可能很难理解这种情怀。

事实上，在那段特殊时期，这种英雄主义情结还是解决了很多问题的。至少在很多选择上，这种情结让我们没有退缩。

王四川重新抓住袁喜乐，这一次再也没有办法让她安静下来，我们把她绑起来，堵住她的嘴，然后让王四川扛起她。

我拿起铁棍走出房间，马在海在后面，我们蹚过积水，很快就来到了干燥的地方。

虽说人类起源于大海，但对大地的感情显然更加深厚。抖了抖被积水泡得起皮的脚，我感觉格外安心。如果没有袁喜乐那句话，我应该会非常高兴地离开那个鬼房间。

前面就是第一盏应急灯亮起的地方，清幽的灯光看上去确实很不吉利，我没有太犹豫，挥手让他们跟上。

很快来到灯下，我仔细打量了灯光，觉得没有什么特别的，只发现那灯被铁皮包着，王四川用铁棍敲了几下，发现外壳很结实，很难被破坏。

不知道为什么，这些灯都是被加固过的。

如果怕灯光，把灯打灭不就行了——我刚才想过这个方法，现在看来是不可以了。

想起袁喜乐的话，我下意识地看了看灯光下我们的影子。影子很淡，映在一边发黑的水泥墙上，我们看了看，第一眼没发现什么异常，但再去看就发现了不对劲，后背一下冒出了冷汗。

我们映在墙上的影子发生了非常奇怪的变化。

我们都知道，在正常的情况下，影子即使拉长变形，也是能一眼认出是自己的。但让我毛骨悚然的是，那面水泥墙上的影子形状让人感觉非常奇怪，这种奇怪的感觉很难形容，一定要说的话，我只能说，那不是我们的影子。

它们虽然很明显是从我们脚下延伸到墙上的，但是那些影子的样子，怎么看都不像是我们的。因为所有的影子，都呈现出一种佝偻的姿态，竟然弯着腰，好像已经是六七十岁的人。

猛然，我出了一身白毛汗。如果之前袁喜乐没有对我说那句话，我还会认为这是错觉，但现在一看，不由得觉得诡异至极。

马在海动了动手，那诡异佝偻的影子也跟着动了动手，的确就是他的影子。

"邪门。"我道，转头看了看灯，"会不会是角度问题？"

马在海摇头，王四川也动了动手，做了一个奇怪的动作，影子也跟着做了一个动作，但是形状非常奇怪，看上去让人脊梁发冷。

这他娘的，影子里果然有鬼，袁喜乐还真没说错，无论是谁看到这样的影子，都得倒吸一口凉气。

难不成，他们就是这样被吓疯的？不太可能，这绝对不至于到把人吓疯的地步，而且，这影子虽然形状恐怖，但也不见得能把我们怎么样。

我看着觉得情况没有这么简单，但完全说不出个所以然来，袁喜乐和陈落户都疯了。他们都害怕这些影子，情况不会那么简单。我看了看袁喜乐的脸，她已经害怕得全身发抖，脸转向一边，连看影子的胆子都没有。

"此地不宜久留。"这里的情况已经超出我能理解的范围，这时不应该去琢磨是怎么回事，快点离开才是上策。我推着王四川和马在海，让他们不要去管这些。

几个人加快了脚步，朝着通道狂走，但走到第一个岔口就郁闷了。刚才进来的时候没想到会搞得这么混乱，到处都是用木头封死的通道口和房间，我们根本搞不清是从哪里追到这块区域来的。

我们都有些紧张，毕竟影子总是跟着你，到了路灯下回头看几眼，总能看到墙上映着那几个诡异的影子。

最后还是马在海靠谱，找到了回巨大隧道的道路，虽然不是原路返回，但至少方向对了。我们踹开封住道路的木板，就发现外面隧道顶上的汽灯全部亮了。

整条隧道被照得一片光明，昏黄的灯非常密集，所有的东西都一目了然。

这种光明和隧道的宽度让我觉得舒畅，我们赶紧跑到光亮下。

再看我们的影子，这里的光照十分强，影子在地上看不分明，也不知道有没有正常起来。

几个人松了口气，王四川转头去找我们来时待过的那个房间，这还真有点困难。不过比起里面，隧道里一通到底，结构简单多了，我们找到它只是时间问题。

我们分开行动，我心中的不安到了非常严重的地步，但感觉到了这么明亮的地方，即使有鬼我们也能撑一撑了。想着我回头看了眼我们出来时走的通道口，忽然就看到那个通道口后面站着几个东西。

这几个东西都佝偻着腰，耸着肩膀，一半身形隐在黑暗里，看起来和我们刚才映在墙上的影子很像。

它们局促地挤在出口处，一动不动，好比雕塑一样。

我遍体生凉，用眼睛稍微数了数，就发现那些佝偻着的东西，好像有四个。

难道那些是我们的影子？它们从墙壁上爬出来了？

王四川看到了，马上念了句蒙古族的经文，握紧自己的铁棍。

我看了眼地面，就觉得不对。在灯光下，我还是能看到自己淡淡的影子在地面上，我们的影子并没有从墙壁上爬出来。

那几个绝对不是我们的影子，但这么看去，那佝偻着背的样子，确实和我们之前看到的影子十分相似。

只要不是鬼，其他东西我倒是不怵，在林子里走地脉的人，见多了野兽怪事，有形的都不在话下。

我们几个人互相使了眼色，就朝着四个黑影走去，因为它们都隐在入口阴影里，王四川拧亮了手电照向它们。

手电光一照过去，所有人都停住了脚步。

因为我们看到那边什么都没有，那几个黑影忽然消失了。

王四川把手电光一移开，那四个黑影立即又出现站在那里；把手电光一照过去，黑影立即就消失了，只剩下一个黑洞洞的口子。

我们对视了一眼，马在海就发抖道："真的是鬼。"

我看了一眼袁喜乐，发现她根本不转头看这里，而是看着上头刺眼的灯光。我也在发抖，那一瞬间冷汗也下来了，要不是这里很亮，我恐怕会撒腿就跑。

"你有长生天保佑，要不你去看看？"我对王四川道。

"你也有马克思保佑，我和长生天很久没有联系了。"王四川道。

我看了他一眼，心说：这个没出息的。

想起唯物主义思想，我嘴里默念了几句语录给自己壮胆，对王四川道："我去看看，你在这里给我打手电。"接过他的铁棍，径直往那个通道口走去，因为我已经确信，这不是什么鬼影，里面肯定有蹊跷。

王四川的手电照着，那边什么都没有，我一直走到通道口，给王四川打了个手势，同时开始戒备。

王四川再次把手电移开，我就看到我面前的景象瞬间发生了变化。

那几个"影子"果然又出现了，然而我在这么近的地方，看到的不是影子，而是一种非常奇怪的现象。

我看到了两种不同程度的阴影，外面的光线射入这里，好像发生了扭曲，使得出现了几个阴影。

这是一种非常难以形容的景象，但好像没什么危险性，我打手势让他们过来，走近继续用手电照射，就发现这种光线扭曲的现象在整条通道里都有。

"空气里有什么东西。"我迅速想了想这是怎么回事，转头道，"你还记得物理课上学的东西吗？"

"哪些东西？"

"光线折射。"

"光线在不同密度和特性的气体或者悬浮物质里折射率不一样，如果空气里有密度很高的其他物质，就会产生这种现象，比如说彩虹就是光线通过空气中悬浮的水珠发生折射形成的。"王四川道，"你问这个干什么？"

我回忆了一下，心说：你他娘成绩比我还差，你说得到底对不对啊？

这么想着，我发现了一个问题，把手电往上照，果然，光线照在通道上方，出现的波动比下方的更厉害。

这样一来就能解释，为什么我们的影子会佝偻着腰了，因为越往上的空气里，引起折射的气体的密度就越大……不过，这到底是什么东西造成的？

我并没有放松下来，而是觉得更加不妙了，因为袁喜乐是高才生，不可能想不到我想到的东西，所以是不会被这种影子吓疯的。

而且她刚才有一个非常明确的指示，就是"关灯"，一路过来她没有去注意影子，而是一直看着那些灯。

离我最近的灯就在前面，我快步走过去，佝偻的影子立即就被拉长映出来。我走到灯下，灯的周围没有明显的灯光扭曲现象，但我伸手把空气上下扑腾了一下，就看到立即出现了类似沙漠里热气蒸腾的现象。

这种现象越靠近灯就越严重，我伸手一摸，发现墙壁被灯光照得非常烫。

看样子是墙壁被灯照热以后，水泥里挥发什么气体出来，形成了这种现象。

想起墙壁上黑色的腐烂斑纹，又想起了袁喜乐和陈落户的样子，我忽然意识到不妙，立即捂住嘴巴，但头有些发晕。

我以为是心理作用，下意识深吸了几口气，却觉得更加难受，心里咯噔一下，马上屏住呼吸跑回去。

我一直跑到王四川边上才敢呼吸，指着上面的灯道："空气可能有毒。"

我指着灯顺势抬头去看，一看之下，下半句话就卡在喉咙里，灯光附近"热气"蒸腾，在以一种妖异形态扭曲着。

所有人都看到了，王四川目瞪口呆道："这是怎么回事？"

我摇摇头，看到一边的袁喜乐看着那些奇怪的扭曲"热气"，一直在发抖，我用手挥着空气，发现好像已经到处弥漫着这种未知气体。

马在海一下子掐住了喉咙，我感到自己头疼得也更加厉害。

"妈的！难道这里是毒气室？"王四川看上去还没受到什么影响，只是捂住了嘴巴。

"怎么办？"我想起陈落户，我可不想变成他那个样子，"这种气体可能会伤害大脑和神经，我们也会疯掉，甚至会当场死掉。"

王四川捂着嘴，一下看向袁喜乐，袁喜乐这时却看向了我们来时的通道。

"避难所！"王四川道，"她刚才不肯离开那个房间，因为那是她的避难所，那里面一定是安全的。"

他立刻就解开了袁喜乐的绳子，然后退后一步，让我们都退后，我们眼睁睁地看见袁喜乐瞬间就往那通道跑了过去。

我明白了王四川的意图，袁喜乐对于这里很熟悉，一定知道最近的道路。

我们立即跟着追了过去。

通道里有灯，但有些亮着有些暗着，我们即使打了手电，在这样跑动的时候也看不清楚路况，只能狂奔着尽量跟紧。这里的通道岔道太多了，又老是急转，最后几乎变成了听声辨位。

我转了几个弯就发现，袁喜乐跑的路线非常复杂，不是最短，而是最暗的、亮灯最少的路线，这是为了尽量避免吸入更多的毒气。

这显然是一条固定的线路，是有人根据经验定下来的。

但这就使得不熟悉路线的人难以跟上第一个人的速度，很快我们三个就跑岔了，我看不到他们，只能听到到处都是零乱的脚步声，也弄不清谁是谁，只能判断脚步最轻、离我最近而且不中断的那个就是袁喜乐。

很快，我就冲进了一条漆黑一片的通道里，它离亮灯的距离起码有一百米，我看到有人在里面跌跌撞撞地跑，肯定是袁喜乐。

这条通道太黑了，我看着袁喜乐跌跌撞撞，速度明显慢了下来，回头我跑进去一定是同样的情况。

如果能在这里赶上她就得救了，但要是我也搞得磕磕绊绊，她跑出这一段通道以后就会把我甩开很长的距离，到时要再找她就难了……想着，我用手电照向地面，想利用一下我有照明的优势。但跑了几步，我就被绊倒在地，用手电一照，

一路过去的地上竟然躺着很多人。

这些人全部横躺在通道上，穿着工程兵的衣服，我认出了几张脸，发现全都是老唐的兵。我蹲下来摸了摸他们的脖子，立即就发现所有人都死了。

在仓促的手电照射下，我也看不出他们是怎么死的，只是一张一张熟悉的脸让我脑子一片空白。

我原本还指望他们能找到我们，或者我们能找到他们。在这座基地里，人多是一种非常好的安全感，但是现在的场景让我绝望。

很快我就看到了老唐，他和其他人一样躺在地上，口鼻处全是已经干掉的污秽，我脑子嗡了一声，立即上去摸他的脖子，发现他已经死去多时了。

我和老唐的感情并不比和其他人的好，只是见到平时交流多些的人牺牲在这里，心里会更难受，暗骂一声后正准备转身去追袁喜乐，忽然手电一晃，我看到老唐手里抓着一个包。

我想到老唐包里的地图，立即想把他的包拿过来，但一拿之下发现完全拽不动，他的尸体完全僵硬，把包抓得死死的。

我用力掰开他的手，把包取了出来，又想到了他的枪，去摸他的腰，却发现他腰间的手枪套是空的。

再去看其他人，我就发现所有人的枪和手榴弹都不见了。

我觉得奇怪，但是前面的袁喜乐已经快跑出这条黑暗通道了，只能立即跟了过去。

一路踩着尸体跟着袁喜乐，我发现几乎所有的尸体都集中在这条通道中间，他们是躲避毒气在这里避难，还是在这里遭到了别人的暗算？

他们的枪既然被人搜走，绝对有人处理过他们的尸体，我心生恐惧，他娘的，老唐他们出现在这里，肯定是被毒死的。但他们被毒死以后，有人拿走了他们的枪，说明这不是意外，是有人设计的。那袭击他们的人是谁？只能是那个敌特。

那个敌特肯定也知道这个地方的存在。

如果他知道这个地方，必然也知道刚才那间放映室有通风口通向这里。

如此说来，他用浓烟赶我们，是一个套，就是想把我们从那个房间赶到这里来？

同时，袁喜乐对这里极度熟悉，说明他们也是在这里中招的，难道这个封闭的空间是那个敌特设置的一个陷阱？他把勘探队的大部分人引到了这里，利用这里特殊的环境实施"暗算"？

如果是这样，那这个敌特很可能不是我们队伍的人，而是袁喜乐队伍的人。他害了袁喜乐后，在这座大坝潜伏着，等待下一批人到来，如法炮制。

想着我就懊悔，这个看不见的敌特，一个人几乎把我们所有人玩得团团转。他对这里极其熟悉，而且心智极其厉害。我把这个敌特想得太简单了。

本来我以为我们的敌人只是这座可怕而诡异的基地而已，敌特只是一个需要小心的概念，现在，敌特一下变成了整座大坝里对我们威胁最大的存在。

进入灯光照射的区域，我就看到我们的影子在墙壁上的扭曲已经非常严重，我的头非常晕，并且开始出现奇怪的耳鸣。

不知道是光线还是我的意识出现问题，我看到前面的通道也扭曲，我站不稳了。

袁喜乐也是几次倒在地上然后爬起来，但我用所有的意志保持了速度，就算直接撞墙也不在乎。

又跑了两三分钟，一个熟悉的转弯终于出现在面前，袁喜乐转了过去，我跟上去发现，我又回到了之前她带我们到过的"避难所"。

一踏入"避难所"门口通道的积水，我就发现了这里的奥妙所在——所有的墙壁都是潮湿冰凉的，地上的积水很深，蹚进去几步我们的影子立即就正常了。

看来这里的水有蹊跷，也不知道是水可以和空气里的毒气发生化学反应还是如何。

我终于得以用力吸了几口空气，本来难闻的臭味竟然让脑子立即清明了不少。而袁喜乐已经冲进了那个被污水淹没的房间里。

我跟过去，立即就看到袁喜乐开始做让我瞠目结舌的事情。

袁喜乐一头扎进深水里，用积水冲洗着眼、耳、鼻、口，我也照做，果然，很快耳朵里那些古怪的声音和疼痛缓和了下来。我不敢怠慢，继续看袁喜乐，不知道接下来要干些什么，却看见她开始脱自己的衣服往水里扔去。

我惊呆了，我从来没有见过女人的身体，一下子满目的白光，那雪白的胴体让我目瞪口呆。很快袁喜乐把所有的衣服都脱了下来，然后用衣服蘸着积水擦身体。

我呆呆地站在那里，浑身僵住了。我无法形容那时我看到的一切，袁喜乐是一个丰满高挑，极富女性魅力的女人，羊脂一样的皮肤和身上圆润的线条，让我的目光根本无法离开。

如果不是她把我推进水里，我还会一直发呆，但是冷冷的积水呛入我的鼻子，把我的思绪拉了回来，我下意识地爬起来，就见她扯我的衣服。

我领会了她的好意，也脱下衣服和她一样擦拭身体，一擦之下，马上就发现衣服入水以后变得非常滑腻，显然上面不知不觉沾上了很多微粒，再一摸，皮肤也是如此，只能立即搓洗。

一直搓到皮肤发红我才停下来，袁喜乐已经自己缩回床上去了，衣服抱在手里遮着，但她裸露的肩膀和露出的那些极其诱人的线条还是让我脑子一片空白。

一时间，非常尴尬，我也只好有样学样，用湿透的衣服遮住敏感部位。那种感觉极其难受，冰冷的湿衣服贴着身体，让我逐渐冷静下来，这时强烈的不适感从身体的各个地方浮现出来。用尽最后的力气爬到床上，我就再也动不了了。

很快我就失去了知觉，剧烈的头晕和耳鸣让我醒过来，转头又失去知觉，周而复始，我知道我只能听天由命了。

之前我吸进了很多挥发的气体，比袁喜乐吸入的多得多，不知道自己能不能挺过去。这时我想到了袁喜乐的身体，那丰满的双峰和纤细的腰肢，这好像是上帝和我开的玩笑，在我清醒的最后一刻，让我看到了世界上最美的东西。

也不知道迷糊了多久，我醒了过来，衣服已经全部干了。我的嘴边都是我吐出来的东西，我完全不知道是什么时候吐的，而我的裤子上有一股非常重的尿臊味，显然是小便失禁了。

我艰难地支起身体，借着手电光看到一切都没有变化，袁喜乐倒在另一张床上。我爬下去，见她面色苍白，嘴唇没有血色，正在发抖。这时她的身体没有太多遮挡，丰满的胴体若隐若现，我摸了摸她的额头，心顿时沉了下去，她在发烧。

一时间，我觉得绝望，在这种地方，没有支援，没有药，生了病只能靠硬熬。但袁喜乐的身体很难禁得起折腾了，她能扛这么久，已经相当厉害了。

想到药，我就想到了老唐的背包，在里头一通翻找，但是没有。庆幸的是，我找到了几盒火柴。有了火柴意味着可以生火，她需要热水和能量。我也需要。

我用在这里吃剩的罐头皮搭了一个金字塔一样的架子，往上面几盒罐头皮里放进比较干燥的木片，用我的衣服破片引火烧了起来，又用一个罐头盒到外面渗水的地方接了点水，拿回去加热，很快就有了一些热水。

吹凉后，我喂她喝下去一些，把里面有炭火的罐子放到她身边，试图让她感觉暖和一些。慢慢地，她脸上就有了血色。

平时很难想象一根火柴可以有这么大的作用。看着袁喜乐好转，我才放下心来，回忆之前发生的一切，后悔得要死。当时我们已经知道了危险，袁喜乐已经给足了提示，我竟然还做了那么草率的决定。

这时我才想到王四川和马在海，不在这个房间里，说明他们最终没有找到这里。我来到房门口，也不敢出去，只能对着走廊大喊了几声。

等了一会儿，没有任何回音，我的心就一凉。这里非常安静，如果他们还活着，一定会听到我的叫声，难道他们昏过去了，或者死了？

我想到老唐他们的样子，觉得王四川和马在海这一次真的凶多吉少，我真是把他们害死了。一刹那，我觉得非常沮丧，真想一头撞在墙壁上表示自己的懊恼，但是我硬生生地忍住了。外面的灯还亮着，那种毒气会持续地挥发，再这么下去，我和袁喜乐一定也会被困死在这里，我还是得想办法离开这里。

我翻出老唐包里的几块压缩饼干，不敢多吃，拌了一拌机械地吃下去，又从包里找到了老唐当时带走的那张大坝的结构图。

把图摊在床板上用手电照着，我找到了我跟袁喜乐现在所在的位置，那是整座大坝的中心，一块非常大的区域，一边有一个标注：第四层。我们之前进入的冰窖在这块区域的另一边，我对比着方向，意识到我们这块区域其实就在我们之前休息的那个仓库隔壁。

刚才在巨大的隧道里看到的用电焊焊死的铁门背后就是我们休息的仓库，我们围着一口电缆井绕了一个圈子，其实并没有走开多远。隧道里有铁轨，再加上连着仓库，显然外面那条隧道是运输隧道。

冰窖连着仓库，仓库连着这条隧道，袁喜乐和陈落户都是在冰窖里消失的，最后却出现在了这里，特派员也是在仓库里被发现的，但他疯了，显然也到过这里。

这些都说明，有道路可以从这里去往仓库，我的推测是对的。但我不太会看平面图，只能硬着头皮研究。我看了一会儿，立即发现这块区域有无数的通道，画得像一张棋盘。每条通道两边都有很多房间，我不知道自己在哪个角落，但是这种在通道尽头的房间并不多，只有十间。

而且我们左右还有通道可以延伸，所以一定不在四个角上，那就只剩下六间。问题是，我在平面图上找不到这块区域出口的标志，唯一的门就是隧道尽头的铁门，我想找的出口有很大可能性不是常规设置的出口。

我抹了抹脸，就觉得头非常疼，就算是让我找到出口，我他娘的怎么出去？

绝密飞行

059

我看着外面的灯光，如果那些灯一直不熄灭，我们会怎么样？我躺下来，闭着眼睛，想到了第一次看到袁喜乐的情形，忽然又坐了起来，觉得有点不对。

袁喜乐他们中招很可能是因为那个"敌特"把他们骗到这里，然后开启了灯光的电源。被骗到这里的人都被毒气侵害，一些人情急之下发现这个地方并躲了起来。但袁喜乐和疯掉的特派员，后来都出现在这块区域外，袁喜乐甚至在石滩上遇到了我们。

那说明，最后他们活着离开了这里。外面的毒气那么厉害，这种情况发生的唯一可能性就是，这里的灯光后来灭了。

为什么？是那个"敌特"最后关掉了电源，还是当时上游没有下雨，地下河水没有泛滥，这里的备用电源消耗完了？一定有一个原因使这里恢复了黑暗，而袁喜乐一定是在这个房间里等到灯光再度熄灭，趁黑逃出了这里。然而非常不巧，她在那片黑暗的洞穴里完全失去神志，又被我们带了回来。

我看了看袁喜乐，忽然觉得自己非常对不起她，如果她没疯，我一定被砍死了。

袁喜乐梦呓了几声，我帮她盖上衣服，发现她的发烧并没有好转。看着她的姿态，我不由得有些心猿意马，只能用冷水浇头，逼自己抓紧时间继续研究平面图，但还是看不出什么，忍不住想，如果马在海在就好了，真是隔行如隔山。

我搜索着脑子里的各种记忆，想翻出以前听他们商量时说的一些知识，看有什么启发。

想着，唯一能想到的就是老唐和我说天线，实线的黑线代表电线，虚线代表的是天线，我寻找着平面图上的黑线，忽然看到了一个让我心脏一动的东西——难道他们是这样让灯灭掉的？

所有的电灯都能亮，都是因为有电，要让灯熄灭最简单的办法是切断电源。但这里的埋线都在水泥墙壁里，而且一定采取了并联的方式，我们没有办法通过破坏其中几盏灯来使整块区域暗掉，但一定会有一条总电源线。只要我切断那条线，事情就成了。

我顺着图上的黑线，一条一条地看着，立即发现了那条总线的位置，这里有一个房间里有一个电闸，几乎所有的线路都从这个房间延伸出来。

但是我比画那个房间的位置，就觉得绝望。不管我在哪个房间里，到达那里都必死无疑。因为我关掉电源以后，在黑暗里不可能及时回到这里。我合上结构图，知道这玩意儿对我没用了。

　　但是，这么一来，我没有任何办法了。我们会在这里饿死，不仅任务完不成，还会迎来一种最悲惨的死法。任务？我脑子里一闪，立即摸了摸我的身后，马上就想起，那盒胶卷在王四川身上。糟糕，我吸了口冷气，刚"啧"一声，忽然又想到了事情的另一面。

　　不对，这未必是坏事，那盒胶卷即使不在我身上，也是我离开这里最后的机会。

绝密飞行

那盒胶卷在王四川身上，那个"敌特"的目的就是拿到胶卷，那么他在一段时间以后，一定会进入这块区域里。

他虽然算计得非常精确，但是肯定不会知道胶卷在什么地方。他一定不知道这个"避难所"的存在（否则袁喜乐早死了），在估计我们都死了或者疯了以后，一定会进来慢慢找。

我觉得他很可能在进来的时候关上灯，或者戴上防毒面具，后者的可能性更大一些。这就好办了，人的欲望就是人的弱点，只要他没有一下子就找王四川，那么我可以设一个局，以其人之道，还治其人之身。不过，这家伙一定没有这么快进来，我想了想，心中有了一个大概的计划。

活动了一下，觉得四肢还是很酸痛，知道以自己现在的状态，即使那家伙进来我也没有办法制伏他，所以现在必须休息。我抱起袁喜乐，把她抱到远离门口的最里边的床上。

袁喜乐的身体滚烫而柔软，散发着一股让人心慌的体香，包裹她的衣服掉了下来，我用嘴叼住，竭力不去看。

但即使这样，我还是面红耳赤，把她安顿好后花了一会儿工夫平复下来；又把火罐拿到她身边，这样既可以让她取暖，也可以把本来就很微弱的火光遮掩一

下，不至于被人看到。

空洞的门口让人觉得没有安全感，但我想着外面有水，无论谁进来我都能听到蹚水声，所以倒不用太着急。

于是裹上衣服，我再次倒头休息，很快就睡着了。这一次没有睡死，做了好几个梦，浑浑噩噩的很难受，半梦半醒间我忽然觉得有点不对劲。

挣扎着醒过来，我就闻到一股淡淡的好闻的味道，慢慢感觉身体很暖和，再打起精神立即发现，我的怀里躺着一个人。

我先是一惊，但马上摸到滚烫而光滑的脊背，立即就知道是怎么回事了，我怀里的竟然是袁喜乐。她不知道什么时候爬过来，缩在了我的怀里。

我僵住了，身体的很多地方立即感受到了她光滑的皮肤，还有她那诱人的曲线。她贴得非常紧，脸埋在我的脖子间，手死死地箍在我的腰上。

我僵硬片刻，忽然就坦然了，拉拉盖在我身上的衣服，裹在手里搂住了她。

我不了解女人，也不知道在什么情况下会发生这种事情，也不知道发生这种事情的原因，但已经到了这时候，就这样好了，即使她醒来抽我巴掌也无所谓，即使她告我流氓罪我也无所谓。

她在我的怀里动了动，好像是回应我一样，抱得更紧了，我忽然发现我的胸口是湿的，她刚才哭过了。

我用下巴蹭了蹭她的头发，忽然就有一股奇怪的感觉从心底里涌了上来，我明确地知道那不是欲望，虽然无法压制我身体的变化，但我知道那种感觉不是欲望。

我就这么简单地、莫名其妙地，忽然觉得得保护她。

年轻人的恋爱，总是由一个非常小的点开始，然后迅速燃烧，那时候的爱是毫无条件和毫不保留的，甚至是没有理由的，一切都源于那个小点。

我不知道自己有这种想法是否就算是爱了，我抱着袁喜乐。对于一个经历了那么多，现在还没有走出恐惧，并且神志不清的女人来说，寻求一个拥抱甚至像这样身体相贴也许是不分对象的，即使换成了王四川，应该也会面临相同的局面。

但是，这对于我来说大不相同，我搂着她，这种滋味超过我以往获得的任何美好的感觉，不敢动也不想动，一直保持着这个动作。有可能是借助了我体温的原因，袁喜乐的额头开始慢慢出汗，呼吸平缓下来，体温也逐渐下降。两个人贴合到皮肤全是汗水，我才慢慢松开她，起来往烧着炭的罐头盒里加了点柴火。

外面的灯还亮着，我喘几口气让自己清醒一点，然后接了点污水洗脸。袁喜乐在床上翻了一个身，显然躺得舒服了一点。我又把烧着的罐头盒拿了两个过去，但不敢再放到她身边，怕她被烫着，想了想就放回了原位，开始琢磨详细的计划。这个地方非常安静，我必须设一个埋伏，把敌特引过来，而袁喜乐在这里。

如果单纯在这里设伏，一旦我失败，袁喜乐一定会被我连累，而且这个"避难所"对于我们来说很重要，我不能将这里作为我的设伏地点，得另找一个地方做一个陷阱。我小心翼翼地走到房间外面，一边用水打湿裸露在外的皮肤，一边环视这条走廊。

很快我物色到了一个方向，通道尽头的几个房间离积水通道大概有十七米的距离。这个距离能够保证袁喜乐的安全，那边可以做陷阱。

然后，我需要想个办法，能让我暴露在毒气里不受影响的时间长一些，关键是这水。我不知道这些水是怎么和毒气产生化学反应的，但这些水是关键。

墙壁上的水量也不小，我用自己的短裤做了个口罩，弄湿了包在脸上，却不敢轻易试探有没有用，因为还是有很多皮肤露在外面。我想起那些房间里可能因中毒而死的尸体，觉得估计皮肤裸露也不行。

正琢磨有什么更稳妥的办法，考虑把衣服弄湿，我忽然听到身后传来东西打翻的声音，好像是袁喜乐起来了。

我赶紧跑回去，就看到袁喜乐没有穿衣服，站在房间的中央，我码好用来取暖的罐子倒了一地。她正惊恐地发抖。

我赶紧走近，叫了一声："喜乐。"

她看到我，一下就冲了过来把我抱住。

她抱得极其紧，我能感觉到她浑身在剧烈地发抖，意识到她刚才可能以为我扔下她离开了，我的心不由得一痛。在这个地方，一个人被困了这么长的时间，即使是男人都会崩溃，更何况一个女人。

绝密飞行

"放心，我在这里。"我叹口气抱了她一会儿让她安静下来，然后想把她推开，但她死死地抱着我不放手。

我只好把她抱回床上，捏着她的手看着她，解释道："我不会走的，我在想办法让我们都能安全出去，不用害怕。"

她还是不放心地看着我，我看见她的眼泪顺着脸颊直接就下来了，要抽出手再次抱住我。

我暗叹了声，当时的我怎么可能受得了这种场面，她那种表情，就算是铁石心肠也被融化了。我狠不下心再推开，只能也抱着她，慢慢地发呆。

也不知道抱了多久，她才安静下来，我指了指地上的罐头盒，示意我要把这几个东西重新点起来，她才犹犹豫豫地放手。

我松了口气，起身把被她打灭的几个罐头盒全部拿起来，重新添入柴火点上。

添柴期间，我意识到这样下去不行，我可能没法说服她在这里等我出去设计那个敌特，她在黑暗里也不知道被困了多久。一个人被困着肯定比两个人被困着要煎熬得多，她看到我离开，肯定害怕得要死，我也不忍心让她再受惊吓。

但是她不说话，我没法和她交流，我得想一个办法让她相信我一定会回来。但是，这办法一时半会儿我肯定想不出来。我回去摸了摸她的额头，烧并没有退干净，亏得她经常风里来雨里去，体质十分好，否则连这一关都过不了。接着我发现她的脸上和身上全是污迹，手脚很凉，而且脚上长了水疱。

袁喜乐有一双很纤细的脚，这说明她的出身一定很好，一路过来走了那么多路，解放鞋的鞋底一定会在她的脚上留下痕迹。我用罐子烧了一罐子水，等水变温了，撕下自己衣服的衣角帮她把双脚擦干净，然后用皮带扣的扣针把脚底的水疱一个个挑破。因为皮肤已经被温水软化，她好像并不觉得很疼，而是默默地看着我。

我把水疱里的水都挤出来，然后用温水又擦了一遍，这下可能有点疼了，她几次都绷紧了身体。我看向她，她好像在竭力忍住痛苦，对我笑了一下。

我的心一软，她并不是没有笑过，但在她还是"苏联魔女"的时候，她的笑就是非常难得的。如今她这一笑，更像个小姑娘，无比地柔和。

可惜，这个笑出现在这样的情况下，如果她以后恢复了神志，这一切就和我没关系了。不过不知道为什么，我心中却是很满足，即使只有这么一个有瑕疵的笑，对于在这种环境下的我来说也非常不错。

弄完以后，我把她纤细的双脚放到床上，然后盖上背包，又把她的袜子洗了挂起来。她的袜子上有几个破洞，看得出都是最近才磨出来的，不像我的袜子，很久之前就像一个网兜一样。

我对她说："明天才能下床，今天就待在床上，好不好？"

她点点头，示意我坐下来陪她，我摇了摇头，心脏一动，想到一个能让她放心让我离开的方法。

接下来的三天，我无时无刻不在注意外面的动静，我的心情更加沉重。

每天我都会给袁喜乐洗两次脚，她脚上的水疱慢慢消了，在这么肮脏的环境下，居然没有化脓的迹象，让我放下心来。每次洗完，我都会去外面把水倒掉，再从墙壁上接点干净的水回来，我会故意在外面多待一段时间。前几次她有点担心，但看我每次都会回来，慢慢就没有那么敏感了。

我放下心来，另外，用罐头的盖子折出一块三角铁。

当时罐头盒用料很足，切口特别锋利，只要稍微加工一下，就是非常厉害的凶器。我尝试着用水浸湿我所有的衣服，暴露到毒气中，发现三层布最大限度吸水后捂住鼻孔，可以支撑我坚持五六分钟才会感觉到不适。五六分钟对我来说虽然不算多，但是已经足够了。

接着，我用我的皮带扣和一个空的罐头盒做了个铃铛，然后拆掉老唐的包，扯出里面的粗棉线，系在铃铛上，狂奔着跑到打算用来做陷阱的房间，挂了进去。

晚上，我们睡在各自的床上，但是醒来的时候，袁喜乐总会缩在我的怀里。

我并不是个圣人，承认这样亲昵的行为让我无法忍受，但是并不知道自己应该怎么做。在当时，我以为这样抱着，已经是最亲密的行为了。

在最安静和亲密的时候，我总是会突然产生一种想法，我希望那个敌特最好不要来了，就让我们在这里的安静中待下去吧。

然而，该来的总会来的。

绝密飞行

应该是四五天以后，我坐在门口静静地听着通道里的动静，听到了几声隐蔽的声响。

几天下来，已经习惯了每天毫无收获地度过，如今听到那几道脚步声，我还以为自己听错了。

但这儿实在是太安静了，安静到任何声音都藏不住，我立刻就意识到有人进来了。

总算来了——我的心突然跳得快了起来，找出三角铁，仔细地听着那声音，判断着对方的位置。

但是要准确地判断是很难的，我只能知道他已经在这些房间或者通道里了，离我们还有些距离。

我努力集中自己的精神，一边给袁喜乐草草擦拭了一下双脚，一边和她示意一下，就走了出去。

但我的表情一定已经有了变化，她好像有一丝惊讶，我并没有给她反应过来的机会，迅速拿着罐子走了出去。

谨慎地走出去几步，我扯起事先准备好的线头，缓缓地拉动起来。

空罐子和皮带扣做成的铃铛在另外一边的房间里响了一下，这种金属的撞击

果然，黑暗里的脚步声停止了，我并没有立即再次摇动，免得他有所怀疑。我等了一分钟，才又拉动一下，然后屏住呼吸，等着对方的反应。

在安静的等待中，脚步声又出现了，声音更加轻微，简直无法分辨，显然对方走得更加小心了。我松了口气，每隔两三分钟拉动一次铃铛，勾魂的响声有规律地响起。脚步声明显缓缓靠近了，我咬住三角铁，把自己整个浸入积水通道的水里，然后站起身挪到通道口。

我不知道他会从哪里走过来，如果从我面前走过去，我制伏他的机会就可以大些，但我并不希望这样，因为袁喜乐就在后面的房间里。我预设的好机会是，他进入哪个房间再出来的一刹那。

在浑身湿透的状态下，我可以在毒气中至少生存五分钟，时间还是很充足的。

很快脚步声变得非常近，而且效率很低，对方现在几十秒才移动一步，警觉性非常高。

走廊远处的灯光下并没有出现人影，他不是从那个方向过来的，脚步声传来的方向在我的右边。他不会路过这条积水通道，而是从另外一条通道直接到达那个房间门口。

那边没有灯，一片漆黑。

我有点不耐烦，待在积水的边缘，毒气没有完全被中和，让人有点恶心。我不得不一会儿就把脸没入水中，这一次出来的时间比以往都长，等着我的袁喜乐也是个定时炸弹。

我没有再拉动线头。在黑暗里，他一定看不到是什么在牵引那个铃铛，但万一听到线在转角的摩擦声就麻烦了。

咬牙忍住恶心，我把全部的注意力都集中到耳朵上，听着声音一点一点靠近，终于，几道明显的衣服摩擦声让我能判断那人应该在那边的黑暗里，在那道房间门附近。

我不敢动，这时发出任何声音都会功亏一篑，然后听见那边传来木板被拿下的声音。

那是我做掩饰用的木板，他一定靠在门外的墙上，正在取下木板。

进去吧，进去吧，我在心里祈祷，小乖乖，里面什么都没有，里面是安全的，别怕。

忽然，我听到黑暗里传来"呼啦"一声，木板被扔到了通道的远处。

我心里一惊，再去听，黑暗里什么声音都没有了。

难道他已经进去了？不可能。那个洞那么小，里面还有杂物挡着，他不可能不发出一点声音就进去的。

他一定没有动，还在原来的那个位置上，这是想把屋子里的人引出来。

这家伙简直小心到了极点，一点错误都不肯犯，我在心中怒骂，这可怎么办？这样僵持要到什么时候？

不过，仔细一想我就知道只能继续等待，看谁先没有耐心。我头上冒汗，发现自己想得太美了。这家伙显然是个心思极度缜密的主，不是野地里的麻雀。

而我实在没有其他办法，只能硬着头皮等。过了十几分钟，我才听到那边传来动静，显然是他开始往里爬了，里面的杂物被他推动，立即就发出了倒塌声。

我心中狂喜，小心翼翼地爬起来，趁着混乱快步冲过去，摸索着靠到那道门边，举起了三角铁。

就在我强压兴奋的时候，面前灯光一亮，我眼前顿时一花，几乎同时，我的头就被什么东西狠狠砸了一下。头晕眼花，我本能地往后退了几步。腿上又挨了一下，正落在我的软骨上，我猛然跪下，一把刀从后面伸过来抵住了我的脖子，冷冷地贴在我的喉咙上。

我惊了一下，后面传来了一道声音："别动，否则就切了你的喉咙。"我顿时僵住了，接着我的手被扳到身后，整个人被死死地压在了墙上。

我想说话，但是那刀紧紧地贴着我的喉咙，感觉我只要挪动一下，我的喉咙就一定会被割开。

这是生平第一次被人用刀顶着喉咙，我有点手足无措，刀尖在我呼吸的时候会刺痛我的皮肤，我花了一点时间才真正意识到出了什么事情。

"东西呢？"背后的声音传来，"胶卷呢？"

他的声音非常沙哑，带着一种很难形容的口音，我没法想出来他到底是谁，不是我记忆中任何一个熟人的声音。难道他不是队里的人？我心中生疑，来不及仔细分辨，他的刀又贴紧了几分："回答问题。"

我定了定神，心说：现在不是琢磨他是谁的时候，而是要琢磨该如何脱身。

无奈我身体虚弱，一时间做不出判断，结巴了几声，也不知道自己说了些什么，说完，后面那位猛地一拉我的下巴，把我整个人扭出了一个很不舒服的姿势。

"快说，否则宰了你。"那个声音变得更加低沉。

我暗想：你让我怎么说？第一，我不知道王四川跑哪里去了，胶卷在他们身上；第二，我说了肯定一样是死，理智告诉我，打死都不能说。"你放开我，让我喘口气，我才能说话。"我顿了顿才道。

"少废话，你没看到我的脸，我可以不杀你，但是你不说，我一定会杀你。自己考虑清楚。"后面的声音冷冷道。

我听着他的声音，有点害怕起来，因为这人说话的时候语气没有一丝波澜。如果要我从身后制伏一个人，我绝对做不到这么镇定。

这说明眼前的局面对他来说不算什么，那我最好真的不要轻举妄动。

"我说了你也不会信的。"我决定说实话，"我也不知道胶卷在哪里，但是我知道怎么拿到它。"

说完，我立即感到刀片往上一挑，顿时一惊，以为我这样说他不信，要动手了，不过那刀一下滑到了我的眼睛边上。

"别乱说话，别乱想办法，你要想用这办法找机会，我一定会挖掉你的眼睛，或者切断你的手筋，然后才让你带路，到时候你生不如死。说实话，我不想杀你，但你没多少选择。我最后一次问你，东西在哪里？老老实实说出来。"

这时我彻底绝望了，在电影里，那些主角有大把机会可以从这种局面下逃脱，他娘的在现实里出现，我竟然毫无办法。

"不在我这里，在王四川那里。"我道。

"王四川是谁，在哪里？"

"死了。"我撒了个谎。

"死了？"对方就觉得很意外，"尸体在哪里？你为什么不把胶卷带回来？"

"我没有时间，这个地方有问题，当时我和那个女人都中毒了，能活着逃到这里来已经很走运了。"

"你被派到这里来，就不能叫作走运。"他冷声道，抓住我的头发，"我去看看，如果你骗我，你就准备少只眼睛。"

我已经感觉到头晕，立即道："到不了那个地方我可能已经死了。"

他冷笑一声刚想说话，忽然闷哼一声，整个人好像被什么东西一撞，直接磕到了我的身上。

匕首立即在我眼睛边上划出了一道血痕，我不知道发生了什么事，但是后脑勺儿又被用力一撞，不知道撞到了什么。

混乱间他的手电脱了手，撞在墙上，打着转儿摔到地上。在晃过的手电光中，我看到袁喜乐拿着一把三角铁，对着那人就刺。两个人一下滚成了一片。

我捡起手电上去帮忙,那人穿的三防服已经被袁喜乐刺破了好几个口子。但袁喜乐到底是女人,很快那人就挣脱出来了,手里拿着匕首乱挥。

我上去把袁喜乐拉回来,用手电照着那人,那人捂着伤口,跌跌撞撞地往后退,没有任何犹豫就往黑暗里跑去。

我心中暗骂,看到地上已经有不少血迹,刚才袁喜乐突然袭击,让他猝不及防。那几下一定不轻,我看到他的防毒面具都被刺中了,破了好几个口子,可惜我没有抢下来。

袁喜乐抓着我的手臂发抖,将三角铁丢在一边,双手都是血。

我抱紧她用手电照地上的三角铁,一边思考这东西是从哪里来的,一边觉得胸口很不舒服。我们两个退回到那个"避难所",再次用水擦拭了身体。这一次我知道该怎么做了,只是看着袁喜乐,场面还是非常尴尬。

看着袁喜乐,我也不知道该怎么说,没有想到她会突然出来给我解围。如果没她,我可能已经死了。但是刚才实在太危险了,我宁可她不出来。

回去以后给她洗手时,我发现她的手被三角铁割了一道很大的口子,血已经凝固了。我非常感动,难道在我出去的时候,她模仿我做了一把三角铁?但好像她做的东西有棱角,把自己都划破了。

"谢谢。"我对她道，把她的手捂在我的手中间，朝她笑了笑。

我没有想过我会以这样的心态来面对她，以前在单位的时候，她严厉得像老娘一样，现在却像我的女儿。

她默默地看着我，嘴巴张了张，眼里不知道是眼泪，还是怜悯，我觉得她好像要说话。

我咬了咬下唇等着，但是过了很久，她都没有什么反应。

我叹了口气，拍拍她的手，心说：此地不宜久留，我必须尽快把电源关掉。

刚想起身，她一把把我拉住了，我心里一动，知道刚才我出去已经失去了她的信任，正想着如何解释，忽然她凑上来吻在了我的唇上。

一刹那，我只觉得一股香气逼来，顿时脑子一片空白。

分开之后，她忽然拉住我的手，靠近被床遮挡住的墙壁，让我往里看，那里刻了一行很不起眼地字。

"必然导致必然。"

字刻得十分潦草，不知道是谁刻的，也不知道是什么意思，不过一定是之前被困在这里的某一个人刻的，很可能就是袁喜乐自己。

"你刻的？"我觉得奇怪。

她摇了摇头，指了指我的心。

我看着那几个字，觉得莫名其妙，但是她好像正在慢慢恢复，而且想传达什么信息给我。这是个好消息，我看着她露出疑惑的表情，想看她还有什么举动。

就在这个时候，忽然眼角一闪，我再看就发现通道里的灯灭掉了，外面变成了一片漆黑。

我愣了一下，心说：怎么回事？是电源出问题了，还是电闸被人关了？

难道是王四川他们？我想。但是不太可能。王四川即使还活着，也一定凶多吉少。他们如果要这么干，肯定早就这么干了。

我忽然意识到可能是那个敌特干的，防毒面具被我们破坏以后，他和我们一样失去了防护能力，要活着离开这里的办法只有一个，就是熄灯。这倒是省了我不少事情，我可以直接把袁喜乐带出去。但我不知道熄灯以后，那些蒸腾的有毒气体要多久才会失去作用，而转念一想，又觉得不对。

那家伙的伤不知道多严重，袁喜乐的力气不大，那绝对不会是致命伤。从他逃跑到灯熄灭没有多长时间，看样子一定还在我们附近。而空气中的毒气浓度很高，他现在一定很不好受，能不能熬过去还是个问题。

但他一旦熬过去了，就是一个心腹大患。刚才我们之所以能在劣势下暗算他，就是利用了四周的黑暗。刚刚他几乎算到了我的想法，在如今这样的情况下，一定在黑暗里等着我们。

这是他唯一的机会了。

希望这个王八蛋熬不住吧，我心说。可恨的是，在这种地方，如果没有手电，摸黑走路的话，一定会绕晕。而假使我们开了手电，又会是一个巨大的靶子。

最可恶的是，我完全不知道该往哪里去，即使开了手电，也要花很长的时间去找。

之前敌特是有目的的，他的目的成了他的弱点，现在我们有了目的，我们的目的也照样成了我们的弱点，看来人只要有所求就会变弱。

想着，我心中凛然，忽然意识到，这场事实上只有三人参与的争斗，会变成一场糟糕的捉迷藏游戏，而且会旷日持久。

我退回来，我不是擅长使阴谋诡计的人，刚才已经用上了我全部的智慧，现在觉得自己根本无法想出什么好办法解决这个死局。

刚才的狂喜瞬间被浇灭，我心中无比地郁闷，不由得捂住了脸，努力压制心中的焦虑。如果没有刚才那种成功的错觉倒还好，现在回到这种局势下，我觉得自己简直蠢得要死。

当时如果能直接抓住那个王八蛋，现在什么事情都没有，就差那么一点，就差那么一点！

袁喜乐在一旁抱住了我，我才松了口气，在这个无比潮湿的房间里待着真的很难受，幸好我不是一个人。万幸。等到毒气消散，我们也许可以到一个干燥的房间里去。

我们又等了一夜，我几乎没有睡觉，看着门口的黑暗，总觉得睡着以后会有危险，虽然我知道在黑暗里，他想找到这里几乎是不可能的，他能利用的就是对这里环境的熟悉，可进可退。

袁喜乐躺在我的怀里，每天晚上她只有这样才能入睡，但是今天，我发现她没有睡踏实，一直在躁动——也许是怕我半夜像白天一样离开。

我心里计划着，盲目地在黑暗里摸来摸去，一定不是办法，去开灯怎么样？那我就不得不把袁喜乐一个人丢在这里。说实话，那种毒气太恐怖，我宁可在黑暗里待着，而且那家伙如果铁了心要干掉我们，一定会把电闸破坏掉。

我有这里的平面图，虽然不知道自己的方位，但是如果能到达这块区域的角落，我就可以以那里为起点在这块区域寻找出口。这么一想，我觉得情况好像也并不像我想的那么糟糕，只要自己小心不被对方伏击。

我幻想着自己摸黑寻找出口的样子，忽然心内一动，想到我们在这座大坝第一次看到袁喜乐的时候，她正在黑暗里摆弄一个房间门口的木板。

我一个激灵，她知道来这里的道路，难道当时她是想出去？

这么说，那个地方，难道就是出口？

我忽然兴奋，越想越觉得有道理。虽然完全想不起来那个地方是什么样子，但是我可以把查找的区域缩小很多。而且，说不定我们到达那个地方附近，袁喜乐会帮我在黑暗中找到那个地方。

我的焦虑猛地消减了不少，想立即把袁喜乐叫醒，但还是忍住了。她睡得不踏实，但到底是睡着了。

长出口气，她的头发蹭着我的下巴，很痒，我拥了拥她，换个更加舒服的姿势，深吸一口她身上散发出来的女人味，把脸颊贴在她的额头上闭上了眼睛。这时候，我感到她的头动了动，把头抬了起来。

她的鼻子蹭到我的下巴上，接着我感受到了她湿润的嘴唇和呼出的气息。

不知道为什么，我立即僵住了，一股热气从我的心里腾地上来，我忽然心跳加速。

我搂紧了她，立即想把这种奇怪的悸动压下去。她被我一搂，发出了一声轻吟，接着我就感觉到她的下巴凑了上来，在我的脸颊附近亲昵地滑过。

我的脑子空白了片刻，感受着那温和的气息，几乎同时，我的嘴唇好像被什么控制一般不由自主地迎了过去。

　　那一瞬间，我忘记了自己处在一个污秽不堪的房间里，忘记了外面弥漫着浓烈的未知毒气，忘记了这里距离地面一二百米，忘记了一切的不美好，心里只剩下我吻着的女人和她炽热的身体。

　　她比世界上任何东西都要美好。

有些夜晚只是时间流逝，有些夜晚却可以让人刻骨铭心。

很多事情，你感觉它变了，但它其实只是换了个样子；有些事情，你发现什么都没有变化，但你真的被改变了。

自那一天以后，我就有这种感觉。

醒来的时候，我看着袁喜乐在我怀里熟睡的样子，昨晚那些令我眩晕的片段，让我的心不由自主地加快了跳动。

在那些事情上，我还是一个什么都不懂的孩子，我对那些回忆，更多的是羞涩和渴望。

不知道是不是心理作用，她醒来之后，我发现她的面色有些不自然。她用一种很复杂的眼神看着我，那种眼神，让我有一种很奇妙的感觉，好像我们之间有了共同的秘密。

我整顿片刻，收拾了所有的东西，就带着袁喜乐尝试着走出房间，一点一点地远离积水通道。空气好像毫无变化，但是我发现，已经没有了那种让我窒息的感觉。

我们走得很小心，我紧紧握着她的手，我知道我握着的不仅是一双手，还是一个需要我担起全部责任的女人。

这也许是一种可笑的情绪，但是我知道，我现在可以为我握着的这只手的主人牺牲任何东西，而且绝对不会后悔。

我根据自己模糊的感觉，贴着墙壁一点一点地前进，时不时停下来听听动静，黑暗里没有任何声音，不知道那个家伙是死了，还是正潜伏着。

走过一个岔路口的时候，我犹豫应该先选哪边，袁喜乐却抓着我的手，让我去摸墙壁。

我摸着，发现墙壁拐角的地方有三道非常深的刻痕。

我恍然大悟，原来她是这样在黑暗里行进的。这些刻痕不知道是谁刻下来的，但是它的深度，足够让人在黑暗里依靠触觉分辨出来。

我继续拉住她的手，在刻痕的方向转弯，在黑暗里继续摸索往前，很快就来到了下一个岔路口。我摸着墙壁，果然，在这个岔路口的转弯处又摸到同样的刻痕。

有门，难怪之前在那么暗的情况下，这个女的能跑得那么快，而且准确无误地回到"避难所"里。这里环境太恶劣，没有指引的话，自己实在不可能注意到这些细节。

一路跟着刻痕，我们来到了一个房间门口，我不敢打开手电，但是感觉这里应该是我们当时发现她的地方。我和她弄掉了房间门口的木板，摸索后发现上面出现了一个能供一个人通过的狗洞。

我稍微放下了心，没想到会如此顺利，但同时感觉奇怪，为什么什么事情都没有发生？

我们停下来，四周还是没有一点动静。说实话，这里这么安静，我们一路摸索，对方一定能感觉到我们。但是，他好像没有采取什么措施。

这不符合常理，如果要伏击我们，必定偷摸过来，为什么他什么都没有做？难道真的死了吗？

心里忍不住一惊，我忽然想到了另外一种可能性。

难道他和我当时一样，是守株待兔，等在一个我们必须进去的地方？

袁喜乐正想进入那个房间，立即被我拉住了，我拉着她后退了几步蹲下来。出口在眼前，但是我一下觉得这个房间里充满了威胁。

难道，那家伙在里面？

确实有这个可能。这条出路他肯定也知道，对于他来说，与其到处找我们，不如等在这里实在。

那一刻我有一种啼笑皆非的感觉。就在昨天，我设下了一个陷阱，等着那个敌特来闯，我能想象他当时的纠结。但是现在，他可能把这一切原封不动地还给我了，我现在面临的问题几乎和他昨天面临的一模一样。

如果他躲在里面，手里有一把匕首，只要我进去就会立即被伏击。但是，我不进去，就没法离开。

这里的木板十分结实，没有王四川的铁棍，我也没有办法把出口弄大，爬进去几乎等于送死，心中的郁闷别提了。

我犹豫了半天，发现只能冒险试，洞里面一片漆黑。

我把拿下来的木板和几个背包都挂到胸口，手里拿着三角铁，用双臂撑着，面朝上爬了进去。一进去我用左手挡在自己面前，几乎贴地趴着，等着有人扑上来。

然而等爬进去翻身站起来，也没有谁扑上来，我静下来戒备，感觉这里非常安静。

愣了一下，我小心翼翼地打起手电，找了一圈，发现这里什么人都没有，而一边的墙壁上方，有一个被拆掉风扇的通风管道口。

我又转了一圈，确定没有人，觉得好笑，妈的，完全是自己吓自己。

把袁喜乐叫进来，看到她熟练地踩着床铺上去爬进通风管道，我也跟了上去。

通风管道还是同样的构造，但显然不是我们来时爬的那一条，我们一路往前爬，很快看见了新的东西。

我来到了一个奇怪的地方，手电往下方一照，看到下方是一个巨大的水池。整个房间里都是锈得生了鳞片的铁壁，没被水浸没的地方有六七米高，至于水下有多深，我不知道，一水池的死水全都被铁锈染成了一种浑浊的红棕色。

我用手电扫了一圈，发现水面以上的四面铁壁上有无数的通风管道出口。有一条走廊贴着铁壁围了这个房间一圈，在走廊上可以去往所有的通风管道口。

看来这个地方是通风系统的空气净化室，大量的空气在这里交换净化。

　　另一边有一道门，袁喜乐非常开心地跑过去拉了一下，发现门好像被锁住了。她的面色一变，显然有点难以置信，又拉了一下，我帮她去拉，发现门被卡死了。

　　我用力敲了一下门，这肯定是那敌特干的，他娘的他除了锁门还会干什么！

　　手电照向其他的通风管道口，我不知道这些管道能不能通到其他地方，立即拿出了平面图看这里的结构。

　　可惜，平面图上没有我想要的信息，这种隐秘的设置会被作为渗透和偷袭的通道，标有所以通风管道的平面图肯定是保密的。

　　不过走运的是，我在图上看到了这个房间的位置。我发现，在这池死水的下面，有一条通道通到外面的地下河，距离大概有五十米，不算远。问题是，在这条通道的出口处，有铁闸门用来换水，我们必须打开它才能出去。

　　这道闸门的开关，就在司令部隔壁的那个控制室里，我们根本不可能回到那边，但是我有了找电缆的经验。

　　闸门的电路不会太复杂，而且电缆会尽量避免在水下走。

　　所有的通风管道里都有电缆，这儿还是一个电缆枢纽，我找着找着，很快找到了通到水里去的唯一的电缆。

　　我脱掉自己的外衣，包着三角铁，把电缆的皮刮掉，然后找了另一条差不多粗细的可能通电的电缆，把两条电缆一接，火光四射，池里的污水开始出现漩涡。

　　这是在排水，水脏成这样，我不敢跳下去。很快水就换清了，我和袁喜乐对视一眼，我抱着她一下跳进了水里。

　　手电入水后坚持几秒就灭了，但已经足够我看清水下通道的方向了，我们摸黑游了进去。

　　五十米的距离说长不长，说短不短，但我不知道袁喜乐水性如何，也不敢大意，只管往前游，一边游一边随时摸自己的上头，看是不是游出了管道。

　　然而大概是太紧张了或者出于其他什么缘故，我一路游下去，很快觉得气闷，而摸着上面，一路都是管道的顶部。

　　我不由得着急起来，想着是不是需要回去看看平面图，如果看错了，等下空气没有了，那岂非活活淹死在这里？

犹豫的时候，手脚慢了，气息也更加急促，胸口开始发闷，我很想吸气，知道自己一定得回去，否则很可能呛水。

刚想拉着袁喜乐返回，她却推着我不让我回去，我的气息这时已经用尽了，被她推几下，完全慌了。

慌乱间她拉着我的手，用力捏着，然后示意我往前，非常坚决。

我下意识地跟着她，在极限中坚持几秒，忽然头顶空了，可以上浮了。

意识游离中，我头晕目眩，发现有无数的灯照向了我，我觉得莫名其妙，随后被人抓住手，拉出了水面。

第
二
十
章

生
变

　　袁喜乐也被拉了出来，我被地下河上的冷风一吹，人缓了过来，吃惊地发现
四周全是工程兵。到处都是大型汽灯，把整个基地照得通亮。我看到了大量的皮
筏艇上全是运着物资的工程兵，有几百人，都在河道上。。

　　"怎么回事？"我摇摇晃晃地说，还没有说完，那些扶着我们的人让开，一个
军官从后面走了过来，对我敬礼，让我们跟他走。

　　我被他们扶着，一路走在铁网道上，看到很多设备被防水帆布盖着，都是我
在地面看到的那些，现在竟然全部被运了下来。而近处，无数的人在解构这里的
设施，走到一处物资后，我看见一个军官站在那里。

　　我认识这个人，看到他出现在这里，立刻意识到情况发生了很大的变化。这
个人姓程，不是我们系统里的，但我在克拉玛依见过他。他是跟随地质队出任务
的正规部队总指挥，负责周围一切保卫和保密事务。

　　我们都叫他程师长，他的部队番号是很有名的华西军区二十四师，只要是当
年去过大西北靠近新疆的人，都会知道这支部队。他出现在这里，让我感觉非常
意外。

　　在克拉玛依，他对我们非常客气，但是我们看得出这个人平时不苟言笑，是
个典型的职业军人。

他看到我们立即走了过来，看到我没力气说话，对扶着我的人道："送到医疗区，我马上过来。"

边上的人立即拖动我们，我们被送到医疗区，我看到了之前在陆地上碰到的医务人员。医务人员看到我们都迎了上来。

我此时还拉着袁喜乐的手，她必须去另一顶帐篷，但她紧紧拉着我的手不放。

我看着她的眼睛，也不想放手，但是有一个女护士过来拉她，我看着四周的人，忽然犹豫了一下，手一松，瞬间她被人拉开了。

她没有反抗，只是看着我，我抬了抬手，想说我就在她隔壁的帐篷，让她别害怕，但她已经被簇拥着进了一顶医疗帐篷。

我不知道为什么在当时有了一种错觉，忽然，在我们之间好像出现了一层奇怪的东西，让我觉得非常不安，但没来得及多想，就已经看不到她了。

我被送进了另外一顶帐篷，我问他们这是怎么回事，怎么大部队全部下来了，医生意味深长地看了看，让我别问那么多，该我们知道的，我们都会知道，现在最重要的是休息。

我的衣服被换下，开始做身体检查，我看着沉默的医务人员，心中的不安更加强烈。大部队下来了，背后一定有重大的原因。

可惜，这样的不安并没有持续太长时间。我躺下之后，被遗忘的疲惫好像潮水一样涌来。在护士为我输液的过程里，我慢慢睡了过去，真正地睡过去。

我一个梦也没有做，完全失去了知觉。

我再醒过来，已经是两天以后。

我的身体在这两天里一定经历了翻天覆地的折磨，身上各种酸痛无法形容，简直连脚趾甲都觉得酸痛。医生还不让我下床，只吩咐护士给我吃一些流食，然后继续休息。

我问他袁喜乐怎么样了，他就朝我暧昧地笑笑，说和我差不多，我不知道是什么意思，但是那种笑让我很不安。我几次想溜出去看看，但是没有力气，总是下床就摔倒在地上，后来护士就对我发脾气说，我每次摔倒都会让她挨批评，我再摔倒她就要被记处分了，让我老老实实在床上躺着。

不知道我的身体是怎么了，我对自己很了解，绝对不会这么容易就站不起来，心中开始不安，心说：这该不会是中毒的后遗症？

我问医生，医生告诉我，我这样不是因为中毒，而是用了解毒剂。那种毒气对人的神经系统有影响，这几日我挂的吊瓶里都是解毒剂。

我觉得奇怪，难道他们已经知道我中的是什么毒了？我再问，医生却没有透露更多，只说等我伤好了，再详细和我解释，因为这种毒气的运作机理很复杂。

那个年代阶级观念很深，该不该知道、该知道多少，界限都是很明确的，我也没有为难他，只问他我什么时候可以下床走动。

他说起码还要三天时间，之后需要看尿检的状况。这种毒气对我身体的伤害是永久的，我本身吸入得不算多，可能不会在年轻的时候显现出来，但老了会很麻烦，现在处理得好不好，对以后的身体状况有很大的影响。

我想袁喜乐应该和我是一样的情况，她应该比我更严重，不由得担心起来。但这时没有力气，我总不能爬着去见她，于是只好克制住自己。

三天后，我果然被准许出帐篷，被人搀扶着，只能在帐篷外的凳子上坐一会儿。但我发现在短短三天时间里，整个基地已经灯火通明，架起了大量的照明设备，以及无数的帐篷。我目瞪口呆地看着，感觉到一丝不对劲。

这么多的照明设备和这么多的人，看来大部队会在这里驻扎相当长的时间。他们没有等我们返回就全部下到洞里来了，显然上头的计划有变。难道我们在洞里的时候上面发生了什么，所以让他们这么大动干戈？

　　虽然医生和护士对此都讳莫如深，但从其他人的对话中，我找到了一些蛛丝马迹，上头决定下到洞穴的原因本身就十分晦涩，他们也许不明白自己做出这样举动的原因。

　　唯一明确的，就是这些人被通知准备出发的时间，就在老猫进洞两天后。

　　那段时间，我们和老猫应该被困在仓库里。

　　从日本人绘制的整条地下河的地形图来看，我们所在的勘探线路应该是最重要的。不过，确实也有其他支流汇聚到"0号—川"。

　　我觉得能够作为解释的是，探索地下河分支的其他勘探队已经有人回归，并且带回了非常关键的东西，使得上头做出更改计划的决定。

　　至于是什么东西，我完全无法判断。事实上，我觉得即使是我们带出的胶卷，也不值得上头决定派下来这么多人。如果确实像我想的那样，那其他分队带上去的东西，一定让上头觉得下来长期驻扎是值得的，并且是必要的。

　　从我以往的经验来看，这东西本身也许并不重要，比如说上头感兴趣的，是那些不知道是什么类型的，必须低温冷藏的炮弹。

　　当然，这一切都是我在病床上的臆想，真正的原因，我可能这辈子都不会知道，这我倒不在乎。我不能知道的事情，在当时多了去了，也不差这一件。不管

怎么说，大部队出现，对我们来说终归是一件救命的事情，我没有什么可埋怨的。至少现在我躺在舒服的床上，三餐有人照顾。

只是好几次在半夜醒来，我都会花几秒钟才能反应过来，我现在已经在帐篷里了，而不是在那个积水的小房间，但是身边没有袁喜乐，总会让我在半夜涌起强烈的想见她的冲动。

另外，不知道出于什么原因，也许是因为在那块区域看到了躺在床上的成片的鬼子的尸体，我总觉得这个地方有着某种不安定的隐患随时可能会带来危险。这种忐忑的感觉十分隐晦，但时刻存在着，我觉得非常不安。

我在帐篷里又躺了一个多星期，身体也基本恢复正常，但是还得拄拐。

又过了一个多星期，我被获准可以在医疗区自由走动。我首先做的事情，就是去寻找袁喜乐。虽然帐篷很多，但我还是很快想办法知道了她在哪里，可惜门口的警卫不让我进去。

我在帐篷外面站了半天，身边有很多人经过看着我，各种奇怪的反应扑过来，竟然把我心里那么强烈的渴望压了下去。

我没有叫她，只是想象着她在帐篷里的情形，然后转身离开。在那一刻，我有点看不起自己。

在返回的路上我有点失魂落魄，在医疗区漫无目的地乱走。在人来人往中，我恍惚间好像看到了当年鬼子在这里的情形，转而又觉得时过境迁，鬼子到死也想不到，几十年后这里会有这样的一个人带着这样的心情在这个基地里穿行。

我不由得苦笑，之前自己从来不是什么多愁善感的人，现在却变成了这副模样，烦闷中想着去搞根烟排遣，忽然看到一边的帐篷里出来了一个身材魁梧的人。

那人没有注意到我，端着流食一边吃一边和四周经过的人打招呼。

我看着他，过了很久才反应过来，简直不敢相信自己的眼睛，立即走上去叫道："四川！"

王四川回过头，感觉他看到我觉得非常意外，两个人面对面站着，一下子百感交集。我真的不敢想象他竟然没事，忙问他怎么回事，当时到底发生了什么，他为什么一下就没了声音，怎么从毒气室逃出来的。

王四川看了看四周，一副欲言又止的模样，想了想迅速拉着我进了他的帐篷，又立即把帘子拉上。

我感到很奇怪，虽然我们的行动受到限制，但上头既然放我们出来到处走动，就应该是不怕我们相遇，但是王四川又好像非常忌讳。

环视四周，他这顶帐篷里的情况和我的帐篷差不多，吊瓶也和我的非常相像。他这几天一定也在接受和我一样的治疗。

他把我拉到帐篷靠里的位置，离门远了一点，对我说：“遇到你太好了，我正愁怎么找你，咱们得快点想办法离开这里。”

我猛地觉得奇怪起来，问他怎么忽然说这个。

他拉我坐下，压低声音道：“我这几天一直在找你，他们说你也被救上来了，但我不知道你在哪顶帐篷，有些帐篷我进不去，急死我了。”

“怎么回事？”我问道，“到底出了什么事情？”

“我也不是很清楚，但是我们很危险，得想办法出去。”

我觉得疑惑，他看了看门外，压低声音道：“我从头和你说，你听完就知道了。”

在帐篷里，王四川把他遭遇的事情对我大概说了一遍，我听完以后非常惊愕，他说的事情和我的经历很不一样。

他们和我跑散之后，连追了几个岔口，发现已经完全跟不上我们。而那里的地形又实在太过复杂，就算运气很好，他们也很难在短时间里回到“避难所”。

那时如果继续在那块区域盲目寻找，恐怕只有死路一条，他和马在海没有商量过多，只是稍微一想，就明白唯一的活路是回到来时爬过的通风管道，回到那间放映室去。

他们在当时就原路返回了，这也是我跟袁喜乐跑到一半就听不到他们的动静的原因。

他们爬进通风管道，一路往回爬，但通风管道里的烟雾非常浓烈。他们最后爬过那道封闭的口子，用一边的水泥块和自己的包堵住了毒气口，然后待在通风管道的中段，打湿衣服捂住了口鼻。

我听到这里，就知道他们是侥幸保住了自己的命，通风管道里没有灯，那些

绝密飞行

毒气进管道之后大部分在黑暗的地方凝结了。

他们在通风管道里等了很长一段时间，也不知道后面毒气室的情况，直到前面的浓烟逐渐散了，才又爬回放映室里。

放映室的门如我所想，一直都没能打开，烟雾消散之后，他们想了很多的办法都没把门弄开，之后就一直待在那里。

难怪我怎么叫他们都得不到回应，我心说。

他们在大坝的内部，而我和袁喜乐是通过水路出来的，所以等搜索队搜索到他们，已经是我们被救上来两天之后。不过他的体质比我要好，中毒也不深，所以很快就恢复了。

后来他知道我已经被救上来，却一直没机会出来找我。当时他和马在海都在医疗帐篷里，本来以为一切都过去了，但完全没有想到，两天后，马在海忽然出现奇怪的症状，挺了三个小时就死了。

"死了？"我心里咯噔一下，难怪这里只有一张床，又心里一沉，暗想：怎么会这样？好不容易逃过一劫出来了，马在海竟然会死在外面。

"我看着他死的。"王四川阴着脸，"他输药的时候，我按着他的手，他死的时候非常痛苦。"

"为什么？"我问道，"你们不是中毒不深吗？"

王四川摇头道："医生说，是因为抗毒剂过敏。"

从他说话时的神情中看得出，他不是单纯地悲怆，好像还有一种其他的情绪，我就问道："你觉得不是因为过敏吗？"

他忽然又看了看外面，从自己病床上的褥子下拿出一个东西给我看，说道："这是我按着马在海的手的时候，他偷偷塞给我的，你看看。"那是一个药瓶。

"这是什么？"我问道。

王四川转了一下药瓶，我就发现药瓶的标签上歪歪扭扭地写着几个字："小心，有人下毒。"

我倒吸了口冷气，马上道："怎么回事？"

"他没来得及说。"王四川道，"但他是第一个去做报告的人。我不知道他是什么时候写这句话在这个药瓶子上的，也不知道他为什么不明说，却在那个时候，用这种方式告诉我。"

我看着药瓶，心里觉得非常奇怪——马在海这么做有什么用意？为什么有人会对他下毒？难道是敌特吗？

"马在海给了我这东西，而且他死了，我看这事假不了，所以他死了以后我就没有再打点滴。"他道。

"上头不知道吗？"我问道。

"他们应该有怀疑，但是我觉得他们怀疑的是我。"王四川道，"毕竟我和他住在一顶帐篷里。"

我想到袁喜乐帐篷外的警卫员，难道做那样严密的警戒是因为这件事情？

"肯定有特务混在外面那些人里，要把我们干掉。"王四川道，"咱们现在随时

都有危险。"

我从他的表情看出他是认真的，但我想不通。"为什么？"我问道。事已至此，在这里暗杀一个人要冒很大的风险，对于特务来说，没有必要。也许马在海只是发生了意外。

"我不知道，老子又不是特务。"他道，"待在这里，我们迟早会被干掉，这么多人，防不胜防，我简直不敢睡觉。"

"难道是那家伙没有死？"我想着那个一路如影随形的敌特，心里发寒。我们获救之后消息闭塞，连找个明白人问的机会都没有，也不知道到底怎么样了。

"那家伙没那么大能耐，要干这种事情，得上头有人，看样子高层里还有老鼠。"

我皱起了眉头，说"这事我们摆不平啊，一定要通知上头才行"。王四川就摇头："你他娘知道上头哪个是？现在这里谁管事我都不知道，如果是最大的那个有问题，我们怎么说都是死。现在最好的办法是，想法子让上头尽快把我们送出去，我们到司令部告去。"

我明白了他说"快走"的意思，如果换作其他人，我会觉得这是无稽之谈，是多心，但王四川的性格非常实在，并且马在海死了，我知道这事应该不是捕风捉影。

王四川把标签撕碎了，丢到一边的痰盂里，道："你怎么想？同不同意我的说法？"

"上头找你谈过吗？"我问。

他摇头。我就道："这事不可能就这么过去，我们肯定也会去做报告，但马在海只是一个工程兵，没有理由找他做完报告就了事，了解地质方面的信息，上头应该找我们才对，然而他们好像一点也不着急找我们了解。如果说这是因为我们身体不好，我觉得说不过去，上头没有那么多耐心。这事有蹊跷。"

"什么蹊跷？"

我想了想，举了举手指道："我想，一定有人在我们之前已经做了地质报告，上头认为核心信息，听一个人说就够了，所以我们掌握的信息就不着急了。"

"你是说，我们队里还有人幸存，那些人做了报告？"

我点头，老唐他们死在了那块毒气区域里，但应该不是所有人都在里面，至少我就没看到老猫和裴青他们。不晓得他们现在怎么样了。

裴青在系统里名气很大，老猫地位特殊，他们做报告的概率确实比我们高很多。

"这件事情我同意你的说法。"最后我做出了结论，"但是你现在着急也没有办法，这个项目保密级别这么高，我们的去留问题一定不是我们能做主的。"

"我一个人的时候，还真没办法，但是你在就好办了。"王四川道，"胶卷的事情你没跟上头说吧？"

我摇头，根本没有机会说，也没人来问我。我问他道："胶卷不是在你身上吗？"

"是，我没想到会有人进来救我们，所以被救出去的时候，胶卷就在身上。直到马在海做报告的时候，我们才把胶卷交了上去。"王四川道，"我特地关照过马在海，让他尽量别说我们看过内容，但我不知道他做报告的时候有没有扛住，也许当时被那气氛一吓就全说了，你知道他太嫩。"他道，"他回来的当天就开始不舒服，几乎立即就发病了，我没有时间问他。这他娘成了个问题，我们被救出来的地方就是放映室，身上带着胶卷，这等于被捉奸在床。"

"你是说，你不知道他说了什么，所以我们做报告的时候就会有问题，万一和他说的不一样，我们的事情就会露馅儿。"

王四川点头："马在海死得不明不白，我们的说法又有问题，你知道这意味着什么。"

我之前没想到过这个问题，是因为我以为王四川和马在海都牺牲了，没料到情况会有这样的变化。但听王四川的语气，我知道他有办法，就问他该怎么办。

他道："我们中有一个人得说实话，另一个按照我们当时商量的来说。这样，不管马在海是怎么说的，咱俩中间都有一个是清白的。这么一来，另一个人会被怀疑，而一个是犯人，一个是证人，我们就会被押出去，送到地面上去。我们只要离开这里，至少没有了生命危险。"

我想了想，觉得这确实是唯一的办法，在当时出这种事情后果非常严重，弄不好要被打成"左"派。于是我俩定下我说真话，他说假话，又合计了一下怎么

说，他就让我立即回去，见机行事。

我拍了拍他的肩膀，他也拍了拍我的肩膀，各种心情无法言表，也没再说什么。

我走出他的帐篷，觉得事情变得十分麻烦，倒是暂时忘记了袁喜乐的事，当下有点后悔决定回去看那盒胶卷。到这时我才意识到，不像以前犯的那些错误，这一次如果被发现，我们一定会被送上军事法庭。而且我们要是不看，马在海也可能不会牺牲。

不过，如果不去看的话，也就失去了和袁喜乐度过的那几天几夜，这么对比之下，两者难以取舍，我只好不去想。

一路想着做报告的时候该怎么说，哪些可以详细说，哪些不能说，不能说的部分怎么补上，我想了个大概，发现很难说得明白，那几天几夜发生的事情太多了，于是一下子焦虑起来。

我回到自己的帐篷前，忽然发现不对劲，医务长和护士都在帐篷外面站着说些什么，看到我来了，医务长过来道："跑哪儿去了？快，首长在找你。"

我还在诧异，他已经打了一下招呼，里边马上出来了四个警卫兵，面无表情地对我敬礼道："请跟我们去一趟司令部。"

我立即敬礼，心里咯噔一下，知道担心的事情躲不过，却没想到来得这么快。

司令部在大坝基地边缘的一栋水泥房子里，已经加固过。

这是我获救后第一次走出医疗区，一路上发现到处都在急性加固和检修，焊接光闪得一大片一大片的。

走进水泥房，我看到几个军官正在说话，其中有我们刚被救上来时碰到的程师长，他们都板着脸。

如果在其他时候，我对付上级还是挺有一套的，我这人属于老大难，看上去老实，其实心眼儿不少，做事不会出大错误，但也不会老老实实听上头的话，是上头觉得不会出什么大事，但也没有什么前途的那种人。

但这次情况不同了，在座的几个人我不了解他们的脾气，而且气氛非常压抑，我几乎站不住，手心开始冒汗。

这时我已经知道自己的紧张和心虚是压制不住的，索性就不压制了，让他们觉得我是因为看到上级才会有这样紧张的表现。

做报告的过程持续了两个小时，我浑浑噩噩，最后也不知道是怎么过关的，只是在说到胶卷的时候，强调我是看过内容的，但发现他们无动于衷，好像这不是什么大问题。

说完后，我忐忑不安地看着他们，不知道等待我的会是什么命运，是被挥手

带走，还是被质问？

让人没有想到的是，几个人只是低头记录，然后问了我几个小问题，要求我把说的内容再做一份书面报告，就让我离开了。

我从帐篷里出来，被地下河的寒气一激，发现自己的后背全是冷汗，凉得要命。我又去回忆做报告时的情形，也不知道自己有没有露出破绽，继而深思起几个军官的表情，那是他们不动声色的习惯，还是意味着他们觉得我的话有问题，所以不露表情？

各种猜测让我无比忐忑，想来想去觉得还不如像袁喜乐那样失去神志地好。

之后两天，王四川来找过我，有和我一样的疑惑。因为他在做报告的时候，很含糊地略过了看胶卷内容的那一部分，原以为一定会被追问，后来竟然没有人问他，做报告的过程非常顺利。

我想，难道是我们想太多了？如果那些军官不是故弄玄虚的话，也就是说，他们的注意力根本不在胶卷上，甚至不在我们身上，做这些报告只是走过场而已。

但是，从那些军官的级别来看，好像又不是走过场。这些领导都是大忙人，如果无关紧要，派几个中级军官就可以了，何必亲自来听我们的报告。

于是我隐约猜到这件事情的另一种可能性，但完全没有根据，只是一种猜测。

事情说到了这里，可以说真正告一段落。

我们做完报告之后，在医疗帐篷里又躺了一个星期，警戒逐渐放宽，其他人被允许来看我们。

我和王四川因为敌特的事情，都非常小心，后来逐渐发现没有必要，甚至发现，虽然我们帐篷外的警戒放宽了，但整个医疗区的警戒严了。

袁喜乐的帐篷还是没法进去，我隔三岔五去看看，旁敲侧击地打听，都没有任何结果，慢慢地也就麻木了。

在这段时间里，我们得知，整个洞穴已经被我们的工程兵占领了。不仅是这里，其他的支流也都有队伍驻扎。

虽然人死的死，伤的伤，但我们带出来的平面图还是起到了非常大的作用，他们原来在大坝里搜索幸存者靠的就是这个。具体过程，在后来的会议上，我们也听到了一些。

从我们在佳木斯集合到现在已经过去将近四个月的时间，不能说经历了很多，但这一次的经历是我们意想不到的，也最有传奇性质。

想到未来，我一定会有很长时间忘记不了那片空旷的深渊，以及那盒胶卷中展现的骇人影像，还有和袁喜乐在一起的那四天四夜。

这一定是我生命里最难忘的一段黑暗时光，虽然不如战争那样气势磅礴，但能亲历这些诡异和神秘也不错。

可惜，我发现我的这种想法毫无价值，因为几天后，我就意识到最后的那个猜测是正确的。整件事情才刚刚开始，而我们经历的那部分，不过是交响乐前奏而已。

绝密飞行

　　所有的书面报告都石沉大海，没有人给我们任何的反馈。果然如王四川说的，
虽然我们经历了一切，却一定不会被告知真相。

　　本来，到了这时，我们的任务就算告一段落了，理应把我们抽调回地面。但
是，我们最后得到的命令是原地待命，这让我感觉不大对，总觉得有什么事情在
等着我们。

　　上头不会解释的，我们只能接受。当时倒也没有什么怨言，本来就是犯错误
混过去的，我们也不敢放屁。

　　我们被安排进了一个卫生连，住在在铁网上临时搭起的木台上，和其他地质
队员不在一个区。上头派一个校官给我们开了一场小会，讲了保密工作的重要性。
我们在这里经历的事情被列机密，谁也不能提。

　　在另一边的队伍里，应该也讲了规矩，所以没有人问我们，但所有人看我们
的眼神都不一样。一支队伍只有我们四个人活下来，会产生各种不同的传言。有
的说我们差点疯了，因为有人说，我们两个正因为敌特的问题而被特别调查。我
也说不清楚，他们的眼神里包含的是恐惧还是怜悯，只是觉得有些可笑。

　　在卫生间里，我还惊讶地看到了裴青。他的白头发更多了，但显然当时待在
仓库里的他们是最安全的。

我们聊了一会儿，我才知道做第一份报告的人，就是他。

他淡淡地告诉我，他那边有四个人幸存。说的时候，他显得很冷漠，我看着他的眼睛，不知道他在想些什么。

我没有看到老猫，裴青也不知道他的消息，想到老猫我就觉得情况没那么简单，这样的老狐狸不会死在这种地方吧，也许在司令部那边？不过他是当时跟着老唐离开的人之一，很难说结局如何。

在以后的一个月里，我们也尽量安分守己。王四川在地质大队这批人里有自己的小圈子，一点一点地打听，逐渐知道了一些事情，但是并不重要。

我们一天天地混日子。远远地看到电焊的火花到处都是，再加上那些被帆布盖着的苏联装备，我确信情况不对劲。

即使对这里有长期考察的需要，也用不着进行如此缜密的工程修缮，这里的情况，反倒像在进行某种大型工程。

任务好像并不是要走向结束，而是在做什么大型工程的准备工作。

在压抑潮湿的环境下，我觉得非常不安。

这种想法后来一次又一次地被强化，半个月以后，另一边的地质勘探队陆续撤离，而我们这边配给的伙食也升级了。我第一次在我们的盒饭里看到整只的鸡腿。

在那个年代，鸡腿这种东西的珍稀程度几乎等同于现在的熊掌。在大型的集体饭里，鸡腿这种食物的等级之高是很难想象的。

在那之前，我吃过的等级最高的伙食，是在克拉玛依大捷时，延安举办报功会，我作为青年代表到会做报告。当时的伙食里有大豆和咸肉，咸肉有三块儿，对于干细粮都没吃过多少的人来说，三块咸肉简直比龙肉都美味，这件事情也成为我最让人羡慕的谈资。

再以我的弟弟为例，他在东北工作时，细粮的配给量是十个人一个月半斤，那是什么概念？大米饭从来不是饭，是当糖吃的。

你可以想象我看到鸡腿时的震惊，我甚至怀疑是自己眼发晕看错了，等吃了几口以后，那种油脂爆炒的香味就让我发起抖来。

那顿饭我吃了整整一个小时，才算彻底把鸡腿吃完，吃完以后心里想的是：

我要是回去说给我们局里的人听，他们该嫉妒到什么程度？

王四川不在乎，他住在山区，有打猎的习惯，手艺又好，打几只野鸡很平常。以后的几顿餐，虽然没再出现鸡腿，但还是有很多东西，比如香菇和虾。

虾是真正的珍稀品，我吃起来却不如吃鸡腿那么兴奋。我出来到处跑赚的工分和粮票几乎都寄给了家里，我的弟弟知道我辛苦，常在溪水里钓虾，然后做成虾干寄给我。我看到虾的时候就会想起家，猛然间有点感伤。年少轻狂，这种感觉从前我很少有，在这种情况下反而格外地有感触。

我一边忐忑不安地等待新消息，一边偷偷往医疗区跑，想去见袁喜乐一面，即使见不着，能在她帐篷外面待一会儿，隔着那种距离，在脑子里回忆当时在一起的事情，也总能宽心一笑。

其实在那时候，我可以托王四川找他那个圈子里的朋友帮忙打听，但终究开不了口，原因是掺杂了害羞和顾虑。重要的是不知道该怎么开口，我害怕被他们追问。

这种煎熬到一周以后才消失，那天我像往常一样去医疗区溜达，忽然发现帐篷门口的警卫撤掉了，帐篷的门是敞开的。

我愣了一下，还以为自己走错了，仔细一看才发现就是这里，立刻浑身打冷战——袁喜乐的帐篷也解封了。

这说明什么？她和马在海一样不治身亡了，还是痊愈了？

我摇了摇脑袋，每次都盼望能进去，现在门打开了，反而又不敢了。

我忽然发现，其实我不知道该用什么表情和姿态去面对袁喜乐。

在门口待了半天，我才勉强压下心头的悸动，硬着头皮走进去。我进到帐篷里的那一刻，脑子几乎一片空白。

可是，我马上发现帐篷里没有人——床上没有人，被子被掀开摊在一边，吊瓶却还挂着。我走了一圈，走到她的床边，摸了摸她的床铺，想着她躺在上面的情形，也许她出去放风或者做检查了，起初激动的心情慢慢平静了下来。

"你在这里干什么？"正发着呆，背后忽然有人说话。

我回头一看，一个中年护士正怒目瞪着我。

绝密飞行

我也是伤员之一，她也照顾过我，我立即道："我来看望袁喜乐同志，她是不是没事了？"

"她去做检查了，白天都在其他帐篷里，晚上才回来。"她道，"这里是女兵的帐篷，你要探病得约时间，找你们领导组织大家一起来。"

我道："我看见警卫撤走了，以为可以来探望了。"

"你们一起来，病人还要不要休息？"她拿了桌子上的一个铁饭盒往外走，估计要去食堂打饭，"你别在这儿等了，她回来我也不会让你单独见的，回去吧，记得把帐篷门拉上。我回来以后，如果你还在，我可就不客气了。"说着，她急匆匆地离开了。

我叹了口气，忽然有点失望，还以为终于可以看到她了，结果还是看不到，晚上这里是不允许其他人进入的，我不可能等到她回来。

把病床整理一下，我又看着床铺发了会儿呆才准备离开，走了几步，忽然想给她留点什么，让她知道我来过了。

摸遍身上，我只摸到一包香烟，瞬间叹了口气，想到当时在"避难所"里她也要抽烟的情形，不由得有些难过。我抽出一根烟，把烟盒塞到了她的枕头下，终于转身离开。

出了医疗区抽上烟，我忽然觉得心中的各种浮躁平复了些，又想着袁喜乐能不能发现烟盒是我留下的，竟有了一刹那的错觉——我正躺在她的枕头上，等她回来。

之后的几天我都没有再去找她，因为从起床开始，我就要学习各种思想语录，都是指导员在营地里组织的自发性自学。本来这方面就是我们的弱项，根本学不进去，再加上没法去看喜乐，我更加觉得没有感觉。

在这段要命的时间过去后，后来被我们称为"赶鸭子"的第一次通气会到来了。

通气会的性质我们在去之前都不了解，现在想起来，觉得更像是一次培训。

那也是我第一次在"地下"见到老田。

我和王四川都觉得很意外，没有想到他也被牵连进来。我们和老田并不熟悉，只是在大学党校系统和他有几面之缘。

帐篷里挂着块黑板，老田戴着他那副标志性的厚眼镜，坐在一边整理资料。我在党校预备班里见到他的时候，他也是这副德行。印象中他比我大七八岁，看上去却像上个时代的人，据说组织上介绍了一个老婆给他，如今看效果也不怎么样，他婚后几乎没变化。

那个年代总会有一些很不一样的人，回想起来，我真的算活得很清醒的那一批。

人到齐后，我们都拿出了队里之前发的牛皮封面笔记本，用那种黄杆圆珠笔准备做笔记。这些东西很稀少，一般是拿出来做奖励的，所以我们都从本子的页眉开始记录，方便多写点字。

老田很擅长应付这种场面，站起来点了下名，开始给我们上课。他在黑板上画了一条阶梯状的线，说要给我们普及那片深渊的一些信息。

王四川听得直打哈欠，老田的北方口音有时候很难听懂，但我听得很专注，因为对那片深渊很感兴趣。

老田的讲解分好几个阶段，说实话，他还是比较适合去教地质学，这种混合性知识东一榔头西一棒槌，需要讲师能够根据节奏调动气氛，真的很不适合由他讲。

他告诉我们，在这段时间，他们通过一些方式对深渊的深度进行了测量，发现这片深渊的底部是一个梯形结构。

在离大坝五百到一千米的地方，深渊的最大深度有九十米，再往外一千米，深度有将近两百三十米。

这好比一条楼梯，在大坝下方九十米的浓雾中是第一级台阶，长度在五百到一千米。他们用的测量方式是抛物线测量法，使用迫击炮往不同的角度发射炮弹，计算炮弹大概射程和听到爆炸的时间（触地时间），可以得出大概的深度。

九十米不算太深，用现有的深矿技术甚至可以使用绳索到达。他们觉得电报是从下面发出来的，日本人在下面可能还安装了设备，而我们的新任务，就是降到第一级"台阶"上做初期的探索。除此之外，我们还要到达台阶边缘，测试第二级台阶的精确信息，看看是否有第三级"台阶"存在，以后工程兵会酌情判断是否下去。

老田做了一个推测，假设这是一个以原生地质情况为主的洞穴。那么最开始的时候，这个洞可能没有现在这么大，嵌在地质层里好比一个很大的气泡。

坍塌从这个气泡的四周开始，气泡开始涨大，腐蚀周边的岩石，很快坍塌程度越来越厉害，逐渐坍塌出来的孔洞先是快速变大，之后达到稳定。

然后，这些原生洞穴四周坍塌出来的新洞穴又腐蚀周围的岩石，开始新一轮的膨胀，周而复始，这个巨大的空腔就形成了。

这也大致解释了这种阶梯状地貌的产生原因。

根据这种假设，可以判断在这种腐蚀运动进行到某种规模的时候，洞穴的中心会发生坍塌，把一个巨大的空腔坍塌成无数个细小的地下洞穴。但只要腐蚀岩石的情况还存在，这些空腔很快——地质年表上的快——会腐蚀周围的岩石，逐渐重新融合在一起。

深渊下的雾气也有了新的分析结果，老田说含有大量的汞蒸气。

这里的岩石应该是高汞岩石，地下河水冲进深渊以后，气流会把下面的汞蒸气顶上来，形成致命的武器。

汞就是水银，水银蒸汽是一种剧毒，生物体中毒之后，会产生剧烈的头晕、呕吐、失忆、神经错乱的症状，严重的会当场死亡。鬼子在建设初期，使用了大量高汞石头作为建筑材料，混到水泥里做成混凝土，所以整座大坝汞含量非常高。

这些含汞的矿石被照明的灯泡加热后，会挥发出大量的汞蒸气，我们在毒气区域发现的那些日本兵基本都是因为汞中毒死掉的。后来他们采取了在墙壁上封铁皮和挂灯垂线的方法，而居住区因为汞污染太严重，就直接封闭了。

所谓的影子里有鬼，是挥发出的汞蒸气折射光线的原因，那种无色无味的气体在空气里涌动，扰乱了光影。

这里的地下河水因为处在地热丰富的区域，有一种含硫的矿物质可以中和汞，所以可以在一定程度上缓解重金属的毒性。

我听完之后，一知半解，地质勘探和化学有很深的渊源，但是在我这里并没有被融会贯通。那个年代，我们这样的地质勘探人员，脑子里只有煤和石油，或者搞点铁矿铜矿，汞这种东西还真没注意。

有个人就问道："含硫的话，那地下水不就是酸性的，会不会对人也有害？"

老田摇头："一般的温泉都是含硫的水，可以用来疗养，治疗皮肤病和祛毒，你只要不是长期饮用，接触一两个月是不会对人造成伤害的。倒是这里的建筑腐蚀得很严重，很多地方已经坍塌了。"

老田说这里只有下雨的时候水位才会升高，平时水位都很低。但即使是这样，潮湿和酸性环境也把坚固的军事化设施腐蚀坏了，还好我们发现得早，再过十年这里的大坝坝基说不定都塌了。他在刚来的时候四处看了看，就发现鬼子在很多地方刷了防酸腐蚀的油漆，要不然腐蚀的情况肯定还要严重。

我想老田果然博学，连这都知道，回想一路过来，确实大部分的铁门、铁丝都锈得相当厉害，我一直以为是因为年代太远，没想到还有这种原因。

老田说完之后，我们都礼貌性地鼓掌，心说：终于可以回去了。

他却去外面吩咐了几声，之后另一个军官走进来，并且搬进来一块幕布，同

绝密飞行

109

时搬进来的还有一台放映机。

那个军官说了几句话，我心里咯噔一下，就见他让我们举起手宣誓。

到这个时候，我已经明确地知道，我的猜测是对的，这个任务还没结束。

接下来，军官为我们放映了一盒胶卷，胶卷中的内容就是我们当时在大坝放映室看到的。

我当时的心情很奇怪，有种看了就糟糕的感觉，很想起身出去不看，因为一旦被告知了这个信息，就意味着我已经是此次行动的成员，不可退出。

但这显然是强制性的，我绝对出不去，就算闭上眼睛也没有用。

这次用的放映机比第一次看到的好得多，画面比较稳定和清晰，但即使是这样我也没有看出更多的信息。他们对我们有没有看过胶卷内容并不在意，那是因为已经决定要把胶卷内容放给我们看，至于是否事先看过当然完全没有必要追究。

我们忐忑地等到胶卷内容放映结束，之前没有看过的人都面色惨白，和我们当时的情况一样，接着军官开始讲述往后的计划。

首先，他说了高层对于这里的推测，上头已经派人检查了大坝里除了吊装工厂之外的所有地方，确定在冰窖里的炸弹都是注汞弹。注汞弹是一种非常可怕的特种弹头，爆炸后会形成浓密的汞蒸气云，比空气重六倍，能够压在某块区域上空，使得区域里的所有生物迅速死亡，还会在那个地方留下极其严重的重金属污染，再也没法种植和养殖任何东西。

注汞弹一般用在要塞攻防战上，也许鬼子本来准备在中俄边境进行拉锯战时使用它，没想到苏联的机械化部队速度太快，他们根本来不及。

他们还在大坝内侧发现了汞提炼厂，判断日本人一开始在这里开工是为了开采汞矿，后来才对那片深渊产生了兴趣。

这里落成的第一批建筑是地下河床上用铁丝桥架起来的简易平台，之后是内侧河道两边的水泥建筑群，最后是大坝以及大坝后面的飞机起飞装置。

那些缴获的文件也全部被翻译了，里面的内容自然没有必要告诉我们，只透露了从深渊发回来的电报，解码之后的意思是："安全到达。"

一开始上头也觉得日本人可能进去了，但后来老田用迫击炮深度测量之后，发现大坝下面有一块九十米深的平台，那么信号很可能是从那个平台发来的，下面应该还有日本人的建筑，于是决定组织一支队伍，继续往下，降到深渊里探索。

这里的所有人，就是这支队伍的人选。

听完以后，我和王四川都面色惨白，心中极度不愿意。

在深渊之上，我们已经九死一生，那下面的雾气弥漫，日本人的很多怪诞行为没有得到解释，鬼知道下去以后会发生什么，我实在不想再进入那种环境。

不过，我知道提什么意见都没有用。我们是唯一合适的人，换句话说，这事只有我们能干。之前我们还看了机密资料，说明上头根本不会同意我们退出，现在已经没有回头路走了。

我心里想着是否有办法推托，另一道声音浮了上来，假使我侥幸完成任务，估计以后的道路会顺利很多，回去也许能靠这资历当个科长，再也不用日晒雨淋了。

如果事情真的如我想的发展下去，也许真的是这种结果。但谁也不曾想到后来会发生那么多事，我的人生会变得那么无所适从，这毕竟是后话了。

军官之后讲的是人员分配，我和王四川自然是必选，我是正队长，王四川是副队长，老田的身份是专家援助，另外再带三个工程兵。

看着他们都是十八九岁的年纪，我想起了马在海。虽然他最后被追授了烈士、追升了班长，但是一切都太迟了。哪怕在他死前让他真正感受一秒荣耀也好，可惜再大的荣耀他都无法知道了。

我对于这样的安排还算满意，只是隐约觉得老田是个麻烦，有知识分子的队伍很不好带。但他肯定得去，我们需要他对这一切做更精确的计算，他必须亲自采样和观察细节。另外，老田不可能放弃这个机会，他很明白自己的地位是怎么来的。

我在想，等他真正下去以后，一定会后悔自己的决定的。

老田开始讲一些基础知识，我也开始昏昏欲睡，但领导在不敢放肆，只好强打精神。会议结束又做了一番沟通，等我走出帐篷看表，已经是下午五点。

我想着还没到医疗区关门的时候，抓紧时间再去看看有没有机会见袁喜乐，不知不觉已经走到医疗区域外。我远远地看了一眼帐篷，发现那里的护士正结伴去吃饭。

绝密飞行

我想到中年护士说的话，觉得其实挺有道理，我一个人去看她影响确实不好，还是得叫上几个人，带点东西过去有个探病的样子，于是只好作罢，心中却更加失落。

我正想离开，忽然远处那群护士里有人吆喝了一声。

我一开始没多想，还是准备离开，那边又叫了一声"别走"。

我抬头一看，就见中年护士正冲我吆喝，并快步走过来，后面的护士好奇地看着我这边。我不明就里，再心虚一点说不定就逃了，但我的性格还算比较兜得住，就迎面走向医疗区门口，中年护士也走了出来。

"你怎么老在这里逛来逛去的？！"她还是顶着让人望而生畏的表情。

"我——"我指了指后面的帐篷，"刚开完会，烟抽得太多，出来透透气。"

"你有东西落下了，正好，你拿回去，省得我去找你。"她从口袋里掏出一个东西递给我。

我一看，是我塞在袁喜乐枕头下面的那包烟。

一时间也不知道该有什么反应，我才接过来，中年护士就转身离开了。

我看这大妈的风采像是护士长级别的，这烟可能是她在整理病床的时候发现的，那么，袁喜乐岂不是没有看到它？而且，这大妈说不定看烟就意识到我的目的，然后把烟收走了。

我看着中年护士远去的背影，不由得觉得自己好傻好丧气，前几天还在自我安慰，原来全是空想。

也罢，反正烟也抽完了，省得我去买烟了。

我翻开烟盒，想拿出一根抽，一倒就发现烟盒的重量不对，里面除了烟还有其他东西。

我抠了一下，里头有一块小巧的女士手表，我一下就认出了那是袁喜乐的。我还看到了一张小字条，借着一边的汽灯，我看到上面写着："我好想见你。喜乐。"

她给我写了字，我顿时有些惊讶，难道她的神志已经恢复了？接着，我的心里疯狂悸动，几乎快要窒息。时间好像停止了，在冷风中我呆立了很长时间，一种无法言语的感情压抑地涌了出来，我忽然很想很想看到她，把她拥进怀里。

如果说，我之前的想念是一支安静的白蜡烛，压抑地燃烧着，终有烧光的一天，但在那一刻，这支白蜡烛被投进了枯叶堆中，烧起无法熄灭的烈火。

我已经意识到，我再也没有办法就这么走回帐篷，当作什么事情都没有发生。那一刻，为了能见到她，我什么都可以豁出去。

在那个年代，这种念头是疯狂的，我一开始甚至因为心中有如此强烈的想法而感到害怕。

我想压抑住这种强烈的渴望，但是没有用，无法思考那些可能性，虽然那一瞬间，脑子里闪过了无数可能有的悲惨后果，但是所有这些平日里最忌讳的东西，在这一刻都变得毫无意义。

并不是我不害怕那个年代强加在我们身上的东西，但在那一刻，我拒绝去想那些，我知道那不是冲动，因为我并不着急，我只是想见她，不能再等了。

我打量着帐篷口上的警卫兵，其实溜进去并不是一件很难的事情，可以通过铁丝通道下头的水游过去，但是，入水的路线需要仔细地规划。

我回到自己的帐篷，把袁喜乐送我的手表用手帕包好放在枕头下面，然后悄悄摸了过去，顺着医疗区域，一路寻找最合适的入口。

大坝内侧的建筑都建在地下河道的两边：一边是医疗区、食堂，还有我们住

的地方；另一边是工程部、司令部，还有他们的食堂。因为系统不同、伙食不同，我们两个系统的人是被分开的。

医疗区是一块独立的地方，有二十多个大大小小的帐篷，上百个护士都住在里面。

我和袁喜乐的住处中间隔着食堂，所有的帐篷都搭在一些铁架子上，有些是日本人原来安上的，有些是我们自己焊接起来的。所以，整块区域全架在水面上，我可以从食堂下涉水过去一路到医疗区。但这样也有一个问题，就是我怎么上去，铁架子全封死了。

想了半天也不知道如何是好，但已经无法再等待，我决定先下去再说。

我喝了几口烧酒，活动一下身体，偷偷从营地的边缘下水，然后摸进了铁丝网下。建立营地的步骤是，先使用电焊加固铁丝板，然后在上面垫上木板，再打上帐篷的防水布，隔音效果很差。所以一路过去，我听到上面的帐篷里全是各式各样的走路声、吵闹声和大笑的声音。

地下河的河水极其寒冷，我冻得瑟瑟发抖，但心是滚烫的。这个时候也不敢打手电，我就靠着木板缝隙中透下来的灯光前进。

游了几十米出食堂，到医疗区的路上有一段水面没有遮盖，我潜水过去，再探头，发现这里忽然静了下来。

我差点打出一个喷嚏，抱着双臂打着寒战从下往上看有没有地方可以上去，很快就发现有一个地方透下来的灯光特别亮。

我又闷头游了过去，发现亮光地方的铁丝网上被气割出了一个圆洞，感觉正好可以容纳一个人通过，爬上去之后发现那是一口取水井，旁边放着很多水桶。

冷风吹过来，我起了一身鸡皮疙瘩，赶紧把衣服脱掉拧干，居然还暖和了点。我只穿着一条短裤，往袁喜乐的帐篷摸过去，就看到门口的警卫兵还在，看来那天他们是陪她去做检查了。

我们的野战帐篷边角都用泥钉打在土里，本来四角要用重物压住防风，但是这里没有那么多石头，所以改为用木板压住打上细铁钉，我不可能从正门冒险摸进去。

也不知道帐篷里有没有人，我想了想，来到帐篷后面贴着听了一会儿，没听到有人说话，才深吸一口气，用小刀贴着帐篷的底部划出口子，然后钻了进去。

里面比外面暖和多了，似乎只过了一秒钟，就刺激得我浑身刺痛。帐篷里有一盏很昏暗的灯，我不敢说话，就看到袁喜乐已经坐了起来看着我的方向。

她的头发变长了，脸显得更加精致，"苏联魔女"那种干练冰冷的气质消失了，取而代之的是一种让我无法形容的感觉。

我只穿着一条短裤，冻得浑身发青地看着她，两个人就这么对看着，谁也不知道该怎么反应。

我忽然觉得这样狼狈地出现，是不是会破坏我在她心里的形象？但我还没有反应过来，她已经扑了上来，冲进我的怀里。

冰冷的身体顿时迎上了一股炽热的暖意，我也抱紧了她。

那几个小时什么事情都没有发生，因为我们都不敢说话。袁喜乐怕有人突然进来，关掉了灯，我们依偎在一起，感受着对方的体温。

我想起了当时我们在"避难所"黑暗里的情形，和这时是多么相似，又是多么不同。

我不知道那是幸福，还是满足，或者随便其他什么，我只知道我不想离开。

我们在黑暗里，用手指在对方的手上写字交流着，虽然非常模糊，交流内容非常有限，但还是非常高兴。我问了她很多问题，她大部分反应都是摇头，好像并不理解。

她中毒的程度要比我们严重得多，我意识到她并没有完全复原，更加心疼。但我又没法待得太久，因为护士会半夜来查房，袁喜乐显然也知道这一点，没有留我，我依依不舍地离开，沿着水路返回。

这条水路看来是一个盲点，我成功回到了自己的区域，虽然冻得想死，但心里还是非常满足。

到了自己的帐篷里，我和他们说刚才去洗了个冷水澡，然后去摸枕头下的手表，拿出来偷偷把玩着。那是一块非常小巧的苏联基洛夫表，当然不能和现在的精工表比，但还是比一般的男士腕表要小和薄。当我翻到背后面，就发现表的底盘上刻着几个字："无论我变成什么，你都要怜悯我。"

字刻得并不好，好像是用什么尖刺刺上去的，这应该是她喜欢的名言，也许

是某部歌剧里的台词。

苏联的东西以结实、务实出名，这种小表一般都很名贵，是国际上的交流礼物，想买可能都买不到。

我激动起来，觉得这表的由来一定很有意义，放在手里吻了吻，心里像有什么东西确定一样，一下感觉好像她在身边，我能闻到她头发的香味。

我知道自己从这一刻起万劫不复了。上中学的时候，我暗恋过一个女生，那是个白净的女孩，平时也不太容易接近，后来知道她是一个团长的女儿，注定要进部队做干部，也就没做出什么行动。我记得那个女孩看我的眼神和我那时心里的感觉，那也是爱情，但和这一次的程度完全不同。

那时候我还可以思考很多问题，现在脑子里却只有拥她入怀的念头，什么我都没法去想。我知道我已经退不出去。

但是转头我又开始担心，在那个时代，爱上一个女孩要付出太多的代价，而她现在还不知道能不能恢复神志。我也不知道在这种环境下能干什么，也不去奢望，现在想的，只是能多见她几面。

这时王四川带了一帮人过来叫我打牌，我没心没肺的，输得被贴了满脸的字条，后来他们觉得索然无味，就出去抽烟吹牛了。我躺在自己的床上想着之前的事情，心里满是复杂的情绪，想到一些场面竟然面红耳赤，一边觉得自己没出息，一边又不由自主地笑，想着想着就睡着了。

第二天王四川踢醒我的时候，我正在做梦，梦里那个团长的女儿又回来找我，她的脸一会儿变成袁喜乐，一会儿又变回去。我焦躁起来，想问"你他娘学川剧的"，刚说话，却看到四周全是人在看我，我一摸脸，发现脸上全是字条，上面写着"搞对象"三个字。我大惊失色，赶忙去撕，却发现贴得极其牢固，脸上的皮都被拉碎了还撕不下来，一下被吓醒了。

睁开眼睛，我才发现昨天糊里糊涂的，输牌的字条都没撕就睡了，王四川正拽着我的脸颊让我起来，看样子很是兴奋。

听到帐篷外面动静也很大，我从开着的帐篷门能看到好多人跑过去。

我摇摇头让自己清醒，问"怎么了"，他说："快点，有好戏看。"

正觉得奇怪，王四川撩开了我的被子拖我，我冻得直哆嗦，披上衣服踹了他两脚，然后跟他跑了出去，马上发现那些人都在往大坝跑。

跟随着人群来到大坝上，围观的人太多了，有人出来把他们往下撵。我们是技术人员没人敢撵，于是还算方便地来到了大坝边上。我们走近看到一群工程兵在摆弄一大堆钢缆，这种钢缆每卷都有一吨多重，运下来一定够呛。

我看到两根钢缆被卷扬机绞成一股，用铁皮裹在一起，钢缆的一端连着一个大的黑铁砣子。

几个工程兵用杠杆推动铁砣子，一边有一个油桶做的土炮，这是解放军的传统装备了，据说是刘伯承发明的，把油桶的一边切掉，再打几个铁箍。

这东西一般用来打高地，在剿匪的时候普遍被用来扫雷，只是把火药换成了大量的石子。当时的土匪往往缺心眼儿地把地雷埋得特别密，一炮下去石子漫天开花，地雷炸地雷直接炸掉半座山，连炮弹都省了。

我明白他们是在做什么，这是在架设钢缆，在山区或者高低落差巨大的地形上，钢缆确实是最快捷的交通工具。

不过，我没想到他们会用这么野蛮的方法，而且现在好像已经到了最后的步骤。我下意识地退后了一步，这个动作一做，其他人也立即跟着我后退，有的还

捂住了耳朵。

我感到有点好笑，就在这时，从前面人群让开的空隙里，我看到了一个奇怪的人。

他在另一个方向，离我很远，此时正坐在大坝的边缘看着那片黑暗，好像并不关心这里的事情。

之所以说他奇怪，倒不是因为他长得怪，而是因为他是个毛子——那是个苏联人。

这里怎么会出现苏联人？

我觉得不可思议，这里的保密等级这么高，按理说不会有外国人出现。

这家伙留着很短的络腮胡，身形修长，看得出很健壮，给人一种爆发力很强的感觉，这会儿嘴里叼着根烟，对着深渊发怔。

他的脚下是万丈深渊，他却一副很无所谓的样子，要知道在这种强风下，普通人早就腿软了。

我找了边上一个人问，没问出这个人到底是谁，只知道是刚来的，据说是个很厉害的苏联专家。

我还想问个仔细，这时土炮响了，地面狠狠地震了一下，我的注意力立即被吸引了过去，只见铁砣子带着钢缆飞入深渊，但是很快掉了下去，垂直落下。

一边的钢缆被抽出，在空中舞动，越动越长，周围的空气被摩擦出尖厉的破空声，这种时候如果被打到，脑袋都会被削去半个。

安全第一，我又退后了几步。钢缆下坠的过程持续了很长时间，一直到钢缆不再抽出，舞动重新平息下来，我才敢再次靠近。那条被斜拉呈四五十度角的缆绳已经刺入了大坝下的黑暗里。

"结不结实？"王四川问。

几个工程兵抓住静止下来的钢缆，用力往下压，道："这是打桩机用的钢丝绳，你说结不结实？"

王四川学着他的口音："好，我相信你，我摔下去你赔我脑袋。"

"赔你赔你，你是头大象我都敢这么说！"那工程兵道，看得出他确实很有信心。

我们以后会顺着这根钢缆下去，看到这种信心还是很高兴的。

王四川笑着去递烟，我上去吊了一下，钢缆果然纹丝不动，顿时安心了不少。

工程兵开始在大坝另一端对钢缆进行加固，用卷扬机把钢缆弄直，尽量避免受风压影响而晃动。在钢缆附近，我清楚地听到狂风掠过带起的振动声。

王四川很快就和几个工程兵熟了，开始打听，我看着钢缆连着的深远的黑暗，总觉得自己能从中看出什么来。

等我想起那个苏联人，再去注意时，他已经不在了。我走过去，也坐在大坝的边缘，却差点被烈风吹得掉下去，不由得心生恐惧，于是放弃。

这一次照面以后，很久我都没有再见到他，对他的那点疑惑倒没困扰我，毕竟我面临的最大的问题远比这严重得多。

不过我从一些茶余饭后的言论中，大概知道了他的来历。这个人名叫伊万，来了没多久，经常在司令部进出，不知道是干什么的，但是大领导对他都很客气。

王四川想，该不是又来了个搞"左"倾的。我说，早不是苏联人能左右的时代了，只不过这种人出现还是很耐人寻味的。

一周后，所有的准备工作终于就绪，我们开了个小小的动员大会后背起装备，准备出发。

打头的是两个工程兵，这条钢缆的承重能力足够吊起一百个我，但是为了保险起见，我们还是两人一组，用滑轮滑下去，约定安全到达以后以信号弹为信号。

滑轮的速度极快，两个工程兵戴上了防毒面具，眨眼就消失在了黑暗里，只有钢缆的振动表示他们挂在上面。

我已经谈不上紧张了，趁着现在多抽了根烟，一直耐心等待着，然而没有想到的是，等了足足三个小时也没有等到信号弹。两个工程兵好像被黑暗吞没了一样。

他们消失了。

我和王四川对视一眼，又看了看现场指挥员，现场指挥员的面色已经铁青了。

行动立即取消，老田被叫去开会，上头还给我下达一个任务——安抚人员，鼓舞士气，让他们不要被牺牲和困难吓倒。

两个人下落不明，老田去开会，我和王四川不需要教育，只剩下一个工程兵，我也不知道这打气会该怎么开，不过这小子确实吓得够呛，坐在我们面前，腿直哆嗦。

这些工程兵在林子里出生入死，遇河架桥，遇树开路，就算碰到只老虎也不至于吓成这样，但是往往这样的人会非常恐惧无形的东西。说实话，对于那片深渊的那种虚无，我内心深处也是恐惧的，但是我这个人更实际，更恐惧的是自己接下来的命运。

二十世纪六十年代，对中国人来说，没有取消任务一说，有困难要克服。那个年代，基本上所有的事情都是困难重重的，没有牺牲精神是不会成功的。所以我们还是会接着干下去，而那两个工程兵，我想绝不会有其他的可能性，他们一定是遇到什么事情，已经死亡了。

王四川对那个工程兵说，也许下面是片世外桃源，有梳着辫子的护士或者军校女生，他们两个一乐就忘了发信号弹。

听了这个蹩脚的笑话，谁也没笑。

鼓舞士气以失败告终，反正也没有人考核我的成绩。

傍晚老田开会回来，也是一言不发，问他他也不说话，只是在那里看自己的笔记。我觉得他也想不出什么应对的方法，这是一件很简单的事情，不是靠演算和商量就能得出结论的，最后的办法无非就是蛮干。

第二天上午的时候，我的想法得到了证实，我们甚至没有被集合，是王四川听到了风声，我强烈要求去看看，上头才批准我们去的。到的时候，我看见又有两个工程兵已经穿上全部的装备，身上系了一条绳子。

我问他们要干吗，那个现场指挥说："这次一定要看看下面到底是什么鬼地方。一有动静，就把他们拉回来，这样就知道出了什么事。"

我知道不妥，但也知道怎么说也没有用。

那两个工程兵打过仗，明显气度不同，但看得出也很紧张，毕竟有些事不是用枪就能解决的。

他们一只手拿着信号枪，另一只手把冲锋枪的子弹上膛，这一次下得非常慢，上面一点一点地用探照灯盯着他们，直到他们沉入黑暗之中。

所有人都不说话，听得见狂风的声音，我在心中默念"千万别有事"，等着信号弹上来。

时间一分一秒过去，我意识到不对，但是所有人都不说话，我也只能等，半个小时以后，确定出事了。

"拉上来！"现场指挥员忽然叫了一声，边上的人反应过来，立即摇动绳盘。

没多久，绳子被拉了上来，断口在空中被吹得乱摆。

我愣了一下，只见那现场指挥员双眼血红，摔掉帽子，摸了一支枪，戴上防毒面具要下去。王四川赶忙拦住他，却被他摆手推开。

"王连，请示一下上级吧。"一个小兵急道。

"我上不来再去请示。"他道，"谁和我下去？"

边上的小兵都上去了，我看着觉得不对，刚想阻止，王四川却道："都躲开，我来！"

我知道这是以退为进，王四川肯定不能做先锋，技术人员死了就没了，怎么也要保证我们的安全，他这么一拉扯，上头肯定会知道。

果然那现场指挥员坚决不同意，一时间大家僵在那里。而我心中骇然，这深渊之下到底是个什么世界，为什么会把人都吞掉？我急忙走到大坝边上，摸着钢缆，试图看出点什么来判断之后的行动，忽然感觉不对。

钢缆在以很轻微的幅度振动，我把耳朵贴上去，耳朵是人体感觉最灵敏的器官，确实是这样，钢缆在振动。

有东西在顺着这玩意儿从深渊下爬上来。

绝密飞行

我打了几个响指让大家安静下来，让他们也来听，几个人听了以后，脸色瞬间起了变化。

"是什么？"王四川问，"什么东西在钢缆上？"

"不知道，"我满头冷汗，心说：可能是工程兵还活着，也可能是弄死他的东西。"子弹全部上膛，给我一支。"

如果有人还活着而且顺着钢缆往上爬，那实在是太危险了，这么大的风压、这么长的距离，要爬上来太困难，得有人去接他。

我当时有一股冲动，抓起枪想滑下去看个究竟，但是硬生生忍住了，经历那么多的事情，某些勇气已经消失了。后来是现场指挥员和另一个小兵先下去，其他人把枪对准下面，要是真爬上来什么妖怪，这几支冲锋枪也够它喝一壶的。

几十分钟后，挂在钢缆上的现场指挥员用手电打了信号，让上面派人下去，他继续往下。两个小时后，他们带了一个人往上爬，上来后立刻大叫"医务长"。

他们带上来的是一个几乎看不出是人的人，浑身一片漆黑，已经奄奄一息。

医生还没到，我们把他平放，在场的没人认出他是谁，他浑身一股怪味，脸上全烂了，话也说不出来，眼睛一片浑浊，很可能已经失明了。他想说什么，但是一点声音也发不出来。

现场指挥员一边给他洗伤口，一边眼泪下来了，大叫道："医生死哪里去了？你告诉他们，一分钟不到我毙了他！"

我和王四川深受震撼，立即上去帮忙，我撕开他的衣服，对着他就叫道："同志，坚持住！"

没想到我一说完，他忽然就浑身抖了一下，一下把烂脸转到我说话的方向，猛地抓住我的衣领。

我整个人被他扯了过去，那人恐怖碎裂的脸突然扭曲了，浑浊的眼睛几乎要瞪出来。

他撕心裂肺地叫了起来，那种声音别人根本没法听懂，但他还是不管不顾地吼了好几声。

我忍住刺耳的感觉，凑过去仔细辨别，发现他吼的好像是"为什么又是你"。

听起来好像是又好像不是，我感到很疑惑，心说：这是什么意思？

一边的医生过来把那人抱上担架，其他人都跟着出去了，整座大坝上顿时只剩下我和王四川。

王四川看着那深渊，满头冷汗地看着我说："老吴，他说什么了？"

我摇头，觉得自己真的有点被吓到了，看着下边的深渊，手有点抖，忍不住点上烟镇定，心想：刚才所有人都会庆幸自己没下去。

我又伸手握住钢缆，感受着振动，上面还沾着那个人身上的东西。

我正觉得心有余悸，"他手里有东西！"那些还没走远的人里有人叫道。我和王四川对视一眼，快步走过去，发现那个工程兵手里果然攥着什么，现场指挥员用力半天才掰开他的手，我看见那是块石头。

那是块黑色墨水瓶大小的石头，上面全是孔洞，类似一块海绵，发出一种奇异的光泽。

后来听医生说那个烧伤非常严重的人是三连四班班长何汝平，他们是从他衣服里的军官证上认出来的，才二十六岁，竟然被救活了，但是陷入了深度昏迷，基本上这辈子废了。

那块从他手里发现的石头，是一块"黑云石"。这是一种非常常见的石头，特别是在这里，地下河四周的洞壁全是这种岩石构成的。

何汝平从那片深渊下捡到这种石头，再正常不过。老田推测，也许当时何汝平只是在痛苦中随手抓住一块石头，但我觉得不是这样。人在那样的痛苦中不可能有力气抓住一块石头。一点一点爬上钢缆，他的那种行为，表示石头一定有特殊的意义。这是何汝平用生命带回来的关于那个地狱的线索，只是我们无法参透。

至于他身上的烧伤，现在还没有定论，伤口中既没有强酸，也没有高温炙烤的痕迹，好像是从身体里烫出来的。

这块石头唯一让人在意的地方，是石头上的无数细孔。

所谓"黑云石"，是由沉淀物质经过一万年的压力过程形成的一种岩石。在长久的压积作用下，这种石头的结构不可能产生像海绵一样的细孔。

所以这些细孔应该是这里塌方后，被空气中的其他成分腐蚀出来的，也许和下面的浓雾有关系。

老田敲开了石头，里面和外面完全一样，理论实验方面我们完全不内行，只好由得他去研究，我们则在帐篷里等着结果。

我们在帐篷里等了三个小时都没有消息，慢慢不耐烦起来，开始轮番出去打听。刚开始时，老田带着他的学生在讨论，后来裴青也加入了，我们只能看见他们在帐篷里进进出出，也没什么信息传出来。

裴青最近和上层走得很近，我们都没有看到他，他应该是在搞别的什么东西。他的理论知识非常扎实，按道理一开始就应该让他参与，但是因为他的性格，老田可能非常排斥。如今他加入，说明老田他们的困境应该是他们那儿的人无法解决的。

我想着就有点绝望，觉得这事情实在够呛。

果然，等到傍晚，我们得到通知：深入深渊的计划全面暂停。

　　吃晚饭的时候，我又想到何汝平当时的情形，忽然控制不住地发起抖来。我相信所有看到他那副惨状的人都会被吓到，深渊下面一定是一个地狱一样的地方，而上头肯定还会尝试派人下去，就算这个计划中止，也会是在我们这样的技术人员都牺牲后才有可能。

　　我想退出这个任务，却又没有这样的勇气，虽然这一切都是自愿的，但是退缩意味着会面临很长时间的动员和说明。在那些真正当兵的人看来，胆怯是一个所有人都会遇到的问题，鼓励一下就好了，营长、旅长、师长轮番轰炸，就算我是死硬派坚持到最后，真的退出了这次任务，以后回到地方这辈子也算废了，不知道会有什么帽子等着我，有的是人给我穿小鞋。

　　"这个同志有点问题"，这句话可以成为任何事情的借口，就算是分房子和拿工分，除非大家都有，否则肯定会有人闹——这种逃兵都有，为什么我没有？对于这个，我自己倒是觉得无所谓，只是怕会因此被别人排挤。

　　这几乎是和性命一样慎重的事情，我根本没法那么轻松地决定。

　　我于是想，我老爹知道了这种情况会希望我如何？也许我老爹不在乎，毕竟他吃的苦多了，这点非议对他来说是小意思，但是我弟弟一定会烦死我，他一直把我当成英雄，又是最容易受鼓动的年纪，虽然我觉得他最终会理解我。

下深渊一定是件想不出结果的事情，我知道所有人都会有相同的想法，但是谁也不会明说。

王四川靠在支撑杆上，一边给炉子添柴，一边自言自语："你们说，那下面会不会是熔岩滩子，人一到下面就会被烧伤烧死？"

"明火熔岩亮度那么高，下面应该很亮才对，上升的热气会翻动雾层，不会这么平静。"有人走进来接话，我看见是裴青，他从老田那边回来了。

我们立即问有什么进展，他摇头叹了口气："没有，我回来吃饭。"说完继续道，"倒有可能是地热，这里很可能有大量的热源，地下河水灌进这些地方，变成高温蒸汽喷出来，那种气体只要碰到，人马上就会皮烂肉消。"

"但是何汝平为什么要捡块石头回来呢？"王四川摇头表示太难理解。

"也许他自己也不知道。"裴青道，"我看早先日本人也可能只是尝试下去，并没有成功，那台发报机也许是他们用降落伞空降下去的，我们是在浪费时间。"

几个人都叹气，这个可能性乍一看是存在的，何汝平准是想告诉别人，那下面是一个没有人可以生存的地方，这样我们也许最后退缩的时候心里会好过一点。但是我也明白这并不成立，要推翻这个猜测很容易，因为安置在深渊里的发报机已经孤独地工作了十几年，需要非常稳定的电源。我相信以当时的技术，下面肯定设置了小型的水力发电系统，只有水利系统能工作几十年不需要任何维护工程。

深渊下是可以生存的，问题是我们没有摸到门道，何汝平的那块石头可能是我们唯一的线索。

可是会在什么情况下，有人认为我们看到这块石头将有启发？石头本身没有任何问题，非常常见，既没有多出什么难解的东西，也没有缺少什么元素。

"也许他们应该查查石头上原来应该有现在却没有的东西。"裴青道，"很多时候人往往着眼于多了什么，而没有注意少了什么！"

这倒也是个方向，从下面被带上来的石头，应该有哪些必然的特征呢？"何汝平是个工程兵，我觉得应该想这些，他不了解地质勘探，只懂工程那一套。"我说道。王四川马上说了句"你个家伙说得有道理"，接着拉开帐篷，把外面站岗的兵叫进来。

外面的兵有些惶恐，估计是以为我们要他下去，进来的时候脸都绿了。

我问道："你几岁了？哪个连队的？"

这个小兵道："我叫庞铁松，十八岁。三连的。"

和电影里演的不一样，他看上去没有大无畏的革命精神，反倒有些发抖。

正在恐惧的我们看到他这样故作镇定，得到了些心理安慰，但也不想戏弄他，王四川道："你是什么类型的工程兵，和何汝平一样吗？"

庞铁松的面色更加苍白，但还是敬礼："一样！"

王四川让他坐到我们中间，递给他一根烟，问道："我问你一个问题，你们工程兵看到石头想到的是什么？"

"顽强！坚定！永不放弃！"他一本正经道。

我心说：难道何汝平捡起这块石头是想告诉我们要顽强坚定永不放弃吗？那他的精神境界该有多高，在那种痛苦环境下不可能有人想到这些。

王四川骂道："放屁！这里不是政治课，少给我扯这些，给我好好说。这边，这边，这边。"他比画了一下，意思是周围的洞壁，"你看到这些石头会想到什么？"

庞铁松想了想，有点不敢回答，王四川看自己吓到他了，立即换了一副和蔼的上级视察嘴脸，把帐篷的帘子放下来，对他和颜悦色道："说吧，这是内部会议，谁也不会说出去的。别人不会知道你说了什么。"

庞铁松这才挺了挺腰板，支支吾吾道："报告首长，我一看到这里的石头，就想到在昆仑山挖山洞的时候。我想，要是那里也有这么大的洞，我们该多省事。"

我和王四川面面相觑，确实如裴青说的，工程兵的思维和我们是不同的，这和工作经历有关系。王四川于是试探地问道："那如果你看到一块从山石上敲下来的石头，你会想到什么？"

"石头？"他奇怪地反问道。王四川就比画了一下黑色的碎石头。

庞铁松道："我会想到开山工程，我们大部分时间在和这种碎石头打交道，这种洞很稳定，有碎石头应该都是小日本鬼子做这座大坝的时候掉下去的。"

"嗯……"我陷入了沉思，第一直觉是：这不好推测。何汝平是不是这样想的谁也不知道。

绝密飞行

王四川问他，是不是所有工程兵都会这么想，庞铁松也说不上来，只道反正他是这么想的，要不他帮我问问其他人。

王四川刚想答应，被裴青制止了，他对庞铁松说："你先出去，这里的事情对谁也不准说。"

庞铁松如释重负地出去。裴青道："我相信这小子说的有一定的参考性，何汝平下去以后在那样的能见度下，不太可能注意到一块这么细小的石头，很可能看到的是一大片碎石头。作为工程兵，他很容易联想到那些石头是大坝工程产生的。在那个生死关头他想到了什么，所以捡起一块。"

"这种想法应该很直接。"我道，"我们再怎么想也没有用，得工程兵去想。"

裴青点头："所以不能让小兵去问，会传达不必要的信息，我们要知道真实的情况，得做得小心一点。我准备让部委准备一份测验，让何汝平那个连的工程兵来回答几个问题。"

比起盲目的推测，这办法显然好了很多，我们都同意裴青去操办，王四川等他走了以后说："这小子不发神经的时候确实是个人才。"

我苦笑，裴青的聪明和刻苦有时候让我觉得惭愧，事实上很难说是我这种懒散耍小聪明的生活态度正确，还是他那种正确。我只知道只要自己过得舒服就行，但不去尝试，也很难比较是他舒服还是我舒服。

这些都是题外话，我问王四川："你小子有什么想法？很少看你不发表意见。"

他道："这不是我们擅长的范畴，乱说话有时候会干扰别人的思路。不过我觉得庞铁松的说法有道理，因为说到大坝，我也觉得有点疑惑。日本人在这里的举动很怪。"

"怎么说？"我问道。

"为什么盖这座大坝？在地下河修这种东西要下很大的决心啊，一定有非修不可的理由才会这样搞。"他道，"不会是光为了发电，要是那样，从上面拉条电缆下去不是方便多了？"

哎呀，我心里咯噔一下，自己从来没想到这个问题，王四川却说得很平常，这让我有点郁闷。我能承认比裴青笨，但是无法承认比王四川还笨。

他继续道:"大坝的作用是控制地下河的水位,我觉得日本人修大坝的目的,是控制流入深渊的水量。水和石头,这两样东西加起来,也许我们能分析出下面的情况。可惜咱们没有资格做研究,让老田那书呆子去折腾,估计几个星期都不会有头绪。所以让裴青去做点事捅捅上头也是好的,至少这家伙比老田能办事。"

我点头,想说"老田也不是不好,这种话还是少说",估计王四川听不进去。裴青和老田相比的话,我自然是喜欢老田,不知道为什么会这样,也许是那张"小心裴青"的字条和他之前的一些古怪的举动,让我觉得他和我们不一样。

晚饭后,时间还早,医疗区没关闭,我想出发去看袁喜乐,这次看看能不能正正当当地探望,如果不行晚上再潜水过去。上次看她精神了一些,我觉得快点送出山洞会对她有好处。虽然这么做我有些舍不得,但是到了现在,也只能压下去。我以后要干的事情太危险,而她一旦离开这里,以后再见面的机会就微乎其微了。想到这里,我心中涌现出一股愁意。

快步来到帐篷前时,我忽然觉得有点不对,一边的几个护士都用很奇怪的眼神看着帐篷和我,感觉非常不正常。我觉得奇怪,难道真像王四川说的那样,传了什么闲话?我再进去一看,里面全是人,几个医生都在。

最让我惊讶的是,其中还有之前在大坝见到的苏联人。

他们在用俄语交谈，看到我进来都愣了一下。有个医生看了看我，朝我做了个手势，让我等一下再进来，显然里面的场面不适合我。

苏联人抬头看了我一下，老毛子的表情我分辨不出喜怒哀乐，还是立即退了出去，心中有点不爽。

苏联从二十世纪五十年代开始向中国派出专家，确实对中国的基础建设有很大的帮助，但是一方面苏联对中国的援助带有非常明确的政治企图，另一方面援华的专家本身素质参差不齐，很多专家思想古板，作风跋扈，加上生活习惯和文化差异还有后来的中苏关系恶化，导致我们普遍对苏联专家有一种抵制情绪。

和其他人不一样，我看不惯这帮老爷，主要是早先亲身经历过一件事情。在地方上，我认识一个苏联专家，因为对中国的地理环境不熟悉，他在一块盐碱化很重的地上强制使用碱肥，导致两千多亩田三年绝收，最后受处分的是那个生产队队长，甚至坐了牢，那专家却只是被调回了苏联。

不一会儿，几个医生出来了，我站起来想进去，却被为首的医生拦住了："让他们单独待会儿，你回去吧。"

"单独待会儿？"我心中有股不祥的预感，"为什么？我进去看一下。"说着抓住机会往里钻，被医务长一下拉住了。

"你识相一点，知道里面是谁吗？"

我冷笑道："管他是谁！那个苏联家伙就不是人了？我和袁喜乐也是战友，没有理由不让一个无产阶级对他的战友表达关心。"

"谁管你是无产阶级战友还是什么。"医务长抓住我不放，"里面的事情和无产阶级没关系，你是不是吃错药了？人家小夫妻的事情你掺和什么？"

我挣扎一下，忽然愣住了："你说什么？小夫妻？"

"伊万同志是袁喜乐的未婚夫，从苏联千辛万苦过来的，人家三年没见面了，你不能识相一点？"

说话间，我已经被拉离了帐篷，还是没反应过来："未婚夫？"

医生们看到我的表情，好像感觉到了什么，都笑起来，其中一个摇头道："原来是你表错情了，癞蛤蟆想吃天鹅肉，无产阶级战友，以后想追人先打听清楚。"

医务长拍了拍我的肩膀，说："都什么时候了？别胡思乱想，年轻人不要真以为什么错都能犯，快回去吧。"

说着，一行人散开，我呆呆地站在那里，心中很不是滋味，过了一会儿才有一股无名火从心底里生出来，立即离开了那里。

说实话，我并不知道自己在气什么，也许是在气自己的可笑。早前和袁喜乐的一切在我脑海里一幕一幕地闪过，我之前认为那些都是因为我而变得特别的东西，被忽然发现根本不是那么回事，也许只是偶然，只是平常的在恐惧时候的依恋。

她是有未婚夫的，天哪，那她心中不可能有我什么事情，果然只是我想多了吗？

那黑暗里的四天四夜，到底算什么？

然而在愤怒中，我又感到一丝轻松，如果是这样，那一切倒回归正常了，我就当做了一场梦，没有什么好思念的，也没有什么可发愁的。

可以说这个梦醒得正是时候。

我心里百味杂陈，以前看小说，看到里面的男女主人公产生各种情愫，总觉得言过其实，然而这一刻我脑子里空空如也，又明确地感觉到这种空白的背后，是那么多无法形容的心情。

不知道怎么回事，我不想看到那顶帐篷，就算远远地瞟一眼都觉得心跳加速。

然而那帐篷的位置最高，我怎么躲也躲不掉。

我在这个营地里乱走，终于走到了大坝上。

整座大坝空无一人，冷风剧烈，看着那虚无的黑暗，我逐渐平静下来。我尝试着一点一点坐到大坝的边缘，把脚垂了下去，抬眼看着前方。

巨大的黑暗让我头晕目眩，我脑子里的杂念好像被黑暗吸了出去，人世间的一切，和大自然相比简直不值一提。

我打定了主意，我要制服那下面的存在，现在没有什么能让我恐惧了。

现在想来，在经过几个小时的冥想后所做出的决定是因为什么？有的人说过：爱情让人充满勇气，我觉得反过来说也可以，失去爱情更让人充满勇气。很难说我的决定是因为得到爱情还是失去爱情，也许两种都有一点。

不过这些都已经无关紧要，在那一刻我改变态度成了事实，虽然并没有改变现状。

我回到帐篷里，王四川他们多少看出了一点我的变化，问我怎么了，我推说是因为琢磨石头的事情。以后的一段时间"袁喜乐"这三个字好像成了禁忌，只要听到我的心就提上来，只有和她完全不相干的话题，我才能参与进去。我没有再去看她，心中那种不可抑制的思念被堵得严严实实，偶尔看到那个伊万，更加觉得他是极为可恶的。

事实上以后的大部分时间，我非常消沉，基本上任何消息都没听进去，有经验的一眼就能看出我出了什么问题，但是好像谁也没经验，或者干脆假装没看到。

一直到老田和裴青他们有了一些进展，再一次开大会，我才勉强抖擞起精神来。

　　老田和裴青各自做了推断，得出两个结论。他们早已经吵过很多次了，实在没有确定的结果，只能通过举手表决，少数服从多数了。我完全不知道两边是什么情况，先问了王四川哪边靠谱，王四川一脸为难地说："老田那边我听不懂，暂时投裴青吧？不过那小子说的我觉得也太大胆了。"

　　这投票会是场小规模的会，大家坐得很近，先由老田和裴青分别讲自己的想法和方案，我脑子一片空白，听得格外顺，大概补了一下情况。

　　说实话，老田说的我也听不懂，我的理论基础比王四川稍好，但也是癞蛤蟆的亲戚———一样吃不着天鹅肉。我只听懂了一些原理，他们通过对石头断面的研究，认为这块石头是被非常大的力量推下去的，但无法肯定是人为还是自然塌方。

　　这在王四川逻辑里被认为是屁话，这块石头不是砸下去的，难道是凭空长出来的？但老田接下来的话还是很有用的。

　　他们把石头切开以后，发现石头上的细孔几乎腐蚀了整块石头，这是酸性腐蚀的结果，说明这些石头被人工处理过，这好像间接证明了裴青的理论。但是老田认为，这种现象不是因为石头被处理，而是因为暖水进入地下流，冲到深渊下导致的。

　　这在地质学上是一个本位矛盾说，从这个地方发现的岩石，是在本地形成的，

还是从别处被带过来的，有时候会让我们白忙活好几个月，一听到我就头疼。

这种石头本身有很高的碱性，鬼子在施工之前先用酸液清洗好像是说得通的，但是废酸冲入河里也很有道理。

最后，问题的关键又回到了何汝平为什么要捡这块石头上，难道是因为下面的强酸还残留？但那块被带出的石头很干净，显然被冲刷了很久，棱角已经圆润了，上面没有强酸的痕迹。而何汝平自己明显也是被高温烫伤，不是被酸腐蚀的。

老田认为是位置问题。我们投入深渊的钢缆，可能正好落在了某块高温区附近，地下河泻入深渊，流经的地方不太可能有太高的温度。何汝平抓起这块被地下河水冲刷的石头，是告诉我们地下河水流过的地方是安全的，他也许是因为下到地下河里才没有死去。

裴青的说法正好相反，他认为这里是地下深处，有丰富的地热资源，可能有很多滚烫的深达岩浆层的缝隙，地下河水冲入这些缝隙里，被加热形成了大量的蒸汽泉，高温蒸汽从水里冲出来，就在水面上形成了温度非常高的气层。

蒸汽无色无味，到高处急速冷却变成了浓雾，起到暖被的作用，于是下面的温度越来越高，任何东西下去都会被高温灼蒸，很快就死掉。

何汝平以前是钢铁工人，在高温环境下工作过，所以比其他人更耐热，懂得一些抵抗高温的知识。他在以为自己必死的时候，发现这些石头堆起的某些地方并没有其他地方那么烫。只有这样，他带上这块石头给我们才是说得通的。

"如果像你说的这样，你怎么解释何汝平身上的烫伤？"老田带的一个学生问。

"那些烫伤是他在冒险离开这种石头回来的时候造成的，我想，下面很可能还有人活着。"裴青说。

"他们还被困在那片石头上，所以何汝平带石头上来，让我们知道下面的人是可以生存的。我听说过有人用带孔的石头做隔热砖，分量也很轻，因为石头里有空气。"王四川道。

"为什么他们不发射信号弹？"那个学生还是不服气。另一边一个看起来像是工程兵的头儿说："如果像裴工说的那样，那信号弹是打不着的，下面的湿度太高。"

我听着，不由得佩服起裴青，他几乎已经胜利了。在大学里，不知道多少次我在这种情况下把比自己年长得多的教授驳得体无完肤，一遇到这种情况就像打了鸡血一样。

说实话，我相信裴青的推论。因为那才叫推论，特别是关于那块石头的，当然我承认在这种情况下，老田说的也未必不可能。

裴青对那几个干部说："我提议在河水不那么湍急的时候，关闭闸门，等下面的水流尽以后，那层雾很快会变薄，这也是日本鬼子要修水坝的原因，要下去必须切断水源。"

他道："为了表示我对我提议的信心，我愿意亲自带队下去。"

"下面可能还有人活着，我们等不起，我愿意为我的错误付出生命代价，是因为我有信心，老田，你害怕是因为你不敢。"

"我是搞科研的。我不是来打赌的！"老田面色变得很不好看。

几个干部互相看了看，告诉我们休会，他们去商量。我知道裴青已经得到他想要的了，老田没机会了，因为休会是他们要给老田个台阶下，然后做做老田的思想工作。

裴青显然也知道，出帐篷的时候，脸上少有地有一种明朗的神情。

我有点想去恭喜他，我们在队里被这些老头子压迫得太惨。虽然我看不惯他的臭屁，但是这事确实让我觉得舒服。不过我也知道，这个时候对他示好是找死，就算他不给我白眼，被老田那帮人看到，相当于我在他们受伤的心灵上插上一刀，而他们会找时间把这一刀还给我的。

所以出门以后，我们各自低头分开走，没想到才走几步，裴青竟然在后面叫我。

我回头一看，见他正大步朝我走来，心中不由得纳闷。一边的老田他们已经对我投来了阴沉的目光，我刚想表现得冷淡点，让自己脱身，裴青已经拉着我的手臂朝隐秘处走去。

他的手上都是粉笔灰，手劲很大，在我袖子上印出了手印。我觉得莫名其妙，跟他过去道："干吗？"

"你觉得我刚才说得怎么样？"他开门见山地问，"你相信我还是老田？"

我更加觉得莫名其妙，看了看后面觉得好像没人听得到，就指了指他，轻声道："你。"

"好。"他一点也不意外，"那你能不能帮我一个忙？"

我皱起眉头："什么忙？"

"我需要一个人陪我下去。"他道，"我觉得你是最合适的人选。"

"他们会派一个工程兵和你下去。"我道，"我觉得我不可能比他们更合适。"

"我会拒绝。"他道，"他们不应该为我的一个推测冒风险，不能再死人了。我们只是名头叫得好听，并不比他们珍贵。"

我明白他的想法，不过又觉得好笑："那我为什么得为你的推测冒风险？你他妈是我养的吗？"

他也笑了一下，道："我并不是这个意思，事实上我认为我的推测八九不离十，但推断总会有意外，就算我的推断完全正确，下到深渊的过程也一定十分危险，我需要一个我信得过的人。"

"为什么不找王四川？"我问道。

"你知道他不喜欢我，而且，王四川太冲动。"他继续道，"你也知道我不太会处人际关系，这些人里我唯一觉得佩服的人是你，你在某些方面确实比我强。"

"谢谢你看得起我。"我想了一下还是选择拒绝，"但是对不起，我觉得还没到我出马的时候。"

裴青面色不变，一点也没有受挫的样子，道："你可以考虑一下。"

我笑着摇头，心说：永远不。我可以不要命地完成任务，因为知道要不了命，但是这一次，并不是我胆怯，只是不想由我来冒这个险，特别是为了证明你裴青的推测。

走了几步，他又追上来，其他人都已经走散，我也不必太忌讳，道："我会下去，但不是这一次，你如果确定你的推论没错，甚至可以一个人下去，你要求的话，现场指挥员会陪你下去的。"

"我并不是在要求你，"他道，"你的顾虑是对的，我本来没想过可能说服你，只是想试一下。"

说着他递给我一根烟，我心中有些不好的感觉，因为他今天太反常了。

他点上烟继续说道："下去之前我要提醒你一句，袁喜乐的级别很高，你现在门不当户不对，立功的机会可不多。"

这小子怎么知道了？我心中涌起一阵恼怒，真没想到，这小子平时不见得注意我，不知道是怎么看出来的。

"我迟早会下去的。"我道，"而且我和袁喜乐的事情和你没关系。"

"如果我死在下面就很难说计划会不会中止了，你自己看着办。"他没有管我的说辞，快步超过我，"她很快就要结婚了，你是知道的。"

我愣了一下，他一下走得没影了，我忍不住心想：这王八蛋是在威胁我吗？

但他什么都没干，好像不算是威胁。说起袁喜乐，我的心一痛，她现在的痛苦轮不到我去安慰了。

不过裴青好像很想下去，这让我有点惊讶。这种愿望有点奇怪，而且他态度很坚定，并不是做姿态，好像是已经打定主意要下去，现在只不过是想挑个好用的伙伴而已。

为什么？裴青总让人有一丝迷惑，如果说要彻底打败老田，他其实已经做到了……有一刹那我动摇了，想答应他，但是忍住了。

绝密飞行

　　吃完晚饭打牌的时候，王四川问我裴青找我干吗，我把情况一说，他有点恼怒，可能因为裴青找了我没找他，他一直认为从手上功夫来说，他远比我靠谱。我知道这基本上是对的，但裴青不是要一个保镖。裴青选择的人对一切都要有自己理性的判断，在突发事件到来的时候，还需要随机应变。

　　所以在我们被救上来以后，裴青已经判断好形势。换句话来说，他这种人就像被手电光罩住的鹿，在最危险的时候会本能地坐下来想想，这是很要命的。虽然向右少一条腿、向左少两条腿，之间有很明显的取舍关系，但关键的是在哪一刻能跳出去？以后的选择是上帝做的。

　　王四川太过情绪化，不像他外表看上去那么不拘小节。王四川其实非常细心和聪明，但是情绪会影响他最后的判断。

　　裴青找我是对的，因为和他们的一板一眼不同，我从小就是个固执的孩子。

　　我骗人、玩小诡计是内行，脸皮也厚，中庸地遵守各种纪律，信奉各种信条，但只要不爽就可以全部丢掉。

　　在那个时代需要我这种在关键时刻变得不"高尚"的人。袁喜乐的事情在我心里隐隐作痛，我想，我如果为她下去，她会不会感激我？至少我能在她心里留下一个深刻的印象，让她永远忘不了我，甚至觉得亏欠我。

这听上去有点冲动，但是我随即又想，我为什么要这么干？她记得我又怎么样？她能不能好起来都是未知数，她不选择我，我做什么都没有用。她现在也许正靠在未婚夫怀里，永远不会知道我动了多可笑的心思。

也许再过几年，我会喜欢上其他姑娘，为什么不能给自己一点时间？

这么一来，我没心思打牌，脸上又被贴满了纸条，王四川正在火头上，看我心不在焉更加生气，我被他弄得烦死了，就把牌一丢道："我出去吹风，你们先玩着。"

边上早有人等我下来，立即补了我的位，王四川白了我一眼，不知道骂了句什么，满堂喝彩。

我找了个安静的地方，外面是地下河，我坐在一个木箱上，看不清里面是炸药还是食品，点上烟抽着，把烟灰弹在地下河里。

抽了几口，忽然我身边的地下河里传来水声，好像有什么在水里被惊动了。

我顿时吓了一跳，立即站起来往下看去，一眼看见地下河里竟然站着一个赤裸的男人，皮肤很白，正瞪着我，我一眼认出了是那个伊万。

我们两个互相对视，他道："你把烟灰弹到我头上了。"

他的中文还不错，带着很浓的苏联口音，但因为声音很浑厚所以很容易听懂。

"你在下面干什么？"我松了口气停止搜索脑子里的俄语，"我没发现你。"

"洗澡。你看不出来吗？"他从水里扯出一条毛巾，把头上的烟灰擦掉，河水凉气逼人，我在岸上都觉得毛孔收缩，但是这个苏联人满身泛红，好像一点也不在乎。

"在这里洗澡不怕生病吗？"我看了看不远处的装尸袋和泛着凉气的黑色河水。

他把毛巾拧干，挂到脖子上，拉住一边的铁扶手爬上来，然后继续拧水。他的身材很高大，感觉地下河的温度对他来说没什么大问题，甚至称不上是冷水。

"听说你们中国人一辈子才洗两次澡？"

"那只是蒙古族的习俗。"我道，心说被王四川连累了。

"我只是开玩笑，"他笑了笑，"不过你们好像很喜欢热水。"

我点头，不知道为什么心跳很快，觉得非常尴尬，有一股敌意让我想立即走，但又感觉那样的话显得自己气度太小了。

沉默几分钟，他擦干了身体，从一边的箱子上拿起衣服穿上，像是忽然想到了什么，道："我认得你。"

我抽口烟，本来想转身走了，被他一叫咳了一声，只得停下来。

"你是把袁喜乐救上来的人。"他道，伸过来手和我握了一下，"我本来想在一个比较正式的场合向你道谢。"

道个屁谢！我心说，你这个恶心的有毛怪物！早知道你在上面，我就和袁喜乐躲在下面不出来，急死你丫的。

他的手非常烫，能洗冷水澡表明他的身体很好，他又道："很抱歉，上次没有直接向你道谢，他们没和我说你是救了喜乐的人。"

"没事，我也不是只救了她一个人。"

"是，但她是我的世界，你救了我的整个世界。所以我的感谢是真心的，我的名字叫伊万。"

"听说了。"我道，"伊万斯维奇。"

他说了一句俄文，表示我的发音有问题，我跟着他念了一遍："一碗屎为奇。"

戏弄他的快感有限，而且让我觉得我的人格很卑劣，我转移了话题："你来这里是做什么的？"

"我还不知道，"他道，"这里……让我觉得，奇妙？"他看了看四周，"我只是在找喜乐，然后他们就把我弄了过来。"

"你在苏联是干吗的？研究什么？"我递给他烟，他拒绝了。

"我是一个军人，当兵的。"他道，拿出了自己的外国烟，"男人应该抽这个。"

我看看他的烟，我只抽过一次苏联烟，非常凶，这些生活在严寒地带的人对很多东西感觉很迟钝，需要非常强的东西刺激。

"谁规定的？"我有点挑衅地问他。

他并没有听出我的不爽，或者说，根本不在乎，只道："是喜乐说的。"

我接过来，立即点上，把火柴丢给他，忽然意识到，我可以从他这里打听一些袁喜乐的事情。

虽然心里开始弥漫无尽的难受，肉体和心灵双重的，那是一种堵，呼吸很不顺畅，但好像是挑战自己一样，我想把自己逼得直面这个情敌。

这对于我来说是一场战事，敌人是我的自卑心，能和情敌谈论那个女人，说明我并不畏惧他。

"袁喜乐现在什么情况？"我问道。

他吸了口气，对我笑了笑："什么情况都没有，她还是那么美，对于我来说，她什么情况都没有，时间、疾病，都是可以忽略不计的因素。"

我吃惊地看着他，他戴上自己的帽子，吸了口烟，又和我握手，说道："很高兴遇到你，我这一次引开了卫兵才跑出来洗澡，得尽快回去，他们不希望我和其他人说话。"

"为什么？"

"我不知道。"伊万摇头，"中国人总是神神秘秘的，当然，有一部分苏联人也是，希望能很快再见到你。"他指了指我的香烟，"别浪费好烟，好男人不浪费烟草，也是喜乐说的。"

我和他一道走上一边的水坝，他又道："我会和喜乐在中国结婚，在离开这里以后——我正努力让他们同意把她送回地面上去——你对她的意义非凡，我希望你能来参加。"

"哦——"我一下脑子乱了，心沉下去。

"不管如何，希望你到时候不要拒绝。"他道，"晚安。"转身走向另一个方向。

我站在原地，没想到对话会这么快结束。心中那些刚刚鼓起来的勇气，一下子空掉，我感觉自己变成了空壳子。

这种感觉混合了一种郁闷加上屈辱的元素，我在原地站了很久，忽然有了一个决定。我知道那不明智，但那能让我好受一些。

石棉服非常笨重，我们穿戴完以后，很像苏联卫国战争电影里在冬天和德国作战的苏联红军。

加厚的防毒面具看着让人不舒服，但是想到下面的环境，让我穿得再厚我也没有异议。

裴青很瘦，体力不行，穿戴整齐已经气喘吁吁，面色苍白，但他的表情非常镇定，他好像可以忽略这些困难。

看他的表情，我莫名地觉得心定，他完全不紧张，我怎么可能被书呆子看扁。

上头还想派工程兵跟我们下去，裴青拒绝了。

这时水坝已经关了三天水闸，下面的水雾果然淡了很多，裴青的信心更加坚定了。要下去的前一刻，他戴上防毒面具，看了我一眼，说道："希望你别后悔。"

"怎么？你也会怕我怪你吗？"我道。

"不，你没那个机会，那个时候你已经变成粉蒸肉了。"他道，"我们会活着回来的，但是，也许下面的情况很不一般，你要做好心理准备。"

死都不怕还废话什么？我心中暗骂。王四川帮我最后整了一下衣服，拍拍我："自己当心点。"

我点头，做了个"一切好了"的手势，还没说什么，有人推了我们一把，我们立刻下去转了几个圈。等稳下来，我们已经悬在深渊上空了。

狂风袭来，吹得我们直打转，好在上面有个锁定的口子，可以锁住不动，否则我们一定像风车一样直接被转死。

探照灯从大坝上照来，几条光柱在我们四周移动，我们还看到大坝上的人，下一秒立刻看不到了，下落的速度比我想象得要快很多。

我这时已经后悔了，心脏跳得很快，看着顺风摆动的脚和下面的浓雾，袁喜乐一下不算什么了。妈的，我这是要到什么地方去啊？

我觉得不到半分钟，我们已经降入雾气里。雾并不是太浓，我能听到裴青紧张的呼吸声，我们不能对话，风太大，一说话就被吹走，于是给他打了个手势，让他镇定。

他看了看手表上的温度表，温度并没有上升，探照灯灯光已经非常朦胧，并且很快看不见了。我们打开手电，四周的黑暗逼来，最后只剩下我们的手电光。

但凡经历过那种环境的人，终生都不会忘记，在绝对黑暗、狂风四起的巨大空间里，上不着天，下不着地，被吊在半空，这种感觉太魔幻了。我刹那间在想：我在什么地方？如果我忽然失忆了，可能死也无法想象这到底是怎么回事。

我们继续向下，风开始变小，四周非常安静，手电能照到周围的雾，好像自己陷进了一团棉花里。

慢慢地，我和裴青开始把注意力放在温度计上，即使已经被石棉衣捂得大汗淋淋，我们还是感觉到温度开始明显上升了。

"小心，如果还有蒸汽，立即刹车。"他道。

我没理他，只是看了看压力表，准备打信号弹，一摸出来发现上面全是水珠。

"雾气太浓会对信号弹有影响，到一定程度是打不出弹的，就算发射出去了，它也不会亮。"他道，"要用早用了，早就说浪费时间。"

温度已经升高到七十摄氏度，想脱衣服，但我知道石棉服已经在隔热，脱了可能更热，而再穿回去就没用了。

裴青这时拉了刹车，好像在考虑，如果温度继续升高，我们是否要放弃下落。

在他看温度计时，我忽然看到下面的绳索上粘着什么东西，手电照去，立刻发现那是一个"人"。

这个人好像已经完全被烫熟了，缩成一团，我们无法辨认是谁。他和钢缆已经黏在一起，很多肉汁像蜡一样淌了下来。

我有点想吐，也不知道是怎么忍下来的，裴青的面色我看不清楚，他不想说话，想必也不好受。

"怎么办？"裴青问我。

我道："他死在这里，说明以前这里的温度非常高，现在只有七十摄氏度，说明温度确实降低了，你的推论是正确的。"

"我是说，这东西会挡住我们的滑轮的。"裴青道，"要想办法把他弄下去。"

我听着心里有些不爽，这到底是我们的战友，说这话显得太过功利了。但是我也知道责备裴青没有用，他脑子里恐怕只有他的学术胜利。而且他说的是对的，其实这时我们没时间感慨。

我用手电照着那人和钢缆的接触面，知道用普通的办法很难把他和钢缆分开，只能把他的手脚切断，然后用刀去割。

这是个很棘手的活儿，裴青肯定是不行的，我对他道："你等一下。"说着翻身用双脚钩住上面的钢缆，然后解开自己的保险扣，放到了钢缆上。

钢缆因为我的动作开始晃动，加上我的离开，裴青的吊扣一下失去了平衡，晃动使他吓得面色苍白，连忙喊"小心"。

晃动也让我有点心慌，不过想起钢缆的粗细我心里生出底气，在晃动中爬向那具尸体。

爬近了看尸体觉得更加可怕，他的脸朝向钢缆的上方，嘴痛苦地张开着，但是五官全部熔成了蜡，头发全部贴在熔化的脸上，在狂风中显得异常诡异。

"对不住了。"我闭了闭眼睛说道，然后背过冲锋枪，开了三连射，小心翼翼地瞄准这人的手，两个三点把他的手打断。

断手顿时掉入深渊，我换了方向，接着把另一只手和盘住钢缆的双脚切断。他的脚却没掉下去，而是和身体一样牢牢地粘在了钢缆上。

我知道最难受的关头到了，我把枪收了回去，拔出匕首继续靠近。

绝密飞行

　　爬到尸体边上，戴着防毒面具，我闻到了一股奇怪的味道，不敢想象不戴面具闻到这股味道会是什么感受。那时候喉咙腻歪得要命，胃里一抽一抽的，我只好憋着气用匕首用力将钢缆和尸体接触的部分划开。

　　那张熔化的脸几乎和我的脸贴在一起，我努力不去想他，手上的动作越来越快，终于因为他自身的重量，腹部以上黏合的部分被我切开弯了下去，他变成了倒挂的姿势。

　　割开的钢缆处全是油脂，非常滑腻，我解开自己的皮带扣在钢缆上防止滑落，往下爬了一点去割腹部以下的部分。

　　因为有上半身的重量挂在下面做牵拉，割掉一点，尸体就往下翻一点，方便了不少。我只割了几下，尸体和钢缆黏结的部分就开始撕裂，摇摇欲坠起来。我上去推了一把，尸体一下脱离了钢缆。

　　我看到尸体翻出后，刚才被尸体覆盖的部分钢缆上，忽然出现了一圈黑色的东西。我一眼就认了出来，那是被绑成大捆的手榴弹，被一条军用皮带绑在钢缆上。

　　我看到一条绳子从这捆手榴弹的引信盖上被拉了出来，另一边在空中飘荡，竟然连着那具下落的尸体。

　　我花了一秒钟才反应过来，顿时大惊失色，身体马上绷直了，接着手榴弹的引信盖几乎瞬间被全部拔了出来，开始冒烟。

　　我离那捆手榴弹只有一条手臂的距离，只要一爆炸我立即会被炸成肉泥。这种木柄手榴弹顶多只有六秒的缓冲时间，很快就炸了。这么短的时间，别说在钢缆上，就算在平地上我也什么都做不了。

　　但我还是瞬间做出了反应，把脚伸上钢缆，然后用力往那捆手榴弹踹去，手榴弹是用皮带捆在钢缆上的，肯定不会太牢固。

　　连踹两脚，手榴弹没被踹出去，只是顺着钢缆被我踹得往下滑了一点，还卡在那双粘在钢缆上的断脚上。

　　我一看，知道自己死定了，翻身开始往裴青的方向狂爬，生死关头竟然还让我爬出去两三米，然后只听身后传来一声巨响，几乎瞬间身下的钢缆像蛇一样地扭了起来，力气之大好比一条钢鞭。

　　我身体一震，两条腿和后背感觉像被打桩机敲了一下，接着好像被什么东西猛地一拍。

　　几乎没有时间感觉到疼，再反应过来时，我已经被炸了出去。

　　速度极快，接下来我的脑子几乎一片空白，摔到雾气中，我看到有什么东西扑面而来。

　　接着我磕了上去，脑子一下撞在地上嗡嗡直响。

怎么一下摔到底了？我诧异起来，随即一股剧烈的眩晕感冲了上来。

几分钟后，我发现自己竟然还有知觉没有昏过去，浑身开始疯狂地疼痛，用力爬起来，发现四周一片漆黑，一摸头灯，已经完全摔扁了。

我觉得难以想象，这么近距离的爆炸，不仅没把我炸死，我摔到深渊里竟然也没有摔死？

还是说我已经死了，现在到了阴曹地府？不对，我能摸到我身上几乎碎成一片一片的石棉服。

我翻出武装带，一动就觉得浑身都疼，忍住疼把手电拔出来拧亮，发现防毒面具的镜片也碎了几道缝。

这里是片碎石滩，全是那种黑色的带孔的石头，雾气很浓。

我照了照身上，石棉大衣和裤靴上全都是洞，里面隐隐有血渗出来，集中在腿上。我按了几下，疼得几乎要晕过去。

看来这厚得要命的石棉服是我没被炸死的主要功臣，不过为什么我掉下来也没事？

我咳嗽了几声，感觉喉咙里带血，虽然现在活着，但不知道具体伤得如何，还是要快点想个办法。

不过裴青的分析完全正确，这下面的温度还是很高，但显然已经降了下来。

我想起裴青，意识到刚才他肯定也够呛，不知道钢缆最终有没有被炸断，或者他有没有被炸下来。

拼命忍住剧痛，我捂着伤口在四周找了一下，忽然看到前面出现了手电光，跌跌撞撞地走过去，发现果然是裴青的缆车架，头盔掉在一边，人却不在。

我喘着气走着叫了几声，踩在碎石上，脚步不稳摔了一跤，看到裴青倒在一块石头后面，防毒面具也掉了，满头是血。

我爬过去，用布先蒙住他的口鼻，帮他把防毒面具戴回去。

他挂的位置比我的高，摔得不轻，被我摇了几下才清醒过来，疼得直皱眉，看见我白了一眼，问道："你他娘干了什么？那死人怎么会炸了？"

我把经过说了一遍，他骂了一声："看来他是想把钢缆炸断，不让上面再派人下来，但还没成功就牺牲了，你完成了他未竟的事业。"

我看了看一片漆黑的头顶，心中苦笑，这下上头该疯了，不仅人没上去，还把钢缆炸断了。

裴青掏出备用的手电四处照了照，我看到边上离我们不到十米的地方是那个连着钢缆的铁砣子。

看样子，刚才遇到尸体的地方离地面已经非常近了，只是因为雾气太浓，我们一直以为在半空，否则解开皮带跳下来说不定都比现在要好。

想想也真是可笑，一叶障目这种事情真的会发生。

四周没有人影，其他几个人或者尸体不知道会在什么地方，是不是有人幸存还是个疑问。

我问裴青感觉如何，他只说"不知道"，看看四周，笑了起来："怎么样？我说得没错吧？这就是我推测的环境。"

"你牛，这个我由衷佩服你，不过现在还不是得意的时候。"我道，"上头可不知道我们还活着呢，如果不通知他们，等一下他们以为你失败了，直接开闸放水，我们就死得冤了。"

"你说得对。"他也苦笑。

我把他扶起来，感觉他的情况比我要好得多，定了定神，摸出武装带，拿出信号枪打开枪管，把信号弹倒出来看情况，一看就发现不对，整颗信号弹像在水里泡过一样，引药全湿了，和之前我们预料的一样。

我们把备用的和裴青的倒出来一看，发现全部报废了，这里太潮湿了。

我不甘心，把信号弹塞回去，对着天上打了一枪。

哑火。

"他娘的。"我骂了一声，抖抖枪管，把信号弹一颗一颗换上去，一次一次开枪——全部哑火。

"我们的军工科研力度还要加强啊。"我一边心凉一边说。裴青倒是毫不在意，捡起手电打亮往浓雾的深处走去了。

我一瘸一拐地跟上，问他怎么办，他道："他们还要开几天的会，我们得找一

绝密飞行

153

个能隔绝水汽的地方，把信号弹阴干。你看，这里以前肯定有人来过。"

　　他用手电照着我们脚下的碎石滩，这些碎石头有大有小，大的有八仙桌那么大，小的比何汝平带上去的还小。"这些石头都是这个要塞工程的废料，被倾倒进深渊，这里很平整了，应该是条路，顺着走可能有发现。"

　　我的腿已经疼得站不直了，咬牙跟在他身后，看他一点也没有要来管我的样子，不由得有点心凉，只得竭力忍住痛。

　　走了没几分钟，我们发现雾气里出现了一个非常模糊的阴影，走过去，发现那是一座被腐蚀得不成样子的三层水泥塔。

日本鬼子果然在这里也进行了基建，我倒吸一口冷气，一直以来，我不敢相信这个推论，现在被证实了。

不过，也仅止于此。这座塔已经破败了，在这种无比潮湿的环境下，水泥根本没法干透。

我们走近，看着已经倾斜开裂的塔身，觉得只要我们进入，塔很可能会倒塌。我们用手电照了照里面，底层什么都没有，有一条梯子通到上方。

我用眼神示意裴青：是不是不进去了？塔里的空间不大，看着也不会有什么东西，而且很危险。

裴青用手电照了地上，我看到那里有零乱的脚印，还是新鲜的。没等我做出判断，他已经快步走了进去，往第二层爬。

第二层非常窄小，而且没有窗户，只有一间阁楼大小，上去用手电一照，我们立即看到里面有三个人挤在一起——是我们的战士。

我叹了口气，看着他们闭着眼睛，裸露的地方都被严重烫伤了。裴青上去挨个儿推了推、摸了摸，回头对我摇头。

"如果当时老田能早点听我的，也许还能救他们。"裴青道，"他们一定是顺着那条黑色石头路找到了这座塔，塔是封闭的，他们在里面派何汝平上去报信。"

我默默地看着这几个年轻的工程兵，裴青转身让我跟他走。我们绕过塔往后走，什么都没有，碎石铺就的道路到这里戛然而止，地面上的东西变成了非常狰狞的利齿一样的乱石，根本没法走。

乱石和乱石之间的缝隙很深，这些应该是这个洞穴形成的时候，从洞穴的顶部坍塌下来的。

前面好像没有鬼子建造的建筑了，这座破败的石塔好像是鬼子在这里取得的唯一的成绩。

裴青却不死心，小心翼翼地爬到那些碎石上，艰难地走去。

我只能跟上，已经知道自己要受罪了，脚上的剧痛使得我举步维艰，只得让他停下来等我。

他回头看了我一眼，好像是觉得很麻烦，勉强回来搀扶起我往前，我道："老田说这里往外延伸最多一千米，外面就是悬崖，在这种地形条件下，什么都不可能修造，那边肯定什么都没有。"

"不，一定有。"他用手电指了指一边的乱石深处，我看到有一条电缆从塔的位置延伸过来，贴在乱石的缝隙里，不仔细看很难发现。

"如果这里没有价值，鬼子不会建那座塔。"裴青道，"前面一定有什么很重要的东西，他们必须把建筑建在那里。"

我看他不像在等什么东西出现，而是在找什么，心中感觉他一定有自己的判断，问道："你觉得是什么？"

"我觉得是一座信号塔。"他道。

"为什么？"我不解。

"没有为什么，显然应该是这东西。"他喘着气道，"跟着电缆走，一定会有发现，到时候再告诉你。"

裴青喘着气，很是急切，但是体力不够。本来他体能就不行，如今还要扶着我，体力消耗得非常大。

他这么说我也没办法，两个人走走停停，忽然雾气稀薄起来，前面有风吹过来。

这是靠近边缘的狂风，前面一片漆黑，手电光是照不出深渊的深邃的，但是在这里，我们竟然可以看到大坝上方探照灯朦胧的反射光。

在反射光中，我看到一座足有十层楼那么高的铁塔的影子，矗立在那里——真的是一座信号塔。

裴青大笑起来："你看到没有？！你看到没有？！"

"你怎么知道？"我惊讶甚于惊恐，忽然意识到不对，"难道你来过这里？"

"当然不是，我说过，这里肯定有一座信号塔。"他看着那巨大的黑影，"和我想象的特征几乎一样。"

他用手电照了照四周，除了信号塔，好像什么都没有。他平静了一些，转头对我道："你还记得那个来自深渊的信号吗？老田说可能是从这里发出去的，但这里离大坝那么近，还有电缆连着，为什么要使用电报通信，用电话不就好了？"他指了指身后的大雾，"你再想想这里的环境特征，常年被含有重金属的浓雾笼罩，大坝又处在狭窄的区域，不利于信号的接收。鬼子一定希望有一个能够很好地接收来自深渊内信号的接收点或者中转站，这个地方是最好的选择。"

我理解了他的意思，但如果是这样，等于证明有鬼子进入了深渊的更深处。

老田在会上直接否定了这个可能性，觉得这种说法太惊悚也不现实，当时裴青没有反驳，但显然他不是这么想的。

我在听老田分析之前，觉得那深渊里的信号只能这么解释，但老田一说我也觉得很有道理，如今裴青这么分析又觉得他说得更有道理，不由得在心中暗骂。

"他们一定已经下去了。"裴青道，"而且，当时一定活着，才能从下面发回电报。"

我听着发现裴青的声音有点发抖，忽然间觉得非常奇怪，但这时也没法多想。我们继续往前，一直走到信号塔脚下，裴青立即抬头往上看去，在这一瞬间，那种不对的感觉更加强烈。

自下到深渊以来，我总觉得他非常开心。本来他一直给我一种苦大仇深的感觉，开心这种感情如此浓烈地被他表现出来，一时让人感觉非常诡异。

也许是他觉得自己完胜老田？我说不出更多的小东西，只能这么想着。

信号塔是一座铁塔，塔架表面糊了一层水泥，我们从剥落的地方可以看到水

绝密飞行

泥里还有好几层东西，显然都是为防锈而准备的。

这样的信号塔对于现在的人们来说完全称不上高，但对于当时的我们来说，已经可以称得上壮观了。

电缆通到塔上，旁边有可以爬到塔上的铁丝梯，和大坝上的一样，但肯定没法爬，我们绕过铁塔的水泥基座，看见往外十米是万丈深渊。

这里是比大坝更靠边的地方，四周的怪石像犬牙一样对着黑暗刺出，好比防御用的尖利钉墙。

再往外，是那片诡异的黑暗，什么都看不到，但我总觉得，这片黑暗比在坝上看要更黑、更深邃了。

我们把信号弹放在边缘，试图让干燥的狂风吹干引药，裴青安静下来，恢复了他一贯的模样，一直看着那片黑暗。

身体在石棉服里很难受，在强劲的风下，衣服慢慢干了，我感觉自己不再流血，但石棉服上渗出的血块大得吓人，也就不敢乱动，坐在那里陪他发呆。

火药的干燥程度我们没法把握，只好尽量多吹一会儿，裴青发了一会儿愣，转头问我道："你有没有听过狐仙的传说？"

我摇头，他道："那是说，有一个书生在一个洞穴里避雨，遇到了一个美丽的姑娘。姑娘带他去到洞的深处，发现里面深得要命，竟然是桃源一样的世界。他在里面饮酒作乐，非常开心。第二天，那个姑娘让他别走，留在洞里，他却舍不得人世的繁华，还是走了出来，结果出洞以后，却发现世界已经完全变了样子。他在世上走了一圈，又回到那个洞里，想回到仙境里去，却发现那个洞穴只是一个丑陋的石头洞而已，里面什么也没有。好像是《聊斋志异》里的故事。"

"你想说明什么？"我问道。

"我想说的是，如果那个读书人从一开始就选择不再出洞，结果会怎样？"

这个故事里的姑娘是一个狐仙，读书人如果不出洞，也许能和狐仙产生像白娘子和许仙之间那样的感情。但是读书人必然有很多无法解开的心结，比如说自己的父母和功名，所以即使过得再久，他还是会出洞。

"那，如果一个人抱着不出来的心情到了洞里，即使本来知道那是个丑陋的石头洞，是否能生活下去？"他问道。

"除非他有一个非常强大的信念。"我道。我看着他，已经不知道他在想什么了。

"你觉得下面会是怎样的一个世界？"他顿了顿，指了指那片深渊。

我想起了在胶卷中看到的景象，我想以我的想象力，是无法想象出来的，于是摇头。

"如果让你一辈子生活在那种地方，你会愿意吗？"他问道。

"你到底在想什么？"我有点恼火。

他道："我在想，那些在深渊的日本人，现在是不是还活着？正如你说的，他们有着一个强大的信念。"

我看着黑暗，这还真不好说，毕竟才过去二十多年，假如下面有生存的条件，以人的生存能力，什么都有可能。

他说完，走到我身边，捡信号弹塞入信号枪里，抬头看了看，发现信号塔会挡住信号弹的弹道，往边上走了点，然后朝天打了一枪。

一颗橙色的信号弹瞬间直飞入上空，然后被风吹成一条弧线，往大坝吹去。

我心中一安，信号枪终于被打着了，裴青又填入一颗，继续射往上空，这一颗是绿色的。

两种光线叠加在一起，产生一种奇异的颜色，把我们四周照亮了，我惊奇地发现，在附近的黑暗里，还隐藏着非常多的东西。

那些是大量搭建在乱石上的铁架子，东一个、西一个，上面放着很多东西，有的是帐篷，有的是盖着帆布的机械一样的物体。

我招呼裴青走过去，翻开帆布，看到了很多说不出名字的机械部件，可惜都锈成废铁熔化成一团了。

我们往铁架子的后面走去，发现这样的架子有几十个，裴青爬到一块比较高的石头尖上看了一下，露出疑惑的表情。

"有意思。"他道，说着让我把手电往一个方向照。

"干什么？"我问。

绝密飞行

他道:"等下再告诉你,你保持你手电光线的方向往那边。"说着,他把自己的手电照向同一个方向。我们两个手电的方向平行,然后他往边上走去。

我第一次觉得理论基础太差是一种对自己的羞辱,因为完全不知道裴青在干吗。他走到一个位置,把手电转来转去,最后对我道:"咱们这一次不光让老田颜面扫地,而且可能真的立了一个大功。"

我不解地看着他,不想再提问表现自己的无能,他跳下来道:"我发现了日本人隐藏在这里的一个秘密。"

我心脏一动，问道："那是什么？"

裴青指了指一个地方："你看那边。"

我顺着他的手指看去，他手电的光线照出一条直线，那边全是那种日本人放置仪器的铁架子，数量极其多，看着凌乱，但用手电的光线作为标尺量去，发现这些架子其实非常整齐。

所有的铁架子以同样的角度排成了一条直线，在怪石下不用什么对比还真看不出来。

我又看了看刚才我照出来的情况，也是一样，那边的铁架子也排成了一条直线。

两条直线形成了一组平行线。

但是，除了这些铁架子之外，在这两条平行线外的区域还有一些零散的铁架子。

"这有什么用意吗？"我问。

"这是一条飞机的跑道。"裴青道。

我看了看平行线之间的乱石："是飞机自杀的跑道吗？"

"只是没有修建完成而已。"他照了照那些铁架子上的仪器，"这些是大功率的信号灯基座，整条跑道是斜的，因为这个地方的长度还不够，只能斜过来获得同样面积下能降落的最长路线。"

"那些是什么？"我指了指跑道外的那几个铁架子。

"你没在晚上坐过军用飞机吗？这些是辅助信号灯。"他道，"我在克拉玛依看过。"

这小子因为理论基础好，经常和专家组到处飞，做的项目级别比我们高多了。在克拉玛依的油田遇到地质上的问题，经常需要专家组检查，所以他到大西北戈壁的机会非常多，出入那里只能靠军用机场。

他好像是在炫耀，但我知道应该不是，他继续道："大坝后头空间太小，看来他们是想建一条能够让飞机顺利降落的常规跑道。"

"这是日本人的秘密？"我问，心说：这最多只是一个常规的发现而已。

裴青摇头："这种信号灯的灯光需要穿透浓雾，需要非常强的电力供应。"他蹲下去，从铁架子后面拽起一条黑色的被腐蚀得坑坑洼洼的电缆。这条电缆连通着一排铁架子。"这和我们之前的想法产生了矛盾。"

我不耐烦地做了个"快说"的手势，他继续道："如果我之前的推断是正确的，那么只要大坝开闸，这里就会被地下河水和高温蒸汽覆盖。如果这里要建立能重复使用的机场，那水力发电必须停止，否则飞机就会泡在水里。"

"而且地下河水在雨季一定会暴涨，大坝开闸泄洪后这里的情况一定更严重。所以，这个地方不可能建成可以重复使用的机场。"他道，"这条跑道修建起来，只能在某些特定的时候使用。"

"但是，大坝上供飞机起飞的铁轨和飞机的残骸表示，飞机已经起飞并且飞了回来。而这条跑道还没有修建完成，甚至刚刚开始。有人会先把飞机飞起来，再修建回程跑道吗？在这种环境下就算有大兵团也不可能在飞机巡航的时间里修建一条跑道。"

我点头，这确实很矛盾。

"这是工程的第二阶段。上面的起飞铁轨和缓冲沙包表明，第一架飞机原来是在降落的时候坠毁的，但是飞一次损失一架飞机显然太浪费了，他们就要建可重复使用的跑道，用来应付以后的探索。"他转头道，"既然有第二阶段的探索，那这里一定还有一架飞机。"

我皱起了眉头，这么多话我听起来觉得一头雾水，等听到结论的部分，意识到他说得非常合理。

我看了看那些铁架子，看到这东西的时候，他竟然能立即想到这些，并不是一个书呆子能做到的。

"这架飞机应该还在大坝的仓库里。"裴青道，"也许，不止一架，这算不算是鬼子的秘密？"

"算，不过这也不是什么了不得的功劳吧？"我道。如果是对于我们来说，其实是件挺风光的事情。但裴青作为石油勘探的骨干，身上的荣誉已经很多了，几架飞机并不能和他在石油方面的贡献相比。

"到时候你就知道了。"裴青压了压防毒面具，说着让我起身，"很多东西，平时不重要，但在某些特殊的时刻，会比任何时候都要珍贵。如果我的发现被证实了，那么，这个项目里最大最难的一个问题就轻松解决掉了，我言而有信，这个功劳你也有一份。"

"你别瞎吹啊。"我说道。

他笑笑："吹牛不是我的强项，我们往回走吧，去看看上面会想什么办法把我们弄上去。"

绝密飞行

　　我们回到了悬崖边，往上是绝壁，有细小的水流溅落下来，这样的高度，真是让人心生恐惧。

　　在悬崖边徘徊两个小时后，我们看到一条长绳从上面垂了下来。裴青和我回去把塔里那些战士的尸体一具一具背出来，系上绳子，然后自己扣上保险扣，开始往上爬。不久卷扬机启动，我们被缓缓提了上去。

　　刚爬上大坝，我看见几乎所有的领导都在等着，我们在下面优哉游哉，但他们一定是急得像热锅上的蚂蚁。

　　在所有人的掌声中我被人拉了上来，王四川给我一个熊抱，剧痛下，我差点昏过去。牺牲战士的尸体也被解了下来，一字排开躺在大坝顶端。

　　看着惨不忍睹的尸体，很多人哭了，军官们都摘下帽子，有人开始确认他们的身份。

　　忽然，有一个小兵叫了起来，站起来报告："首长，有些不对。"

　　"怎么了？"我们的注意力被吸引了过去。

　　他道："人数不对。"

　　"不对？怎么不对？"

　　"多了一个人。"

我们面面相觑，我心里突然有什么闪过，一下知道哪里有问题了，果然小兵道："我们下去了四个人，裴工说有个人死在了钢缆上，有一个被救了上来，在地面的应该是两个人，但这里有三个人，多了一个人啊。"

"没算错？"

那小兵摇头。这时另一个小兵蹲在一具尸体边上，忽然又叫道："不对，首长，这个人有问题。"

我们走过去，就看到他在一具完全看不清脸的尸体旁，在看尸体的牙齿。

"有什么问题？"

"这人是何汝平。"小兵道。

"何汝平？"几个人都愣了愣，不对啊，何汝平不是在医疗帐篷里？

"怎么可能？"王四川道。

"是何汝平。"那个小战士道，"我认得他的牙齿。他少了三颗牙。"

刚才的小兵凑过去看，也点头："是，何汝平是少了三颗牙，这人确实是何汝平。"

我们面面相觑，我猛地看向医疗帐篷，开始出冷汗："这个是何汝平，那我们救上来的那个人是谁？"

"是那家伙！"裴青突然道，"我们救上来的是我们遇到的那个敌特，钢缆上那个战士的尸体上绑了手榴弹，应该是这战士生前想阻止这家伙爬上去。"

顺着他的话一想，我的冷汗流得更多了。

"这家伙一定是趁夜顺着钢缆下去的。"裴青继续道。

一边的军官抬头让裴青别说话，之后和身边的警卫员说了声，警卫就急急忙忙跑开了。

后来我才知道，假何汝平马上被控制了，但已经陷入深度昏迷，即使知道他是敌特也没有用，其他人的身份已经全部被确认了。

我当时觉得奇怪，为什么这个敌特要冒着生命危险下到深渊里去？在我看来，深渊完全没有价值，难道我们遗漏了什么东西？

我被几个中级干部送去医疗帐篷，裴青直接去述职，我没有看到老田，但不知道为什么，很想看看他这时的表情。

我经历了一场漫长的手术，体内被取出二十四块弹片，木柄手榴弹的杀伤威力主要作用在四个方向，我处在手榴弹的直线上，这是我没被炸死的主要原因。但不幸的是，我的左腿有截肢的危险，需要继续观察。

我在医疗帐篷里又待了很多天，和上次不同，其间有无数人来探望。但当我静下来的时候，总是想到袁喜乐在我的帐篷外几步远的地方。

这种距离让我的心情复杂。

有几次我想去看看她，但有一种奇怪的情绪阻止了我。我好像已经放弃了，又仍然在意着什么。

当你不知道一盆火是否熄灭的时候，最好再等一等，等一段时间，说不定真的灭了，但是如果浇入一盆油，也许会烧得比之前更旺。

又过了两个多星期，我回到自己的帐篷，发现物是人非，好多帐篷已经不见了。而且整座大坝不知道为什么被一块巨大的幕布围了起来，外沿也设置了警卫，不让任何人靠近。

王四川他们给我搞了个欢迎会，我太久没有放松地和别人说话，这一个晚上很是开心。

打牌的时候，我问他们最近基地里有什么动向，为什么那边围起了幕布。

话刚问完，王四川他们的表情都变了变，神色有点闪烁。

我觉得奇怪，难道我不在的时候，大坝出了什么事情？我又追问了一句，王四川看了看帐篷外，压低声音道："你们上来以后，这里出了怪事。"

首先是这段时间一直持续提供高等级伙食，一方面让他们暗爽，另一方面疑惑也渐渐多了。

到月底，情况更加让人看不透，一边的工地围起了巨大的幕布，所有人都不得入内。

从幕布的内部时不时传出大型机械吊装的噪声，而另一边被帆布遮盖的装备也开始集中搬运。

那时候距离我从下面上来应该过了两个星期，也就是裴青完成述职以后。说

绝密飞行

起来，这段时间我一直没有看到他。

其他人尚且可以忍耐心中的疑问，王四川却忍不住，连白痴都能看出这里在进行一项非常大的工程。而且，上头不想让其他人看到吊装的是什么东西，接二连三撤走的人也让他们更加不安。

一方面，王四川分析他们之所以被留下，很可能是因为他们是技术编制人员，组织部往往最后才会搭理他们；另一方面，越来越好的伙食让他们觉得，他们不会被撤走了。

如果撤走，这里的一切肯定和他们没有关系了，这就会导致他们心有不甘，特别是那幕布后的东西让人揪心；而不撤走的话，他们又不知道最后等待他们的是什么。

王四川在这段时间做了件蠢事，在上厕所的时候想偷偷溜去看幕布后是什么东西，但被巡逻的发现了，关了三天的禁闭，写了检讨。

我问他有没有看到什么，他拍大腿挠头说只扫到一眼，看见大量的巨大设备，我想了想，说按照这里的情况推断，他们也许在安装新型的苏联雷达。

王四川就摇头，道："不太可能，我觉得幕布后很可能在组装一架大型的飞机。"

　　王四川的猜测让我毛骨悚然，但我内心觉得那不太可能。飞机部队属于空军，在我们的概念里非常神秘，在 1949 年开国大典上，几架飞机都是从国民党手里缴获的，此后中国的飞机工业完全是绝密的。

　　现在再看当时，中国工业基础薄弱，造飞机对于中国来说难度非常高。

　　那个年代中国获得飞机建造技术的唯一途径是苏联，但即使有苏联的帮助，我相信在当年也不可能有那么强大的吊装能力，那个时候很多工程兵连精密吊车都没见过。

　　但很快我就知道了自己有多保守。

　　在王四川提出他想法的第四天，我们被通知参加一场特别会议，我当时心跳骤然加快，知道这次会议可能决定我们的去留。

　　这是场小型会议，比我们到佳木斯以来的所有会议规模都小。我们在一顶小帐篷里，一共就十来个人，没有放映机，但一看坐在前头的几位，全都是饭里有鸡腿的主儿。一个是之前认识的程师长，他却没坐在正位，坐在正位的人穿着深色的中山装，六十多岁，双目炯炯有神、精光四射，一眼看去很不一般。等程师长开始一一介绍，我们都站起来握手，才意识到此人的分量。在这里照例我不能说，不过当年中科院没多少人，在系统里的人也许能猜到他是何方神圣。此人有

个外号，比本名更广为人知。这个人会出现在这里我并不觉得意外，这么大规模的工程加上这里的机密程度，有一位大人物亲自把控，其实一点也不过分。

落座以后，由中山装老人带头，我们再一次宣誓保密。

我在这个故事里一共宣誓了三次，这就是最后一次。如果你认为我之前的事情已经算是匪夷所思的话，那之后的故事，会让你更无法接受。

写这个故事，我之所以选择平铺直叙，就是为了能让大家在我讲到这里的时候可以接受后面的故事。

当时与会的一共十一个人，除了六个领导外，剩下五个包括我都是被选中执行任务的。我到现在还保留着当时的名单。事实上，不用再看，我也能背得出来。

名单上是我、王四川、田小会、朱强和阿卜买买提。我和王四川属于基层地质勘探员，田小会和朱强都是院里的。田小会就是老田，后来我才知道他是李四光的学生，当时已经是主任级别，说是小会，实际比我们大了很多岁。

阿卜买买提是什么身份我不知道，看样子可能是在后方指挥工作的人员。

朱强是摄影师，我以前没见过，但我被救上来以后开的第一场赶鸭子会，摄像机是他安装的。

整场会议过程非常短，其实那只是一个非常简单但是不可抗拒的任务，按他们告诉我们的，我们将要进入深渊中，这一次，不使用钢缆，而是飞进去。

说完这个，王四川就看了我一眼，表示他的未卜先知，但他脸上并不是得意的表情，反而有一种严肃下的悲切。

程师长说，这本来是既定的计划，在老猫第一次幸存回去通报了洞里的情况之后，他们就制定了这样的计划。计划中一共有两个方案：第一是从苏联进口一架大型飞机，但是和苏联交恶之后，很难采取这个方案；第二是使用中国现有的飞机，但需要很长的时间，他们运来了吊装设备，等零件运进来还要很长时间。

后来裴青发现了吊装仓库里还有日本人的轰炸机零件，因为这里的起飞铁轨都是根据日本的规格来设计的，所以，他们决定使用那些零件，再组装出一架"深山"轰炸机。

经过工程师们不分昼夜的工作，这架飞机即将完成最后的组装。因为中国没有能驾驶这种大型轰炸机的驾驶员，所以他们找到了一个滞留在中国的苏联飞行员作为主驾驶员，由一个投降的国民党飞行员作为副驾驶员。

我一下就意识到他们说的是伊万，但是伊万没有出现，显然飞行员不需要知道我们这方面的事。

我当时的感觉无法形容，以至于会议后面的内容，我完全就没有听进去。

不过，在那个时候，我已经认命。

会议后，我们被安排进行了很全面的体检，之后是继续等待。

我通过朱强知道了那个伊万真实的背景。他是苏联的功勋飞行员，平时做飞行教练，因为特技出色，被称为"疯狂的伊万"。据说从前他为了向袁喜乐求婚，使用轰炸机在空中做了一个非常困难的大空翻动作。这个动作本来被以为是绝不可能完成的，但他竟然侥幸成功了。

因为这件事情，袁喜乐才接受了他的追求，不过他也因此被送上军事法庭。为了避免刑罚，他加入最后一批专家组过来援助中国。但来没多久中苏关系就僵了，他为了袁喜乐滞留在中国没有回去。

他可以说是那时中国能驾驶轰炸机执行这种任务的唯一的人。

我听了不置可否，更加觉得自己没戏。两相对比，我是一个瘪三地质队混混儿，他是功勋飞行员，而且和袁喜乐有过那么激烈的过去。

不过，反正她已经离开了，以后见到她的机会几乎没有，无论她是怎么想的，都和我没有关系了。

等待期间，我一直在想这些乱七八糟的事，王四川则一直焦虑，但我没有再就这件事情和他进行讨论——一来是不被允许，二来是我们都没有心思，谁有心思讨论自己可能会怎么死？

朱强因为要安装摄像机，所以先进了幕布里，但也没有对我们说什么，只说拍了一些资料先送到地面上。为了以后公开播放的时候，不让人认出那是日本的飞机，他得把那些膏药旗贴上胶布盖住。

我想着，既然可以做这种门面功夫了，那飞机一定已经基本成形，不由得更加忐忑。

绝密飞行

171

我和王四川的深厚友谊，大约是在这段时间建立的。在当时，我们都怀着对周遭的疑惑、恐惧，以及对很多事物的基本共识砥砺彼此，由此更容易互相信任。当然，还有最重要的一点——那时候没有那么多的利益可以供我们琢磨。

如果换成现在，我和王四川一定不会成为朋友，因为我们的性格差异太大了。

我们在这段时间聊了很多，理想、现实、未来，他会质疑我的很多想法，甚至一些价值观。我发现这个汉子有些思想比我要更为开阔，一如他的祖先。

不管怎么说，在这支十一个人的队伍里，我和他成为同盟已经是事实，我现在之所以可以记录下这一切，全拜此所赐。

进入幕布里的时间到了。

虽然我们之前已经知道了里面是什么，但实际看到又是另外一回事。

我们进到幕布里，整片空间被汽灯照得通明，一架巨大的轰炸机被架在了高射炮一样的铁轨上，指向的是大坝后面的幽深虚空。

我第一次活生生地见到如此大型的轰炸机，那些流畅的线条、墨绿色的机身，让人心中生出异样的感觉。首先，它是如此地大，地下河里的残骸已经让我惊诧，如今看到了真实的，感觉更加震撼。而更奇怪的是，它竟然如此地妖异。

我想，以"妖异"来形容一架轰炸机，可能我是古今第一个。但是，我真的有这种感觉，那巨大的钢铁机械好像一个巨大的怪物。

我们被引领着参观了机舱内部，里面满是焊接味和煤油味。龙骨上一圈圈的钢架好比人的肋骨，技术人员对我普及了大量的基础知识，我们应该在哪里，飞机起飞后会和在地面时有什么不同。我没有听进去，当晚做了一个梦，梦见自己在深山轰炸机里，前面是一望无际的黑暗，但是我很平静。

　　起飞的日子一天天临近，王四川找卫兵要了一张信纸，把一些事情交代了一下，他怕有事牺牲，不能只言片语也留不下。我受到感染，也给家里留了条子，封在信封里，托组织部带出去。

　　组织部的几个女兵都向我投来了异样的眼神，我不敢说那是崇拜，但至少含着炙热的光。我想到自己前途不定，各种滋味涌上心头，那种感觉无法形容。

　　胡思乱想根本没法停止，转眼又过去了一个星期，白天训练，晚上开小会，有人一次又一次对我们重复着"无产阶级勇气"，我们倒也没有太大的恐慌。不久后，这一天终于来了。

　　前一夜我出乎意料地休息得很好，醒来早早去了集合地，发现已经来了不少工程兵，负责发射任务的人已经连夜测试了很多次。

　　我一个人在集合地等到所有人到位，包括我不太愿意共事的飞行员伊万，然后列队走进了机舱里。

　　基地给我们每人都配了一套飞行服，全是小日本的航空服配置，应该是从仓库里淘出来的。我们几个还好，王四川和伊万都是大个子，穿上那些衣服戴上头盔后显得特别寒碜。

　　我们早早坐上了自己的位置，系上安全带，听着驾驶舱里传来无线电的声音，外面有无数的声响，叫喝声和机械敲击的声音掺杂着，所有人都僵硬得要命——不是紧张，而是无奈和麻木。

机身的固定卡架使用非常牢固的铁夹钳停在铁轨上，起落架被加上了这种铁夹钳，一共六个，每个有六十公斤重，用巨大的螺栓收紧。飞机即将起飞，地面的工程兵需要把这些铁夹钳松开，得用很长的时间。

另一边所有的探照灯都在定位，风向非常重要，因为我们不是常规起飞，如果风压向下，我们会被压得下降过快，可能来不及提速就撞上深渊底部了。

我不知道外面忙碌的所有部分，但显然只要一处出问题，我们就小命难保。

应该是搬掉铁夹钳使得飞机震动，动荡中王四川递给我们每个人一根烟，有人拿了，有人没拿。王四川又问在机舱里为我们做最后检查的三个战士是哪里人。

三个战士回答了，一个是甘肃的，另一个是山西的，还有一个是哈尔滨的。

王四川就稀罕地道："怎么都是天南地北的兵？"

其中一个年长的道：他们是贺龙手下的兵，虽然年纪不大，但参加革命都很早，是真正上过战场的那批，十一二岁在部队里当勤务员，没几年就中华人民共和国成立了。他们都是苦孩子出身，除了部队没地方待。

我见一个是我老乡，用家乡话和他说了几句，小兵很高兴，但看得出，他的高兴中透着紧张。

我苦笑，心想：你紧张什么？等下飞的是我们。

他们检查完了之后挨个儿向我们敬礼，然后下了飞机，我看他们的神态举止就像跟遗体告别一样，突然特别难受。

裴青什么话也不说，在机舱里不能抽烟，那根烟被他把玩得不成样子。王四川拍了一下他："别板着个脸，这次任务危险性不高，鬼子坠机才死了一个，轮不到咱们。"

裴青白了他一眼，说道："我不怕死，我不像你们有家里人。"

王四川道："那好，你既然有这觉悟，回头如果飞机要减重，我们就先把你扔下去。"

裴青没反驳也没理会，而是反问道："你们有没有想过，飞机并不是探索这片深渊最好的办法？"

"不飞怎么下去？"王四川道。

"对于探索这种空间，最好的方法是使用飞艇。"一边的朱强道，"其实指挥部也有过这个想法，但听说建造飞艇的技术暂时还没有。"

"事实上什么技术也没用，如果没有这架飞机，工程兵也能直接修栈道下去。"裴青道，"为什么一定要用飞机？"

"也对，那未必不是办法。"老田道，"人多力量大嘛。"

我听得出裴青话中有话，但这种事也不能多问，正想转移话题，听到驾驶舱传来声音："地面准备工作已经完成，我们要准备起飞了。"

机舱内顿时鸦雀无声，谁也不说话了。王四川把烟夹到耳朵上，对我们道："我们那里人的习惯，这样能带来好运。"

我们互相看了看，都把烟夹到了耳朵上，只有裴青把烟叼到嘴里，靠近了舱壁。接着是无声的十多分钟，我听见发动机开始预热的声音，机身开始抖动。

我无法回忆起飞的最初过程，那段记忆对我来说是很模糊的。但我可以记起飞机启动几秒后的情况。

因为铁轨是有弹性的，飞机起飞的时候震动非常剧烈，剧烈到我一度以为它会脱轨，在废弃之前撞上大坝。

在这种震动中飞机急速加速，在第一秒，我们所有人耳朵上的烟都掉了，裴青冷笑着叼烟看着我们，眼神很是不屑。

但是我没多少时间恼怒，随之而来的是头晕目眩，老田立即叫出了声音。

我死死贴住舱壁，觉得肠子直往喉咙冲，咬着牙关才能把呕吐感压下去。随着速度的迅速加快，我的喉咙发紧，难受到了极点，心里想着，不管是起飞还是撞毁，都他娘的给我快一点。

终于在我几乎要因晕眩而死的一瞬间，颠簸感消失了，连飞机震动的巨大噪声都消失了，耳边只剩下气流和发动机的声音。我刚松了一口气，机身猛地一沉，飞机倾斜，机头朝下急速下降。

我知道我们已经飞出了大坝，失重感让老田终于吐了出来，我脑子里一片空

绝密飞行

175

白，只知道抓住一切可以抓的东西。随即失重感慢慢消失，一切都平缓下来，我一身冷汗地看向裴青和王四川，也不知道是不是成功了，只听无线电耳机里伊万道："已经进入平飞，可以解开安全带开始工作了。"

我很想大口呼吸一下，无奈没有任何力气，花了很长时间才解开安全带，跟王四川对视后，又看了看已经休克的老田。王四川也吐了。

骑马和坐飞机完全不一样，我心中苦笑，见裴青已经迫不及待地走到了舱口。

没有打开照明设备，外面什么都看不见。我招呼伊万把挂在飞机外面的所有照明设备打开，很快白光亮起，照出了一片洞壁。外面布满了巨大的黑色花岗岩层，在白光下显得格外诡异。

深渊，我来了。我心道。

　　最初一个小时，我们是在惊叹、恐惧、虚弱中度过的，老田醒过来花了十五分钟。朱强后来也吐了，但还是开启了摄像机，让我们能观察飞机下的情形。大家都注视着摄像机。

　　深渊如此幽深，现在我夜间坐飞机的时候，看着舷窗外的黑暗，有时候还会受到惊吓，以为自己又回到了那一刻。

　　"黑云母花岗岩。"缓过来的老田清理完吐得一塌糊涂的头罩，来到我们后面，一边咳嗽一边道，"第三纪时候形成的，真想去敲一块下来当样本。"

　　一边的洞壁只被探照灯照亮了一小部分，黑色的岩壁凹凸不平，非常狰狞，老田看着那些因为常年压力形成的岩石纹路，给我们滔滔不绝地讲理论知识。

　　这些是我们没有接触过的，也就由得他讲。

　　慢慢地，两边的洞壁同时远去，我们飞出了喇叭嘴，往巨大的空间深处飞去。黑暗侵入，探照灯渐渐什么都照射不到了。

　　在这里气流变得平稳，只能听见发动机的声音，飞机飞得很慢，我们来到中间机舱，翻开舱盖，开始观察洞顶的情形。

　　这里的一切看上去都是无限的，只有洞顶一定是有限的。

　　然而飞机缓缓爬高，我们看到洞顶越来越近，却有一股泰山压顶之感。孙悟

空被如来翻掌压下的那一瞬间，估计看到的情形和这个差不多。我们靠近了看，这个洞穴的顶部犬牙交错，断裂的巨石形成无数凸起的岩锥往下刺来，就像倒悬在头顶的无数险峰，随便蹭一下我们都会立即粉身碎骨。

飞机不再升高，在这种视觉效果和移动速度下，我有一种错觉，伸出手就可以抓住上面的岩石。离开飞机以后，我会吊在上面，看着身下满是云层的深渊直到死去。

很快，我们平息了兴奋，一方面，确实没什么可看的了；另一方面，极度的紧张过后，人终归会陷入平静。

这时裴青站起来，一个人去了投弹舱。

我和王四川对视了一眼，王四川说"真是傻鸟多作怪，装什么苦大仇深"。我苦笑，心说：这种人我不是第一次见到，确实很难相处，不过裴青确实不合群，这可能是因为他过于聪明吧。

试想，如果和一群明显比你幸福但又比你笨的人在一起，你也很难摆正自己的位置。

接下来的几个小时，我们轮番做着观察笔记，基本都在说废话。在这片空间里，能观察的东西确实不多，我们很快变得无事可做。

三个小时后，我们开始下降，向深渊的底部降去。

飞机平缓地下降，我们全部拥到舷窗位置观察，任务结束后可以帮助写日记。

从朱强的位置向下望，下面的迷雾犹如云层，我们看得不是很清楚，那些棉絮一般的雾，从这个位置看去像是一整片柔软的固体，飞机可以直接降到上面。

但高度真正降低以后，这片雾气的真实情况就显现了出来。

那是一种灰色的气体，想到其中的"汞"概念让我觉得喉咙发紧。我发现虽然雾气看上去是凝固的，但表层其实还在缓慢地流动，不知道是被飞机的气流带动的，还是因为深渊里有微弱的风。

这时王四川和裴青打出了大量的曳光弹，刺入浓雾以后，爆出大量光斑，瞬间把雾气下的情形照亮。

迷雾中什么都没有，没有任何光影变化，好像这深渊远没有到底。有重金属的雾气挡住了雷达，这下面到底有多深恐怕只有降下去才能知道。

"全体戴上氧气罩，准备切入云雾层。"耳机里传来声音。

我们几个吃过亏的立即戴上了头罩，另一边的红灯亮起，开始闪动，飞机猛地一震，开始加速下降。我们用肉眼看着，四周迷蒙起来。

能见度急剧下降，很快便降到什么都看不到，我们从舷窗看出去，灰蒙蒙的一片。

"这样能看到什么东西？"王四川道，"雾里看花有什么好看的？有什么办法把这些雾清开？"

耳机里的声音道："没办法，我们现在看看能不能穿透雾层，到下层去，在这期间只能是这样。"

开会的时候，老田曾经提出了一个大胆的假设，这一层雾气应该和地面上的云层一样，把这片虚无的黑暗分成了上下两个部分，问题是这片云层到底有多厚我们并不知道。

这其实相当危险，因为如果浓雾太厚，我们很容易在里面偏离航线，一头撞上一边的洞壁。如果老田的判断是错误的，那云雾下可能是深渊的底部，我们同样没法看到下面的情况，甚至直接坠毁。

所有人都充当了飞机的眼睛，用尽一切眼力看着自己的前方，一旦出现情况就立即知会伊万。曳光弹不停地被发射出去，看它会不会在下面撞到障碍物。

非常安静，谁也没有说话，飞机一直在下降，但是怎么也没有降出云层。

王四川终于问道："老田，你是不是搞错了？再降我们就到底了，哪有那么厚的云？"

老田道："你忘了这是汞雾吗？本来就不是云，这地方的深度本来就不好估计，我们只能冒险。"这时的他也显得有些底气不足。

王四川拍了拍耳机问伊万："我们现在的深度是多少？"

"三千一百米。"伊万道，"老田，再降我们要撞到底了。"

裴青这时好像有些意外，问我道："降了多少米？"

"三公里多。"我道。他看了看温度计疑惑起来："奇怪，温度在下降。"

"这有什么奇怪的？罗森殿当然寒气逼人。"王四川道，但是说完面色忽然变了，"我靠，是不对。"

朱强不懂，问我们道："什么意思？"

王四川就对他解释了一番，听完后，朱强还是很担心："那为什么温度会下降？难道理论是错误的？"

"不是，我觉得应该是这里的雾气有强大的隔热作用，而且非常厚，所以雾气的内部温度会比外面低。"

"那你们慌什么？"朱强莫名其妙。

"汞蒸气比水蒸气更重，隔热性更好，温度降低，说明我们进入了汞蒸气更厚的地方，也是这层雾的下方。但是汞只有加热才会转化成蒸汽，所以产生汞的地方应该温度比较高，我们之前认为下面可能有大片的汞矿或汞湖，就是基于这样的判断。但现在温度降低了，那说明可能出现了第三种情况——汞在地脉的更下层，加热以后从深渊下的裂缝里蒸腾出来，然后形成了汞雾。"

"那样的话，汞层和地面之间的间隔是很小的。"

一边的裴青补充道："温度降低意味着我们已经非常靠近深渊的底部了。"

朱强看向老田，老田道："裴青你这只是猜测。"

裴青道："温度降低是事实，很可能我们离地面已经只有一千米。如果深渊底部有山脊，我们就死定了。"

王四川马上提起耳机提醒伊万，还没说几句，旁边看着外面的朱强大叫了一声。我赶紧跑到窗边，猛地见到浓雾里出现了一座黑色的山峰，飞机几乎贴着石头飞了过去。

我一身冷汗，和王四川对视，王四川立即大叫道："拉起来！我们要撞底了！"

耳机那边的伊万还没明白，我冲上炮塔看向山峰，几乎一瞬间，原本一片灰蒙的浓雾里出现了无数狰狞的黑影，看形状都是山一样巨大的岩石。

这些一定是我们在洞顶看到的那些裂缝的一部分，它们在空洞坍塌之后从上面掉下来，堆积在深渊的底部。我们降到一定高度，这些岩山的顶端现在全部刺了出来。

王四川冲进驾驶室，伊万早已看到了这幅可怕的景象，拉起飞机头，飞离这些黑影。我往下看去，真是一身冷汗，刚才只要有一点误差，我们就挂掉了。

还没舒口气，忽然听驾驶室里传来一声大骂，我抬头往前看，飞机前头猛地出现了一片巨大的黑影。

那影子的形状酷似一个巨大的马头，大得无法形容，而飞机内能见度太低，在这种距离看见它，等于一辆时速三百迈的快车，突然在它面前一百米处出现了一面墙。

伊万本能地做出了反应，机身一下子侧成了七十度，我立刻倒在机舱一侧，看到飞机以可怕的角度朝黑影冲了过去。黑影非常快速地靠近，最后从雾气中"冲"了过来，几乎在离机腹三米，最多不过十米处滑了过去。我看着那清晰无比的黑色岩石从机身下掠过，完全蒙了。

那时的心跳已经不是加速，而是像完全停止，血液在那一刻好像是不流动的。

我记下机腹掠过岩石表面的过程，每个细节都十分清晰，那最多不超过三十秒，我却感觉有三十分钟那么漫长。

而飞机掠过岩石以后，机身几乎侧成了九十度，轰炸机是没法做翻滚的，翻过了头会像乌龟一样再也翻不过来，直接摔下去，所以飞机立即被强行往上平拉。

我听见伊万大叫，知道这时他已经不是在驾驶飞机，而是在靠本能了，不由得也跟着大叫。恍惚间，也不知道怎么回事，我忽然看到自己的头顶有什么东西掠过。

我抬头一看，一片山影直接出现在顶上，还没等我惊讶，忽然雾气里冲出了一个岩角，撞在炮塔上的铁架子上，那一刻炮塔的所有玻璃都碎了。

我在巨响响起的一刹那缩了下脖子，迎面冲来狂风，差点把我刮出去。我拉着保险，再看四周，忽地眼前一亮。没有了玻璃，我露在炮塔外，视野变得非常大。我迎着大风转一圈，看向深渊的底部，惊呆了。

在深渊下犬牙交错的黑影深处，我看到了一片迷蒙的灯光。

绝密飞行

181

飞机迅速翻转，角度一下变了。

灯光转瞬即逝，我有点怀疑自己的眼睛在剧烈的颠簸中把曳光弹看错了，但是转念一想，觉得不可能看错，那片灯光非常远而且在那些黑影的下方。

飞机连续做了几次侧飞，我探头使劲看，但再也没有等到相同的角度。心急之下，我解下安全带，猛然间从炮塔摔到了机舱里。

机舱里一片狼藉，朱强也撞破了头，所有的东西都在乱砸。我刚站起来就被一个弹过来的手电砸到了下巴，疼得直流泪。王四川跟过来说道："你没事吧？刚才什么动静？"

我没心思理他，疯了一样冲到另一边的舷窗边往外看去，那里一片漆黑，什么也看不见了。

飞机又做了一次急侧飞，我抓着一边的钢骨，差点翻出去。王四川对我大叫："系上安全！"我乱抓着系上，他问我，"你看到什么了？"

"灯光！"我道，"下面有灯！"

"灯？"他诧异地瞪大了眼睛，"你没看错吧？"

"看错你是我祖宗！"我大骂。他立即去看，其他人也马上看向下面，王四川大叫："哪里有？"

我道："角度不对了，刚才能看到。"

王四川换了一道舷窗看，还是看不到。来回几次，他看了看我，好像是表示怀疑。

我知道怎么说都没用，刚才打了那么多曳光弹，自己也不敢百分之百肯定。

飞机这时趋于平稳，下面的黑影已经远了很多，我想着再看看，就听裴青在他所在的舷窗边拍手示意我们过去。

我们冲过去，看到了一大片灯光，只见飞机转过一处黑岩，灯光的规模远比我想的大得多，连绵一片，不可能是曳光弹。

我们呆呆地看着那片怪石之下幽远的灯光缓缓地消失在雾气中，四周的黑影也逐渐退去，灰色的雾气重新笼罩了机身。

飞机爬升，伊万在耳机里道："捡回一条命！"然后从副驾驶座爬出驾驶舱，爬上炮塔检查破损的情况。

我们从舷窗边退下来，一个个瘫坐在地上，刚才的景象让我们从恐惧惊讶转为五味杂陈。

"那他娘的真的是灯光吗？"朱强面如土色，"谁在下面？"

"难道是小日本？他们真的下去了？"王四川用头撞了撞舱壁。

"会不会是什么自然现象？"朱强问，"磷光？大气发电？"

我们相视摇头，至少我没有看到过那么大片的自然发光现象，主要是那些灯光非常稳定，没有闪烁，自然发光现象不太可能那样。我内心几乎肯定那些是灯光。

底下那些巨型岩石每一块都至少一千米高，灯光印在岩山底部的深远处，让我想起了《聊斋志异》中的罗刹海市。浓雾之下，深渊之底，如果真有一处隐秘而诡异的世外桃源，那也太魔幻了。

我想到了基地仓库中的那些设备物资以及从深渊发回的那封不断重复的电报，忍不住想：我们之前的推断是否低估了日本人的能力？也许，他们真的已经在深渊之下建立前哨站，空降下了第一批人？

大家又开会讨论，王四川、我和裴青都是实在人，知道知识分子那套东西已经行不通了。裴青抓起话筒提醒伊万记一下方位，回来的时候再注意一下。忽然，在炮塔检查的副驾驶员大叫："左边，左边下方有情况！"

老田他们惊魂未定，下意识地冲到了左边，我心说：舷窗那里怎么看得清楚？

我冲上炮塔，问副驾驶员："在哪里？什么情况？"

"那些灯光！"副驾驶员道，"那些灯光跟着我们升上来了！"

我朝他指的方向看去，只见浓雾中，在我们飞机的左下方，果然出现了几盏迷蒙的灯，离我们的飞机至多四百米的距离。

我一开始还真以为是底下的灯光浮了上来，仔细一看却觉得不是。因为那只有三四盏灯，而且灯光不亮，忽明忽暗。

那是什么？难道是什么生物？但是那灯光显示，那东西应该是人造的。

飞机继续上升，那灯光紧紧跟着我们，距离拿捏得非常好，从我们的位置看，几乎是静止的。伊万几次操纵飞机加速和减速，对方都会立即调整速度。

瞬间，大家都进入备战状态，我心中的恐惧逐渐浓重。这东西无论是什么，都是我们从深渊下引上来的。

王四川说得对，那不是什么生物，因为从那灯光的闪灭频率看一定是人工机械。但是在浓雾阻隔下，我看不清楚它的真面目。而最有可能的，副驾驶员分析，那也是一架飞机。

我当时有个荒唐的想法，会不会是小日本在深渊里建了机场，现在派了战斗机来跟踪我们？但如果是这样，那个飞行员一定已经七老八十了。

反正一切猜测都很荒唐，唯一的办法是飞出雾层，看它会不会跟出来。为了谨慎起见，伊万拉升得很慢，保持这样的速度，我们可以从容地随机应变。一路无语，所有人都看着等着。四周的雾气越来越薄，我们缓缓地浮出了雾层，那东西却还是死死地紧跟着。

我们的心提到了嗓子眼儿，那灯光越来越清楚，接着雾层一抖，一架巨大的飞机在我们肉眼之中也破雾而出。

那确实是一架日本飞机，而且非常大，不是战斗机，竟然和我们一样也是轰炸机。

"准备战斗！"我立即朝炮塔下大喊。所有人都有些慌乱，我咬了咬牙，心说：世界真是无奇不有。

王四川他们换掉曳光弹，上真枪实弹，飞机的指挥权易手了，伊万开始打灯

语，向下面的飞机问话……我不懂这种语言，但和一般的旗语一样，是国际通用的语言。飞机机尾的灯开始闪烁，我不知道伊万说的是什么，但肯定不是好话。

不一会儿，下面的飞机也闪起灯语，竟然回复了我们。我问副驾驶员那是什么意思，副驾驶员看着默想了一下，疑惑道："这不是回答，和我们打过去的灯语一模一样。"

"什么意思？"

"是问对方部队的番号和国籍。"副驾驶员道。我们的飞机又闪起了灯语。

下面的飞机安静地飞着，不久后，又有灯语闪起。我再看向副驾驶员，他一脸困惑地说："又是一样，该不是对方看不懂吧？"

"你这灯语是哪年使用的？"我问。

"这我就不知道了。"他道。

"该不会是新的灯语，所以那群小日本不懂？"

伊万在耳机里用他半生不熟的中文说"那倒不会"，他在德国战场上就是使用这种语言的。

我丈二和尚摸不着头脑。王四川说道："管那么多干吗？打下来再说。"

"中日已经停战了，理论上我们不能首先攻击他们。"伊万道，"要遵守国际公约。"

"在南京的时候国际公约哪里去了？"王四川道，"和小日本讲什么道理？"

"把他们打下来，我们什么也得不到。"我说道，"而且最后也不知道会是谁把谁打下来。"看着下面那架飞机，我总感觉哪里不太对劲。

继续用灯语交流，我看着我们的飞机灯光闪烁，又看着下面的飞机一下一下地重复，心中的疑惑更甚。

为什么这么相似？无论是闪动的频率和速度，还是这架飞机的外形，越看越让人感觉哪里不对。我对着舱内叫道："谁有望远镜？"

王四川递上来，我冲那架飞机看去，身体立刻僵住了。

我看到下面那架飞机的炮塔玻璃也碎了。

而最让人毛骨悚然的是，我发现，那是一架和我们的飞机一模一样的"深山"。

"难道那是我们自己？"我对所有人道，"这是个镜像？"

我走下炮塔，告诉了他们我的推论。

王四川立即反对，让我拿出理论依据来。我怎么可能拿得出？我只懂事实。老田让我别慌，对我道，这其实不稀奇，因为可能是折射效应。密度不同的空气加上特定角度的光线会出现这种空气镜像，和海市蜃楼是一个道理。

说完，我们还是半信半疑，这乍一听很有道理，但是之前老田的权威言论差点让我们送命，对他的话，我们都有了保留意见。

王四川道："有这么清晰的海市蜃楼吗？"

"地下有那么大的空洞都可以，海市蜃楼清晰点有什么不可以呢？"老田道，"我们要相信事实嘛。"

王四川想了想，道："不对，那为什么这海市蜃楼会延迟？我们的灯亮，那东西应该同样亮起来，和镜子一样。"

伊万打了信号灯再做试验，果然一模一样，但是延迟了二十秒。

"老田同志，请你解释！"王四川逼问道。

老田可能是回答不出来，面色顿时铁青："这个……"

"其实要知道是不是镜像，很简单，我们打出曳光弹，他们的飞机上肯定没有这种子弹，有的话颜色也不可能一样。"裴青道，说完使了个眼色。

机枪手换上曳光弹，朝空放了十几枪，曳光弹带着尾巴在黑暗里划出一道道光线。

我屏住呼吸，看着那架诡异的飞机，二十秒后，同样的十几个光斑从下面的飞机上射了出来，飞入黑暗里。

"同样的颜色、同样的频率。"老田道，"你看看，你看看，我说得没错吧？这一定是一种还没被发现的自然现象，可能和汞雾有很大的关系，我们知道汞是用来做镜子的原料……"

我松了口气，至少知道那不是日本人的飞机了，不由得对自己刚才的想法感到可笑。

"这地方真他娘邪门。"王四川愤然道。但看得出，他不爽更多是因为老田。

我最后看了一眼那飞机，心中却隐约感觉还是有哪里不对。这种隐忧让我很不舒服，但事后证明我的感觉是正确的，那架飞机有很大的问题，然而等察觉到已经太迟了。当然，这是后话了。

虚惊一场，所有人都渐渐冷静了下来。

如果可以脱下头罩，我一定会用冷水冲冲脸。朱强要把这种不一般的现象拍下来，我看了看表，从起飞到现在已经过去五个小时了，就进入驾驶舱和伊万商量以后的行程。

伊万看我进来，道："正要找你。"我看他面色有些不妥，问道："有什么问题？"

他看了看我身后没有谁跟进来，关掉了内部通信的按钮，说道："你坐到这里来。"指了指副驾驶位。

我狐疑地爬过去，他指了指几个表："第一，我们刚才从浓雾里出来时，消耗了太多的汽油。"

我看不懂仪表，问道："太多是多少？"

"太多是我们可能只能再巡航三到四个小时，就要掉下去了。"

我想了想才反应过来："你是说我们已经回不去了？"

"也不尽然，我可以关掉两个引擎，慢慢地磨回去，运气好的话，应该能正好到达，最后的降落靠滑翔。我想靠我的技术没问题。只是，咱们可能没日本人飞得那么远，完不成任务了。"

我心说：就算完成任务了，东西带不回去也是白搭。

想到刚才他的口气，我又问："你说第一，那第二呢？第二又是什么？"

他道："你看左边。"我从驾驶舱看出去，发现左边的黑暗深处，探照灯照到了东西，是岩壁。"你在靠边飞？"我奇怪道。

"不是，我看到这个也觉得很奇怪，这里的地形和我们预估的不一样，我一下来就发现了。我们在浓雾下飞的时候经过了几道非常大的转弯，速度很快，是不是有可能飞进了什么岔道，现在已经在另外一个空洞里，而且这空洞在收窄，我们可能没有足够的空间掉头？"

我不是完全明白，问他能不能再说清楚一点。伊万的中文实在是不太灵光，他想了想道："你还记得日本人那段影像最后的部分吗？"

我点头，他道："我是飞行员，所以注意到的细节可能和你们不一样。在摄像机拍摄那个……"他顿了顿，显然找不到词来指代那个巨大的人影。我道："东西，你可以称为东西。"

"那个东西的时候，"他舔了舔嘴唇，用手做了个飞机的形状，然后把"飞机"斜了过来，在我面前演示，"飞机的运行轨迹是一个高弧度的回转，所以摄像机才能拍到那东西的多个角度。当时想提出一个疑问，但因为影像内容非常模糊，我并不肯定，所以就没提。现在我发现我当时的疑问变成了实际的问题。你看两边的间距，我目测和影像上那架飞机急转的间距差不多，但我们的飞机太大了，做不了回转。也就是说，如果我们在这里掉头，就会一头撞上岩壁。"

"那为什么日本人可以转？"

"那是我当时的疑问。"伊万道，"我当时感觉无论是速度还是回旋的弧度，都不是轰炸机能做到的，当时摄像机所在的飞机很像是小型的飞机。"

"不可能。"我摇头。我们都亲眼见过那架飞机的残骸，上面也找到了固定摄像机的设备。

"那就有第二种可能性，影像上的空间感和速度感与现实不同，也就是说影像上的地方不是这里，我们走错路了。"

绝密飞行

189

说实话，这时我还是半懂不懂，不过大概知道了他的意思。我们怎么会走错？难道这空洞里还会有岔路不成？

不过我知道现在已经没时间错愕这个了，两个问题放在一起，表示我们有大麻烦。

"那你有什么办法？你是功勋飞行员，如果没办法，不会和我说这些。"

"不，对于飞行员来说，告知战友我们正要牺牲也是义务之一。"他镇定地道，"不过，确实还有一个办法可以试试，只不过那样的话，成功的概率很小很小。"

"说！"我拍了他一下。

他道："左右的距离不够，但是上下的距离是足够的。我可以做一个大翻滚。"

"用轰炸机可以吗？"

"你忘了我是干了什么被开除的吗？那样是很难，但是这一架飞机体型小了很多，我想成功的概率会大些。"

"怎么个大翻滚法？需要我们做什么？念经吗？"我问道。

伊万显然听不懂我的玩笑，继续用手演示："翻到反位，也就是飞机肚子在上的状态，飞机会失控，然后沉下去。这个时候如果能控制好飞机的姿态，我可以借惯性把飞机翻过来，马力全开重新把飞机拉起来。飞机没法往前翻跟头，因为

我们这么翻是坠毁的姿态，高度不够我做拉升，所以我们只能往上做空翻。为了争取足够的高度，我们得重新降到雾里去，我需要你们所有人帮我目测。"

我点头，问道："什么时候开始？"

他看了看油表："最多还有十分钟时间给你考虑和准备。"

我心中暗骂"这个死苏联佬太慢性了，也不早说"，立即拍椅子退回后舱，对那些还在辩论的人大吼："都他娘的系好安全带，抓住能抓到的任何东西，每人负责一道舷窗，我们要沉到雾里去。"

所有人都哗然。王四川道："你疯了？！"

"没时间再解释了。"我道，"如果不听我的，那我们只能自己走回去了！"

我上去拍他们让他们马上照做，然后回到炮塔上，把副驾驶员拉下来："回到你自己的位置上，这里我来。"

这时伊万打开了话筒，在里面说："无论看到什么都要叫出来，飞机翻过来的时候我什么也看不到。"

"翻？什么翻？"王四川问，话没说完，飞机已经往下急降而去。

我在炮塔上差点被扔下去，一边稳住自己，把住两边，一边咬牙，狂风吹得我感觉头都要裂了。

"吴工，你最好能解释得通，否则我一定打你小报告。"王四川在下面大叫。

我心说：你大爷的，随便你说我什么，只要能活下来，说我"反革命"都行。

飞机一头扎进了雾里，能见度极速下降。比起上次，这一次简直可以称为野蛮，伊万在耳机里不停地高声叫着汇报高度。我是露天的，视野最好，那种经历这辈子都不可能忘掉。

五分钟后，我已经看到了雾气深处的黑影，对伊万大叫道："可以了没？"

"这里比刚才那里浅，我们还需要再降一点。"伊万的声音很平静。

我迎面看着浓雾深处的黑影越来越清晰，那感觉像是要马上坠机，就在我们感觉要完蛋的一刹那，机头忽然被拉起，开始爬升，里头的伊万开始念起一句俄文。

"那是什么玩意儿？"我叫道。

"我上次做飞机翻转时说的求婚词，上次翻成功就因为念了这个，希望这次也能走运。"他道，"真希望喜乐能听到。"说话间，飞机的机头已经被拉起，机身开始旋转，我在炮塔上天旋地转，几乎什么也看不见。

飞机几乎竖立着冲出了雾层，我死死地抓住一边的边缘，眼看着自己头朝下，不由得大叫出声。伊万这时还牢牢地控制着飞机，飞机往一个方向侧翻，如果顺利，会在坠落的过程中翻过来。

这叫作泰格尔空翻，是战斗机才能做的特技动作，这位苏联空军教官不知道是艺高人胆大，还是已经完全放弃了希望，这时的语气竟然还是冷静的——至少和耳机里王四川的叫骂声、老田的呕吐声比起来，他的声音更像一个旁观者，而不是诡异动作的控制者。

在飞机失控与未失控的临界点上，我反而变得非常平静，这超出了肉体的限制。你知道，下一秒钟能不能控制这个庞然大物完全取决于身外的东西，这时你会感觉命运、神、信念，无论用什么词形容和称呼，在那种时刻，都能看到它们真实存在的痕迹。

飞机缓缓地扭了过来，我们重新坠进雾里，几乎能成功地翻过来了。这时，裴青的声音从耳机中传来："岩山！"我立即看见，飞机下方左侧的雾里出现了一片狰狞的黑影。

那一刻的飞机处于失控状态，根本没有办法做动作，我看着那黑影朝飞机扑面而来，距离几乎在毫厘之间，不知道能不能避过。

我闭上了眼睛，完全明白了伊万那番话。我们这一代人真的经历了太多大起大落，往往感叹蹉跎的命运。但命运到底是什么，谁又能说清楚？但在那时候，在最多十秒的时间里，我能告诉别人什么是命运。

等我再睁开眼睛，就看着那座岩山直直地贴着我的脑门掠了过去，瞬间我们飞过了那道岩山，我的脑子一片空白，王四川又在大叫："啊！下面！左边有障碍物！"

我一看，只见飞机左边的岩山上有很多嶙峋的凸起，王四川刚说完机翼就撞上了一块，飞机立即剧烈震动，火星四溅，还好只是擦过。但前面还是有很多凸起的牙齿一样的石锥，我一看觉得肯定躲不过了。

绝密飞行

我心念一转，大叫："把那些玩意儿打掉！"说完自己先上弹，对着前面的凸起开始扫射。

机炮的威力很大，前面瞬间碎石飞迸，后面也开火了。从飞机各个部位射出的子弹拖着尾巴射向前方的凸起，瞬间第一根石锥被连根打断。还没等我缓过来，后面成片的石锥就又出现了。

"完蛋了！"王四川在耳机里大吼。我没工夫思考他说得对不对，只能用尽全力大吼："不要停！"

此时顾不了害怕，也管不了自己能不能活下去，前面凸起的岩石就是我们最凶恶的仇敌，所有的子弹像瀑布一样倾泻过去。

乱石飞溅中我也不知道前面被破坏得如何，飞机已经撞上了那些凸起的岩石，我在巨震中摔翻在地，接着听到了几道岩石同时划过机腹的声音。

几秒钟后，飞机已经撞了过去，以非常小的偏差角度开始转动，机身渐渐远离岩山，往上飞去。

我爬起来看着身后，只看到后面岩石松动，大块的石头被我们撞得往下滚落。

看来我们的扫射起了作用，如果没被子弹那么密集地破坏，这种花岗岩绝对不可能轻易被撞碎，现在从山体上滚落的就该是这架飞机的残骸了。

伊万在耳机里笑了起来，笑得非常放肆。"我爱你们！"他大笑着道。

我是第一次听到伊万发出这种笑声，在那个年代，需要多么开心才敢发出这种笑声。我虚脱一般，靠安全带挂着才没有倒下，这瞬间让我想到了袁喜乐——她答应伊万以后，这个苏联毛子肯定也发出过这种能穿透天际的笑声。

这是个属于天空的男人，袁喜乐怎么可能拒绝这种男人呢？

"好了，老吴，你下来解释一下，你们唱的是哪出？"王四川在下面骂道。

"等下。"我道，实在没力气，闭上了眼睛。

第四十四章

人影

　　我在炮塔上发呆，看着四周的黑暗，一生中从没有哪个时刻像现在这么想抽一根烟。我不是很能理解刚才发生的事情，脑海里不由自主地浮现几个月前我们在佳木斯集合时的情景。当时我能想到会有这样的未来吗？又想，几个月后如果能活着回去，我能分清现在的这些经历是真实的，还是梦境吗？

　　我能肯定，只要有人坚持现在是梦，我一定会怀疑自己，虽然现在抬头看四周，一切都真得不能再真了。

　　王四川又在耳机里催促，说再不下去，就上来把我拖下去，我才懒洋洋地下去，把刚才的情况说了一遍。

　　老田吐得不成人样了，竟然还对我说他也是负责人之一，这种情况为什么不和他商量，没经过他的同意，这要是他报上去，我就犯了严重的错误。

　　我心说驴日的，怎么没把他给吐死。我之前对老田的印象并不坏，他是老派的、我们自己培养起来的知识分子，一本正经，凡事都遵守着他习惯的那套等级制度。这本来没什么大不了的，在当时单位里，有点知识的人都是这样子。有些人是真心把这套东西当成纲领的，而有些人则只是披着皮而已。

　　不过这时我真的懒得和他扯皮了，不去理会，自顾自走开。老田本身也不善于应付我这种人，嘟囔几声看没人帮腔也就不说话了。

我当时并不知道，就是这次默默地走开，改变了很多东西，我以后的人生，也因为这个发生了我完全想不到的变化。这在以后的故事中，我会陆续提到，和这个故事无关。

之后我们便踏上了归途，为了节约燃料，关掉一些探照灯，以后的三个小时是相对平静的。

就在这三个小时里，我萌生了把这件事情记述下来的念头。那是突如其来的冲动，像是有人把这个念头塞进我的脑子里一样。对于文化课并不出色的我来说，这个想法让我自己都有点吃惊。

在这架残破的飞机里，我们已经连续七个小时不吃不喝，小便都是尽快解决。这些还不是最难熬的，最难熬的是，在这种情况下，大家的烟瘾都犯了，抓心挠肝，几乎生不如死。王四川想办法隔着头罩抽，打发了一些时间，我和裴青一直在闭目养神。

平静只持续了三个小时，三个小时多一点，我们所有人都听到飞机发出了一声异响，接着飞机里的灯全灭了。

起初我们很紧张，但是副驾驶员出来招呼了一下，说只是照明设备的电路坏了，然后开始检查。我看了看舷窗外，这下什么也看不见了，只能听见发动机的轰鸣声。

我走进驾驶舱，这一次老田也非要跟我进来。我看到飞机前方也是一片漆黑，只有几盏绿色的仪表灯亮着，把伊万照得阴森森的。

"有麻烦吗？"我问。

"暂时没有，油料消耗在我控制的范围内，其他的在上帝手里。"他对我道。

我指了指前面的黑暗："你这么开害怕吗？"

"这是飞机，又不是汽车，在夜空里我们一般都只靠导航。"他道，"而且照明线路又不复杂。"

他刚说完，前面的灯亮几下，又灭了，好像很快就能修好。我放下心来，刚想走，忽然就感到刚才灯光闪过的一刹那，外侧几十米的地方有什么东西。

我看向那个方向，现在却什么都看不清楚，本想算了，但想了想，还是觉得不太对。

这时不可以有任何差错，我跑回去对王四川大叫，让他打几发曳光弹看看右前方有什么。

王四川惊魂未定，以为又有什么情况，骂了几声立即跑上去，很快曳光弹被打向飞机的前方。

飞机右前方瞬间被照亮，我在驾驶室凑到舷窗边看。在片状光源里，我看到黑暗里果然有东西，竭力去看，立即腿软了。我发现那竟然是一双巨大的、凹陷的眼睛，正在注视着我们。

那双眼睛无比巨大，深凹在眼窝里，那种大小，只看一眼就让人头皮发麻。

我震惊得说不出话来，很快所有人都看到了，我听到王四川在耳机里喃喃自语："天哪！什么东西？"

飞机越开越近，我们很快看到了那双眼睛之外的部分。那是一张巨大的黑色怪脸，眼窝深陷，脸奇长无比，我目测了一下，足有五层楼那么高。

这时飞机飞得很平稳，我们就这么看着，有一种它缓缓从黑暗里探向我们的感觉，那瞬间的感受用语言完全没法形容。

"看来这就是影像里的影子。"伊万淡淡地说道，"没想到居然这么大。"

"继续发射曳光弹扩大照明范围。"我对后面喊了一声，另一杆机炮也开始发射，无数曳光弹被射向那张脸的前方。

光亮范围扩大之后，这张巨脸所属的身体也显现出来，我立即确定，那是我们在影像里看到的巨大的影子。它以一种非常奇怪的姿势，站立在浓雾里。

所有人都没有说话，耳边只剩下机炮打出曳光弹的声音，而我们全部的注意力都集中在那张脸上。随着巨大的影子越来越近，我看到巨人身上竟然满是细小的黑孔，密密麻麻的，好像被虫蛀过一样。

说那些黑孔细小，那只是出于距离的原因，事实上应该非常大。我静静地看着，浑身冰凉，想起了在那条完全被封闭的隧道里看见的尸体。那些尸体腐烂之后，也是完全变成黑色，上面布满了孔洞。

不过我已经肯定，这是一座巨大的石制雕像，因为它身上的光泽和四周岩壁

绝密飞行

的石头光泽一模一样。这是被人雕刻出来的。

看到这张奇怪的石雕脸，不是佛像，也不是我能想到的任何古代雕塑的脸。这张脸看上去非常粗糙简陋，我想不出它是什么，好像只是一个"巨人"而已。

飞机安静地飞着，我发现自己没法思考，这东西是怎么产生的？难道真的有古人进入过这片深渊，而且在这里的巨石上雕刻出一座这么巨大的人形像？

那是谁？即使依靠现在的科技，我们也不可能如此深入到深渊里，到底是哪个古人有这种力量，能做出这种奇迹来？

"这是远古时期的雕像。"沉默了一会儿，老田在耳机里喃喃道，"它怎么会出现在这里？"

"可能是从上面坍塌下来的。"裴青道，"这个'夸父'也许是在地面上雕刻出来的，然后因为地质灾害沉入地下，最后洞穴坍塌，它又掉入了这片深渊里。"

"可能吗？"

"比古人进入这片深渊雕刻出它的可能性大很多。"裴青道。

真的是这样吗？我无法肯定，但意识到这片深渊里，一定还隐藏着大量的秘密，是我们永远没法触及的。

飞机从"巨人"身边飞了过去，甚至一度距离那"巨人"只有十多米，我们能清晰地看到那些孔洞，竟然每个都是能容纳一人的大小。我看着，总觉得那些孔洞里好像藏了什么东西。

可惜，飞机几乎一瞬间就飞了过去，我们来不及细看，"巨人"已经在我们身后，消失在了黑暗里。

"可惜，我们不能停下来看看。"王四川道，"谁要是发明一架能停下来的飞机，我一定给他颁个奖。"

"也未必需要停下来。"裴青说道。

"拍下来了吗？"老田问朱强。朱强道："拍下来了。"

"好，我们的任务完成了。"老田叹口气，好像一桩心事了了。

这时，外面传来一连串声音，飞机外部的照明电力又恢复了，探照灯又亮起来。

"奇怪？"伊万说了一声。

我拍了拍脸，让自己放松下来，刚才看到的情况，可能是我这辈子看到的最诡异的情形。这种诡异实在太怪，使得我现在反而非常安静，只是有点难以思考。

伊万看了看我，摇头笑了笑，好像觉得我的反应很好玩。

我问道："你不觉得惊讶吗？"

"我们现在还活着，这才是最令人惊讶的事情。"他想了想又道，"对了，我们需要减轻飞机的重量方便最大限度节省汽油，你让他们清点一下，把能扔的东西都尽量扔下去。这要尽快做，你先去准备，等下我打开投弹舱。"

说起这个，我脑子里首先出现的竟然是王四川，不由得觉得好笑，退回去和他们说。其他人都还在震惊中没有缓过来，被我拍着手才一个个反应过来，但动作还是很迟钝，我只好自己来。

这里比较重的东西是机炮和子弹，于是我开始拆卸。王四川很是舍不得这些武器，从小用铁铳打猎的人，对枪的感情是很难理解的。

打开投弹口，东西被搬到了投弹舱，里面的气流非常猛烈，我把整理出来的重物推到轨道上，然后推了下去，看着它们滑入黑暗之中。我又把子弹打成捆也推下去，还扔了一些本来不是很有用的物资。

从投弹口看下面，连浓雾都看不到，也不知道那个巨大的影子还在不在，我有些发怔，但还是强迫自己收敛心神。

这时我听到后面有声音，原来是裴青走了下来。他提着一个帆布包，好像是他找出来要丢的东西。之后他反手关上投弹舱的门走过来，突然点起了一根烟。

我看他的表情有点奇怪，问他干吗。

他朝我笑笑："和你说点事情。"

我看他的样子，更加觉得奇怪：这小子干吗？难道又有什么企图？

"我听说过你的背景，你也算是个'黑五类'，你也知道你老爹要花多大力气才能脱掉这层皮。"他道，"我从小没有父母，在养父母身边长大，他们没有虐待我，但也没有真正关心过我，院里的人都对我的母亲避讳不提，连她的名字都不说。这还不是最可怕的，懂事以后，我才发现这个世界很不公平，自己比别人低了一等，而那些都是我的母亲带给我的。"

这是这个时代的固有特征，我心里明白。但他忽然和我说这个干什么？

"我都不知道这一切是为什么，后来才知道，原来我是日本人的孩子。"他道，"你知道一个一直接受抗日教育的孩子知道自己是日本人遗孤后是什么感受吗？"

1945 年日本军队从中国撤离，留下了很多遗孤，大部分是战时来中国做生意的日本侨商的孩子。我没有回答裴青，只是突然有些同情他。

"如果我是日本人的孩子，为什么要把我留在中国？我是中国人养大的，为什么要给我日本人血统的定义？"裴青冷冷地道。这些话一定在他心里被说过很多遍。他不是愤怒地说出来，而是把他心中淬炼过的东西慢慢地拿出来。

"成年以后，我开始寻找我父母的下落，我需要一个答案，要么告诉我他们死了，要么让我找到他们。我查了很多资料，寻访了很多地方，最后在老资料里找到了我父母的名字。我发现他们是一对日本地质工程师，参加一个内蒙古考察项目后失踪了。我被寄养到我父母的朋友家，在我三岁的时候，他们离开中国，把我丢在了这里。因为知道这个，我才会进入这个体系里来。"

我看了看投弹舱下的深渊，忽然意识到了什么。

"你父母难道是——"

他笑了笑，侧脸看了看窗边的黑暗，眼中既有茫然，又有一种热切的希望。

我看着他，猛地一个激灵，想起了在影像里看到的那个日本军官身边的女人，当时就觉得很不对劲，难道，她是裴青的——想着，看见他把带来的帆布包背到身上，我才意识到，那竟然是降落伞。

"我相信，他们最后一定下去了。"他道。

他转身再次朝向我："机舱里有我的背包，里头有我存下来的粮票，你交给我的养父母。我下去以后，你帮我争取一下烈士的待遇，我的弟弟可以靠这个上大学。"

"你疯了，过去这么多年了，就算他们真的下去了，在下面也肯定死了。"我叫道。

"对于我来说，他们死了还是活着又有什么关系？"他道。

"你的食物太少，下面那么大，你可能在找到他们之前就死了。"我道。

"我有七十个小时。"他道，"你记得那片灯光吗？我想，他们应该在那里。"

我无言以对。

"我下去之后，别人不知道我出了什么情况，如果把我的话说出去，你知道你一定会被审查怀疑，不如说我中毒疯了，这样谁也不受牵连。"

我坚决地摇头朝他走去，忽然他掏出了一把小手枪，在我朝他扑过去时一枪打在了我身上，我因为一阵剧痛摔倒在地，同时看他跳出了投弹口。

裴青瞬间消失在了黑暗里，我连他的降落伞打没打开都没看到。

我发了一会儿呆，回到上面，把其他人一个个解开，胸口的剧痛让我什么话也说不出来。王四川赶忙检查我的伤口，我不敢让他动，因为不知道这里的毒气会不会侵入我的伤口。不过裴青显然没有对准我的要害，否则打向我的脑门我必死无疑。但即便如此，这也是我第一次受枪伤，从没想过会这么痛。电影里那些果然是骗人的。

王四川问我事情的经过，我大致说了几个重点，但没有把裴青的话说出来，他最后那套说辞我深以为然。

那时候我心中的震惊远远大于任何感情，甚至他打伤我我都觉得无所谓，我只是想：他能落到哪里去？巨大岩石之下，可能是长达数十里的地下峡谷，他只有最多七十个小时来寻找那个信号，而且没有任何归途。

值得吗？说实在的，我无法评判裴青，我知道那种被称为"黑二代"的人的孩提遭遇。无论在哪个时代，人们对战争创伤的愤怒都会在这些不幸的孩子身上延续。对于幼年的裴青来说，"你妈妈是日本人"这句话一定犹如巨大的诅咒，使他夜夜在梦中惊醒，石块、口水更是家常便饭。

所以，他一定对自己的母亲有一种复杂的感情，从来没见过亲生母亲，对母爱的渴望和那"诅咒"所带来的憎恶，使得他在查到那支队伍进入神秘深渊消失了以后，一定想知道更多。

不知道大家还记不记得那个细节——裴青看到那具女兵尸体的时候哭了。我想他一定是想到了他母亲可能也有类似的遭遇，而对尸体的亵渎，很可能让他想到了他童年遭遇的事情。

不管怎么说，裴青在那个时候跳入那片深渊已经成了事实。对于他来说，这个故事已经结束了。他自己的故事开始独立出去，而我们还得继续——继续下去，直到回家。

绝密飞行

之后的过程乏善可陈，三个小时后，伊万告诉我们，我们接近大坝了。

用肉眼还没法看到迎接我们的灯光，但是四周的黑云母花岗岩洞壁告诉我们，我们回来了。油箱已经见底，不可能再有什么改变。

我被王四川扶到座位上绑好安全带，随后所有人都归位。经历了那么多，我对伊万的信心非常强。对于一个能用轰炸机翻跟斗的男人来说，降落在地下河的跑道上好像不值一提。

飞机平缓地靠近，我闭上眼睛，想着脚踩上地面的感觉。我们终归是大地上的土鳖，只有回到地上才会安心。这时我却听到了伊万在耳机里说了一句："不对劲。"

"怎么了？"我问。

"我收到了导航提示，我们已经很靠近了，但没有看到导航灯。"

我不是很明白，解下安全带，跌跌撞撞地走向驾驶舱。伊万指了指飞机的前方，那里一片漆黑。

"还有多远？"

"最多三公里，本来应该能看到灯了。"他道。

但是前头什么都没有。

"你确定你飞的方向对吗？"我道，"别搞了那么多事，最后我们自己摆了自己一道。"

"事实上，并没有那么多的方向可以供我弄错，而且导航提示绝对不会错。"

这时飞机前方的探照灯光晕里出现了大坝的影像。

我看到了灰白的水泥，大坝矗立在前方，好像一切都有些怪异，因为所有的灯都灭了，那里一片寂静。

这情景太不寻常了，因为以我们离开时的阵势，无论出现怎样的故障都不可能使得所有的灯都灭了。这个样子，他们竟然好像撤离了一样。

我心中涌起极大的不祥，但没有时间再推测了，我们正在急速靠近大坝。

"没灯也得降了，否则撞山了。"伊万拍了拍我，让我回去坐好。

我回去后飞机开始下降，王四川和老田问我情况怎么样了，我实在不想解释。伊万在耳机里道："不要再站起来了，我们准备降落，不过好像没有人迎接我们。"

我转头看着岩壁急速收拢，大坝在一边闪过，松了口气，心说"成了"。忽然伊万少见地大吼了一声："上帝！为什么没有跑道？！"

"什么？"我大惊。

伊万大叫了一声："抓好！"飞机猛烈地震动着，接着以难以置信的角度降落。

我看机舱在瞬间扭曲起来，所有人在一刹那都被弹了起来，接着我的头以极大的力量撞到了金属梁上，我眼前一黑，立即失去了知觉。

走运的是，我很快醒了过来，剧烈的脑震荡让我呕吐，有那么几秒我觉得自己已经晕了很长时间，但当睁开眼睛，发现飞机还在不停地震动。

其他人好像也失去了知觉，我眼前一片漆黑，只有爆出的火花作为照明。我花了好几分钟才解开安全带，踉跄着爬过去，看到王四川和老田摔在一起满头是血，摇了几下根本没用。

我忍住随时要昏过去的目眩，咬牙把他们一个个拖出下沉的飞机。上帝保佑，历经这么剧烈的坠毁动作，飞机竟然没有爆炸，也许是那些缓冲袋和地下河水救了我们。飞机已经完全变形，我的大腿血流如注，逐渐失去知觉，但我知道更多是被这里冰冷的地下河水给冻麻的。

几个人像死尸一样躺在一边的铁网桥上，我暂时筋疲力尽，靠在上面喘了几口气，手上沾满了锈水，乍一看还以为是血，惊了一下才反应过来。这时驾驶舱朝天的玻璃处传来了砸玻璃的声音。

我咬牙站起来，帮着里面的人把玻璃片砸掉，拉他出来，发现是副驾驶员。他脸上全是细小的伤口，嘴里也全是血，左耳朵挂在脖子上只剩下一张皮连着。

我扶他下到地上，他对我说："老伊，去看看老伊。"

我赶紧爬上去，跳进驾驶舱，看到伊万坐在那里解开了自己的头罩，满脸都是血，好像刚才被卡住了。

我爬过去，想去扶他，他却朝我摆了摆手让我别过去。我发现他的胸口上全是血。

"机舱受到了正面的冲击，我在最后关头抬起了机头，但是拉不起来，日本人造的东西果然靠不住。"他躺在座位上，说话断断续续。

我失笑："你是在为你的坠机找借口吗？"

"我没被人打下来，也没在降落的时候有什么漏洞，事实是这里没有设置跑道，你们中国人也很靠不住，讲话不守信用。"

我朝下看去，这里的水面上什么都没有，来之前那么多的吊装设备都没有了，四周一片寂静，好像一个人都没有。

"好了，别废话，我等下会弄清楚这里的情况。"我道，"你是自己爬出来还是我来扶你？"

伊万没理我，只问我道："如果查出谁拆了铁轨，你替我揍他一顿。现在你，不要理我，让我一个人待一会儿。"

我看他的面色有些苍白，心中闪过一丝不安，他看我不动，接着道："让苏联人一个人待着，中国人去干活儿。苏联人要想些事情。"

我点头，心中已经感觉到什么，但还是退了出去。我跳下飞机的时候，他最后喊了一句话，我没听清，不知道是什么意思。

三十分钟后，王四川再去看他，他已经永远睡过去了，在他最熟悉和热爱的驾驶舱里。他胸口的伤是致命的，折断的肋骨刺穿了他的胸口。伊万斯维奇，三十七岁，牺牲在了一个无人知晓的地方。他并没有什么大义，单纯追随着他那份沉默又炽热的爱来到了这里。

他还是保持着他一贯冷静的表情，疯狂的伊万在死前接受了自己的命运。

"如果我成功了，那么我拥有了她；如果我失败了，至少她永远也不可能忘记我了。"

没有人能忘记一个为了自己的爱敢拿轰炸机做泰格尔空翻的男人，我想不仅是袁喜乐，我也无法忘记。

我们没有移动他，事实上也无法移动。我们没有过多地悲伤，我总觉得伊万这样的男人不会领情，而且伊万也不是唯一的牺牲者，朱强、副驾驶员后来也牺牲了。

事实上，朱强可能在被拖出飞机残骸的时候已经死了，只不过身上没有明显的外伤，很可能是因内伤而死亡。副驾驶员一开始还很精神，等我处理完老田，他已经浑身冰凉了，估计也是受了内伤。

之后的很长一段时间，我们都坐在那里，等待可能出现的救援，然而什么都没有发生。王四川恢复体力后，找了一圈，回来后面色苍白，对我道："这里非常不对劲，所有的东西都被拆掉拿走了。"我很佩服王四川的抗压能力，如果他不过于强调个人喜好，这个领队的位置应该他最合适，而我心力耗损已经接近极限，完全跟不上他的思维。

在他的催促下我才站起来，和他去巡视了一圈，立即发现，这里的变化不仅是不对劲。

如果只是这里的人莫名其妙地撤走了，我倒能想出很好的理由来，不管正确与否，先说服了自己再说，但是这里四周的情况太不寻常了。

我不仅没有在四周看到任何遗留下来的设备和废弃物，甚至连之前记忆里很清楚的一些焊接痕迹都找不到了。

所有的地方都有一层浓锈，没有任何修理或者被加固过的痕迹。这里看上去，不是没有人，而是好像从来没有人到来过。

我明白这是不可能的，没有任何人能做到完全消除痕迹，而且是在这么大的一块区域里。

"你怎么想？"王四川点上烟问我，"狗日的这地方究竟是怎么了？"

我想他心中早有了和我一样的判断，但是，他无法从这判断中得出结论。

事实上结论可能只有一个，但是说出来实在太难让人接受。

不管怎么说，我只能自己说出来了。我道："看样子，我们降错地方了，这地方不是我们出发的地方……日本人在深渊附近造了不止一座大坝。"

"你是认真的？"王四川问。

"难道还有别的解释吗？"我道，但心里还是不信的。大坝四周的各种附属建筑看上去如此眼熟，还有水下的尸袋。我无法精确地记忆这些凌乱的细节，但是我的直觉告诉我，这里是我们出发的地方，除非小日本偏执地把所有的基地都造成一样的，否则实在太奇怪了。

"跟我来。"王四川想到了什么，把烟头一丢，往边上跑去，那里有一座水泥塔。

"你干什么？"我问。

"我在那座塔里关了三天禁闭。为了打发时间，我在墙上一些隐蔽的地方刻了些东西，他们不可能知道。"他道。

我们一路冲进了关他的禁闭室里，那是个很小的房间，他跑到墙边，挖出了一块砖看。"没有！"他面色苍白，"真的没有！这里真的不是……但是这房间，和关我禁闭的那间一模一样！"

我看着禁闭室的墙壁，上面有日文标语和很多的霉斑，另一边是透气窗，能看到下面的水面和我们坠机的现场。边上有一个探照灯，但是没有任何光，我只能借着飞机上没有完全熄灭的火焰看到坠毁现场的全貌。

一看之下，我就愣住了。

看着还在燃烧着的飞机残骸，我忽然觉得场面非常熟悉，好像眼前的坠毁现场，之前也看到过。

这种熟悉感非常强烈，我知道不是错觉。等我仔细回忆，就想到了是怎么回事，剧烈的毛骨悚然顿时让我如坠冰窖。

我发现，刚才坠毁的那架飞机残骸在水中的位置和姿态非常眼熟，那突出水面的机翼、烧焦的机身，和之前在水下看到的那架二十多年前坠毁的"深山"，竟然一模一样。

我无法理解，以为看错了，又以为在做梦。

但我冷静了一下，再去看，发现确实一模一样。不管是机头还是翻起的机翼的角度，都和我记忆中那架二十多年前坠毁的飞机残骸吻合，甚至飞机坠毁的位置，我都觉得一样。

这是怎么回事？

我立即走回飞机边上，希望我面前的景象是幻觉，但走到下面，相似的感觉反而更加强烈，唯一感觉不对的地方，是机侧被盖住的部分。

飞机来不及喷漆，本来用胶布把日本人的标志都盖住了，现在因为坠毁，有几块胶布已经烧掉了，露出了下面的太阳涂斑，像一只瞪大的血红眼睛。还有一块胶布被烧掉一半，露出了一个奇怪的符号。

我走过去看，发现那是一个"7"字。

我僵在那里，看着那个"7"字，像被人扼住了喉咙一样喘不过气来。

"怎么了？"王四川莫名其妙地问。

"我们刚才乘的是这架飞机吗？"我已经语无伦次。

"你疯了？当然是啊。"

"那原来在这里的那架飞机残骸呢？"我问，"日本人那架'深山'的残骸呢？"

"肯定在附近，我记得那架烂飞机也沉在了这个地方的水里，不会离我们太远，他们总不会把那架烂飞机也搬走。"

"真的在这附近？"我喃喃道。王四川去找了一圈，回来时脸也绿了："奇怪，它不见了。哪里去了？难道真被搬走？或者在我们坠毁的时候被压扁了？"

我摇头，指了指我们眼前还在燃烧的飞机残骸："它在这里。"

我无法给出一个明确的解释，也无法看透其中的猫腻，但是，几乎可以肯定之前看到的沉在地下河里的日本"深山"，和刚才坠毁的轰炸机是同一架。

如果是这样，这里就出现了不可调和的矛盾。我们怎么会在飞机坠毁之前看到飞机坠毁后的残骸？对当时的我来说，我的知识储备令我完全无法思考其中的缘由。

我感觉一定是我们自己出了问题，我们可能在深渊飞行的时候，吸入了不少毒气，我们已经疯了。

这是唯一的解释，汞中毒会使人产生神经病变，这种感觉让人毛骨悚然，疯子看见的事总是毫无理由的。

"那不用担心了，也许我们现在已经被抢救下来，躺在帐篷里。"王四川道，"伊万也没死。"

"也许其实还没降落。"我冷冷道，"裴青也没跳伞。"

"我们睡一觉醒过来，也许都好了。"跟过来的老田竟然当真了。

"那可能要面临更多的问题，其实从进洞开始就暴露在了这种毒气之中，那么我们是从什么时候开始发疯的？也许我们在找到袁喜乐的时候就发疯了，甚至吊在洞口的时候就疯了。"我道，"那表示我们身边的人全疯了，你一觉醒来还是疯的。"

"再往回想，你怎么能保证你原来不是疯的？既然这么真实的感觉都可能是假

绝密飞行

211

的，那么还有什么不可能？你可能是个老疯子，躺在床上，我们和这里都是你疯想出来的。"我继续道，"认为这一切都是故事，往往是真正变疯的开始。"

"那这里怎么解释？"王四川道。

"如果是无法解释的东西，我们不强行解释。"我道，"我老爹告诉我，想不通别想，做该做的事情。我们应该冷静下来，想一下如果这一切都没发生，我们应该做什么。"

说完，我们所有人都看向了地下河的上游。

"我想看天。我们多久没看到天了？"王四川说道，"我恨死这个洞了。"

"那么走吧。"我道，"也许他们会在洞口等我们，会像上次一样拉住我们的手。"

"然后给我们一个解释？"

我心说：可能性不大。

但是，我不想去想这些事。

我们收拾起东西，飞机上本来就没有准备多少干粮，有的也基本被甩下飞机了，所有人都轻装上阵。

顺着铁丝往回走，这里的水位非常低，我们踩着没膝的地下河水，往上游走去。

"这里不是我们来时的道路。"王四川道，"我是在'1号—川'下来的。"他用手电照了照洞的顶部，"我们最好能回到上面去。"

"从上走我们最后得爬一百多米的悬崖，他们说，从这条'0号—川'走，会好走一些，最后我们会从一个涵洞出去。"我道。我不知道我的想法是否正确，但是不相信我能爬上那么高的悬崖。

一路进去，沿途看到了大量的标语，两天后，在我们又饿又冷的时候，我看到前面出现了一道诡异的颜色。

有一刹那我没认出来，但是王四川大叫了一声，狂吼起来，我才想起来，那是阳光。

我冲了过去，然后头晕目眩，刺眼的色彩扑面而来。

　　我们出来的地方是一个很不起眼的刀切口一样的山洞，被隐蔽网绳掩盖，但网已经腐烂，有几个巨大的口子。网绳上挂满了藤蔓，阳光从那里照下来，美得让人无所适从。

　　我们一个一个爬出去，外面是满目的森林和山。一瞬间，各种各样的色彩扑面而来，在一个黑暗压抑的洞穴里生活了那么长时间，接触的颜色只有无尽的黑暗、晦暗的灰黄，以及灯光的惨白，再次看到大自然所有的色彩，金黄的阳光、宽阔的蓝天、墨绿的树木，我无法形容那些颜色的炫目和饱满，几乎晕过去。

　　王四川放声大吼，对着蓝天跪倒，我们都瘫倒在他身边，让阳光肆意地照在我们身上，把几个月的阴冷潮湿除去。我从来没有觉得，晒到太阳会如此舒服和幸福。

　　原来我们早已经拥有了那么美好的东西，最不可或缺的东西，往往因为习惯而不注意。

　　休息一会儿，我的眼睛才逐渐适应这个世界。这些我曾经认为无比枯燥的树木和蓝天，如今无比地鲜活。我爬起来开始打量四周。

　　这个山洞处在一个山腰的阳面，我不清楚这里距离我们进入的那个口子有多远，但根据我们走的时间推算，直线距离不会太远，地面上的后勤部队营地应该就在附近。

"0 号—川"是地下河的主干，出来的洞口却是这么小，真是让人想不到。

王四川招呼了一声，指着一边的悬崖，那里有一帘小瀑布流下，后面还有一道缓坡。我们在那里洗了脸，然后往山上走去。

山并不高，半个小时后我们到了足够眺望四周的高度，老田筋疲力尽地坐下来休息，我踏上崖边一块凸起的石头看向远方。

四周没有军营，没有炊烟，只有一望无际的树木。北方的林子没有南方雨林那种遮天蔽日的茂密感，但这里的树木都异常高大，显得凛然而不可侵犯。

我心中刚刚涌起的力量又微弱下去，我们坐车进这片森林用了几天时间，如果想徒步走出去，恐怕此后的辛苦危险不会比在洞里的时候差。

森林里不能抽烟，可我这时什么都不在乎，点上狠狠吸了两口，感觉总算有股力量从肺里弥漫开来。

不过，无论如何，蓝天让我感到无比地神清气爽，天是如此广阔，难怪王四川认为天是神明之主。重新在天空下行走，我感觉从地狱返回了人间。

当晚我们在山上露营休整。之后一共休息了三天时间，我们先是挖了一些野菜煮汤充饥，到了晚上就挤在篝火边上看着满天星星进入睡梦中。第二天王四川用树枝做了几个布鲁，打了几只野鸡回来烤，我们逐渐恢复体力。

三天后，我们开始寻找出去的道路。为了避免迷路，留下老田看守篝火，在山顶燃烟作为标志，我们每天出去寻找，傍晚以燃烟作为目标返回。两天后，我们找到了那座废弃的日本军营。

它已经完全被荒草淹没，营地里的杂草齐腰深，屋顶的落叶几乎要把房子压垮。铁丝网上全是藤蔓，和我第一次来这里的时候大不相同。

营地里一个人也没有。我难以置信地拨开杂草走进去，看着四周的一切，清晰地记得我们的大部队驻扎在这里，四周的杂草几乎全部被清光，屋顶的落叶也被清理干净了。现在怎么会这样？

我不相信仅仅几个月时间这里会重新变成这样，看样子有几十年没人来过了，我们像是到这里的第一批人。一刹那，我甚至以为这是另外一个被废弃的营地。

"为什么好像之前的一切，我们来过的痕迹都消失了？"王四川道。

我低头不语，走进军营进到木房里，看到一片狼藉。所有的东西上都积满了灰尘，木板的缝隙里也全是小虫。那种程度不是可以伪装出来的，正如王四川说的，我们来过这里的一切痕迹都消失了。

这简直像是一场梦，在梦里我们干了很多事情，但醒来以后发现那些都没有发生过。

如果只有我一个人，我也就真当是梦了，可惜我们有这么多人。

这到底是怎么回事？难道我们真的都疯了吗？

所有人都没有说话，老田低声抽泣起来，我们无法解释这一切，连提出假设的概念都没有。

王四川并不信邪，说也许是这里的草长得快。他拉着我们到四周探索，然而越找越觉得不对劲，不仅四周没有我们活动过的痕迹，来的时候工程兵开路砍出来的车道也没了。

那些被砍掉的树是不可能这么快长出来的。

"我们疯了，我们都疯了。"来到军营的木屋里休息，老田一直喃喃自语，忽然笑了起来，"你们都是疯子，没救了，我还知道自己疯了，我还有救。"

我看着他的样子叹了口气，老田是死脑筋，思维僵化，遇到这种事情，有点捯不过来，我也不知道拿他怎么办好。在老田的笑声里，气氛更加诡异，我感觉再这么下去，不仅是他，我也非疯了不可。

我决定不去想这些奇怪的事情了，比起这里难以解释的现象，我现在更担心的是我们该怎么办。

原本我想着即使找不到部队，找到车道我们也可以出去，但看现在这种情况，我们被困在这里，一切只能推翻重来，而且得更加小心了。

最重要的一点是，进来的路本来是对我们保密的，我们不仅不知道自己在这片原始丛林的什么位置，连这片丛林在哪里都不知道。如果是在国境线外，那我们就算走出去也可能会被抓起来。

形势严峻起来。

绝密飞行

　　无论如何，首先要确定自己的位置。王四川说："如果我们在蒙古国，万一走错方向也许会走到苏联去。而且不管是哪个方向，离有人烟的地方都很远，在森林里太容易迷路了，看来我们得做好长期抗战的准备。"

　　"理论上只要一路向南走，一定能出去。"我道，在蓝天下多走点路我现在并不抗拒，"咱们以前摸林子的时候来回都好几个月，时间倒不是问题。"

　　"问题是你受了枪伤。我们没药，你的伤口不可能自己好起来，肉会从子弹周围开始发臭。"王四川道，"除非把子弹挖出来，但伤口处理不好会发炎，你会死得更快。而且，我们没有食物，饿肚子走不了多远。"

　　"你有什么主意？"我问道，我看他好像也不是特别担心。

　　"这里离林区肯定很远，你看这里的树这么茂盛，往远看哪里都一样，说明几十年内这里没有被砍伐过，这地方的偏远程度肯定比我们自己想得还要厉害。我们都知道这种山路有多难走，你受了伤，老田又是这副样子，我们应该就地休养一段时间，以静制动。"王四川接着道，"烧点湿柴，附近如果有猎人或者护林的，看到烟会以为森林着火然后赶过来。同时，我们打打猎，晒晒干果，储备足够的食物。"

　　我想了想，觉得王四川没说错，我们现在确实不太适合长途跋涉。以前我们

走林子，虽然会在林子里待很长时间，但离最近的补给点都会保持在三到四天的路程内，还有骡子和驴帮忙运输物资。这一次性质不同。没有枪，王四川只能打一些山鸡、野兔之类的东西，每次都要消耗大半天时间。这样边打猎边赶路可能要很久很久才能出去，他要是在路途上生病或者受伤，我们就死定了。

我们是在深秋进入丛林里的，休整了一个多月，当时的天气已经非常冷，又在洞穴里熬了几个月时间，前后算算，现在应该是 1963 年的春天。我相信按照王四川的计划做，不会浪费太多时间。

我们把露营点移到了军营里，毕竟这里有房顶。当晚王四川烧出了一些草木灰，尝试挖出我的子弹，可没成功，只能用皮带扣把子弹挖出来，比中弹的时候还疼，用文字绝对形容不出那种痛。

之后，王四川便开始实行他的计划，先是他一个人打猎，我伤好了一些后，他也开始教我。

和王四川学打猎还是很有意思的，投掷布鲁是从小就需要锻炼的技术，而且需要天赋，我不可能学会，只学了一些制作陷阱的方法。我们每天收获的猎物除了当天的伙食，剩下的都用烟熏干处理。这个时期的北方，林子里的野生动物还是很多的，我们基本上每天都有收获。我们的进展很顺利，很快房梁上的熏肉都快挂满了。

老田没有参与我们的行动，一直在想一切是怎么回事。我们打猎的时候，他就在附近转悠，想找出什么线索，但怎么想都想不出个所以然来，经常半夜跳起来和我们说一些匪夷所思的假设，慢慢人就变得一惊一乍，时而清醒，时而迷糊了。我觉得他真的有点不正常，给他做思想工作也没有用，只能让他看家。

打猎的时候，我们有几次经过了一块区域，我觉得很像当时我们下去的那个垂直洞口的环境。但是，我们在那附近找了很久，都没有发现那个天坑洞的入口，不知道怎么回事全是落叶。我记得开会时说过，那个洞口是被落叶埋住的，我不知道是自己认错了，还是那个洞口确实被埋在了落叶下面。

更让我觉得奇怪的是，我发现，在这段时间里，这里的天气开始明显地变暖。

在我的计算里，现在是春天，但是猛烈的日头告诉我不太对劲。

王四川也不知道这一切是怎么回事，北方其实没有传统意义上的四季，春天和冬天没有太大区别，夏天倒还很凉快，入秋之后就会很快变冷，十月就下雪，现在这种气温明显已经是夏天了。如果现在是初春，只有一种可能性，就是遇到了暖春。

王四川分析，我们现在也许在靠近海边的地方，被太平洋暖气流影响。

如此一来，我们便错误地估计了时间，北方的暖春是少见的天气。

天气一热，草木生长，这种地方会有狼群，我们没有武器，情况比较棘手。

我们算了一下，熏好的肉只能支撑一个多月。我们原本打算准备两个月的食物，现在只能走一步看一步了。已经有的熏肉，加上路上顺手打点东西，我想出去不会是什么大问题，于是决定提早出发，趁狼群还在草原上。

没有想到，就在我们原定出发的前两天这个节骨眼儿上，天却开始下起冷雨。

雨一下就没完没了，总是停一下就又继续，外面顿时泥泞不堪，根本无法行走。我们只能整天待在那些木屋里避雨，那种潮湿阴冷让我发了烧，迷迷糊糊的几次都以为自己还在洞里。

那几天，我们逐渐冷静下来，感觉形势会越来越好，倒不用着急。老田不魔怔的时候，也说了一些靠谱的话，说以他在北方的经验，北方本来就干，这雨下透了会有很长时间的好天气，也不会下太长的时间，与其冒雨出去，不如等雨停了再说。

我们一直祈祷雨停，王四川每天看云色，总说还有五六天好下。可五六天又五六天，雨倒没停，我们却等来了其他东西。

在第三周的第二天半夜，我们忽然被一阵奇怪的声音吵醒了，我迷糊了一会儿，发现那是木板被敲击的声音。

我第一反应是起风了，心中一凛，然而再几声，才意识到不是，但这么一来更惊讶了，因为那竟然是敲门声。

看了看躺在身边的两个人，他们全都在，我出了一身冷汗——在这种深山老林里只有我们几个人，怎么会有人敲门？

我惊醒以后，花了很长时间才反应过来。王四川睡眠浅，也坐了起来，轻声问："谁他娘的半夜出去了？"

"没人。"我看了看老田道，"所有人都在屋里。"

我们看着门板，紧接着又"砰砰砰"响了几声，很明显有人在敲门。这种本来普通的动静，在这种场合下听起来非常诡异。

我们面面相觑。"难道是狗熊在敲门？"王四川道。

"狗熊没这么有礼貌。"我道。

敲门的声音并不重，而且有些迟疑，听起来阴森森的。王四川对我使个眼色，抓起一边篝火里的木棒当火把摸过去，我们一个在左、一个在右，来到了门边。

王四川一把拉开门，火把一下捅了过去，紧接着发现门外什么都没有。我探出头，看到门口地面上有两只巨大的泥脚印，心头咯噔一下，刚想说话，王四川阻止了我。他走出门外，把柴火往前探，顺着火光，我看到了有几团"泥巴"站在远处的大雨里。

我也走了出去，发现这些竟然是一个个满身泥浆的人，人数还不少，正觉得奇怪，一边的一团"泥巴"叫了我一声："吴用？是你？"

我一愣，"吴用"是我的一个外号，凡是姓吴的人全都有这种麻烦，无论自己

的名字有多威风，一旦摊上这个姓就会玩儿完，而且十有八九会被安一个"吴用"的外号，因为《水浒传》是当时很少有的几本小说。

不过自从我升正连级，就很少有人这么叫了，我们的组织结构很松散，我的上级管的事太多，估计连我的名字都记不住，王四川他们都没太多文化，所以这个外号已经很久没有人叫了，现在被叫出来我相当吃惊。

不过更让我吃惊的是这个名字从"泥巴"嘴里说了出来，接着所有的"泥巴"都动了。他们卸下雨篷，一个个人头露了出来。

我看着那些脸，上面沾满了泥浆，看不清五官。我把目光转向刚刚叫我的那个，突然僵住了，看着她的脸，脑子一片空白。

我竟然看到了袁喜乐。

虽然她也一脸泥，但我一看就注意到她的眼睛是那么明亮。她没有疯，她笑着朝我走过来。

我呆住了，王四川也呆住了，问道："这是怎么回事？"

那些人都凑了过来，有几个手里还端着冲锋枪，袁喜乐对他们道："是自己人。"他们才把枪放下来，其中有人对着我们身后的木屋就道："老天保佑，终于有个干爽的地方了。"

目瞪口呆中，我几乎下意识地把一行满身是泥的人让进屋里，眼睛却还是看着袁喜乐。

这些人脱下雨披，我看见他们的装备就知道他们全是地质队的，我不是很熟。但所有人看到老田都非常惊讶，老田也看着他们，那一刻我脑子很混乱，总觉得什么地方出问题了。

他们脱掉衣服，立刻围到火边取暖。王四川看着我，也没有反应过来，只是拿出最近打猎剩下的肉，他们接过吃起来。

"你们怎么在这里？"有一个人问，我一看他，又愣住了。

这个人我不认识，但见过，我记得他的名字叫苏振华，是特派员，我们在大坝的仓库里找到了他。当时他已经疯了，怎么现在也好好的？

而且他还和袁喜乐在一起？

我没有回答他，而是用力捏了捏脸，看看自己是不是在做梦。接着我又被一个人吸引了注意力，他是这些人里年纪最大的，正在咳嗽，袁喜乐递给他毛巾，他擦去脸上的脏泥。

我惊讶地发现，那是一个非常有名的老专家，传说他在苏联，但我惊讶的是，我也见过他，那是在落水洞下，我发现了他的尸体。

接着，我看到了第四个我能认出来的人，老猫在人群中不起眼地抽着烟，那张老脸一如我看到的那样世故。

"毛五月。"我下意识地叫了一声。

老猫惊讶地看向我，就问道："您是哪位？我们见过？"

我皱着眉头看他，看着他的表情，无法分辨他的疑惑是真是假，但这已经无所谓了，如果说单纯看到袁喜乐和特派员还可以想办法解释，但看到了那个老专家，就没有办法逃避了。

虽然打死我我也没法相信，但我还是意识到了，我眼前的这帮人，是七二三工程的第一支勘探队伍。

一刹那，我好像摸到了事情的关键。

根据以前老猫告诉我的情况，在我们进入洞穴之前，还有一支队伍进过洞穴。这支队伍由袁喜乐带队，苏振华是特派员，老专家协助，总共九个人在洞里遭遇了各种危险，几乎全军覆没，老猫是唯一回到地面的。此外，只剩下袁喜乐和苏振华还活着待在洞里，但都吸了太多的汞蒸气以致神志异常。

可是现在，这支队伍里的所有人都活生生地出现在了我面前。而且，比我知道的人数要多得多，这是什么情况？老猫没有对我说实话吗？

而且，看他们的装备，他们正在这里进行地质勘探活动，应该就是在寻找那个洞穴。

我们和这支队伍见面的可能性存在吗？老猫把洞穴的信息带出来之后才会有后面的计划，我们才会被借调参与七二三工程，我们是他们的后备军，怎么可能和他们在这种地方相遇？

如果不是我们真的疯了，那难道，我们回到了大半年前？

绝密飞行

　　我想到了我们遇到的一切，降落的时候，原本架设好的缓冲跑道不见了，大坝里所有的人和设备都消失了。而我们回到地面上之后，发现我们到过这片森林的所有痕迹都没有了。

　　如果我们真的回到了从前，那这一切倒是说得通了。如果我们回到了我们还没有来过的时间，当然不会看到我们来过的痕迹。

　　这么说来，我们在深渊里飞行的时候，不知不觉中出了什么问题？

　　但是，这可能吗？

　　这是怎么做到的？要让我相信这些，我觉得还是老田说的，不如我们都疯了好接受一些。

　　我忽然想起了之前我师父和我讲的一件事情，他说他在塔克拉玛干找石油的时候，听当地人说，那里的沙漠有一块奇怪的区域，人经常在里面失踪，然后在相隔很远的地方出现。两边的距离有几百公里，但失踪的人从失踪到被找到相隔的时间不过一个晚上，不靠飞机是绝对不可能出现那样的情况的。

　　而当事人并不知道，只是说自己在一片没有边际的沙漠里迷了路，走几天几夜才被发现——而他的几天几夜，实实在在只有一个晚上。

　　医生说那是缺水引起的幻觉，但我师父说肯定不是。他们勘探队在那块区域勘探的时候，有人失踪，后来被发现了尸体，也是离营地有几百公里远。除非那个人自杀，否则如果发现不对劲，在原地待着等天亮，也比乱走几百公里要保险。

　　难道我们在那片深渊里也遇到了差不多的事情？

　　我一边想，一边出冷汗，但是不知道为什么，总觉得不对劲，这其中好像有什么东西让我觉得哪里有问题。

　　真的是这样吗？我看着那些人的脸。但是，我从面前这么多张脸上，看不出一丝破绽。

　　如果这是真的，那袁喜乐的队伍应该在我们到来之前不久来到这里，我们并没有错开"太远"或者说"太久"。对于他们来说，我们出现在这里是非常奇怪的事情，而我也不可能和她说这些我们自己都不相信的鬼话。这么一来事情就会非常尴尬，因为他们执行的是秘密任务，我们莫名其妙出现在他们执行秘密任务的区域，弄不好，我们的处境会很麻烦。

　　我一时半会儿也想不出应该怎么办怎么说，也不知道王四川有没有想明白什么，这时应该做的是糊弄过去，再从长计议。

　　我看向王四川，就发现他表情正常，我看他，他也看向了我，我知道他至少也准备先混过去再说，不由得松了口气，这时反倒很怕有点糊涂的老田会说出奇怪的话。

　　但是老田居然很在乎机密，看着那些人，本身就有点神志不清，如今更是迷惑，缩在一边，只是对着那些人不停地点头。

特派员看我目瞪口呆、无法反应的表情，就露出了奇怪的神色，转头去问王四川同样的问题："你怎么在这里？"

王四川是个机灵人，不可能把情况交底，胡乱找了个理由，说我们是哪个大队派下执行临时任务的，后来迷路了，具体任务内容也是机密，不能透露。

听完王四川的话，那个特派员用一种很耐人寻味的眼神打量我们，面色并不像其他人那么放松。

袁喜乐显然没有想那么多，洗掉脸上的泥浆，又冲洗了头发，对我们道："这么深的林子居然会出现房子，房子里还有火光，我还以为遇到什么妖怪了。太巧了，说出来谁都不会信，在这种地方会碰到同行。"

"我们是这几天往冒着烟的方向找到这里的。"有一个年轻人说道。

王四川照实说我们被困在这里已经有段时间了，东西都丢了云云，说完就问道："你们来了太好了，我们有救了。这里离城区到底有多远？"

这个问题本来很简单，一问却发现袁喜乐的表情很尴尬，也没人回答我们。

"不会吧？你们也是迷路到这里的？"我问。

袁喜乐摇头："这倒不是，只不过这个地方的位置很机密。你们无意中到了这里虽然没问题，但我们没法告诉你们这里的位置。"

王四川和我对视了一眼，袁喜乐说话的时候眼睛不经意地看了"特派员"一眼。我意识到，这支勘探队出现这种保密意识，一定是这个特派员强调下的结果。

老田是老资历知识分子，这时就道："至少要想个办法吧？我们要治病，我们已经疯了。"

其他人都以为是个玩笑，都笑了起来，一个年轻人道："他娘的雨一下这么多天，谁不疯？我也快疯了。"

我看向特派员，看他如何反应。

"这事情我们做不了主，要请示总部，让他们做决定。"特派员道，"别担心，最多我让小聪明送你们出去，等天气好转，我们就发电报。"

小聪明是个很面嫩的小伙子，眼神很坚定，和其他人的气质很不相同，一看是个当兵的。他背着一台发报机，对我们笑了笑。

特派员接着问道："你们被困在这里多久了？"

"从发觉不对到现在，怎么也有一个月了。"王四川回答道。

"那你们在这附近都走过了？"他递上来一根烟问道，眼神很平静，好像只是随便问问。

屋里气氛很热烈，长途跋涉的袁喜乐他们找到了相对干燥可以烤火的地方，又有肉可以吃，很是放松，老田在这里重新受到了尊重，我们也找到了出去的希望。在这种情况下，特派员递烟给我们，很是正常，但是他问的问题，白痴都知道他在试探什么。

我了解这种人，怀疑一切是他们的习惯。"我们往东西两边走得比较多，其他的地方有悬崖。你们是从哪里过来的？"王四川滴水不漏地说着，反问道。

"我也不懂，没学过这些，只懂跟着他们乱走，早分不清东南西北了。"特派员笑道，"你们在这里有没有发现什么奇怪的东西？"

王四川嘿嘿一笑："哪里有什么奇怪的东西？除了树还是树，能找到现在这个小日本修的房子就不错了。你信不信，附近肯定还有这样的地方？这些房子都是用本地的木头造的，左边的几间是仓库，我想他们在这里肯定有什么大计划，否则不用盖房子，起码是准备在这里待半年以上。"

我本来还担心王四川应付不来，但是看他的谈吐很是自然，东一句西一句，没被"特派员"控制住，心里就安定下来，暗想：这小子真是个人才，不当官实在太浪费了。

人多口杂，我自知没王四川那么会忽悠，就起身到房间的角落去，一边给他们准备床铺，一边琢磨接下来怎么应付。

看样子王四川能把第一波扛下来。除了我们出现在这里的原因，回答其他问题，他都说了实话，这样我们就算不对口供也不会被戳穿。

老田因为保密条例，肯定不会乱说话，这种把条例看得比命还重的人，倒最不需要担心。反而我得特别小心，因为我一看就是部队里不守纪律、心思活泛的人。我刚才肯定表现得很可疑，特派员和王四川有一搭没一搭地说话，但总看我就是证据，他清楚地知道我刚才的反应是不正常的。

绝密飞行

我现在要避开他的观察，然后想办法让他觉得我的反常另有原因。

当年我的想法还是不够成熟，现在思考，那个特派员之所以会对我们起疑，理由很简单，因为那个地方绝不可能出现其他勘探队，我们很可能已经过了当时有争议的边境线。而之所以其他队员没有怀疑，很可能是因为和我们一样，没有被告知这件事情。

不管出于什么原因，后来都觉得无所谓了，因为接下来几天发生的事情比这个重要多了。

当夜无话，袁喜乐他们非常疲惫，陆续休息了。我们本来休养得非常好，这么一来很兴奋，我看着屋顶到天亮才睡了一会儿。

当时我并没有注意到这支队伍中的一个情况，说明我的脑子不够清醒。透过王四川的臭脚看到一边火光下袁喜乐的睡脸，她的头发还没有我在洞里见到的那么长，脑海里思绪万千，我慢慢平静了下来。

不管这是怎么回事，只要能见到她，就不是一件坏事，虽然，我总觉得这一定是场梦。

第二天天亮，雨终于停了。

我醒过来看到满地的人，才终于相信昨晚的事情并不是梦。

有些人已经起床了，王四川不在，袁喜乐也不在，我爬起来到室外，又看到了久违的太阳。我舒展了一下筋骨，去找王四川，他一般不会这么早起来，早起一定是想找机会和我商量事情。

地上还非常泥泞，我找了个比较清澈的泥坑洗脸，看到有比我起得更早的人在森林里摇树，树叶可以被摇下来归拢当柴，比地上浸湿的更容易晒干。

此时我却希望那是袁喜乐，我很想看到她，和她单独说说话，又有些莫名地紧张。

可惜我走过去发现那是小聪明，他看上去只有十五岁，身上已经背了一大堆柴，摇树、捆柴，做得很熟练，另一边还有人在吆喝什么，我听出来是老猫的声音，但是看不到人。

"东北人？"我问他。南方人对付不了这种树，烧稻草。

他朝我笑笑，并不回答，我表示要帮他背一部分柴火，他摇头，小小的身子背着大得离谱的柴堆往回走。

"别理他，他个子小，可是脾气倔得很。"我听到一道声音传来，看到袁喜乐从一边的林子里出来，正在擦头发。

她的脸上有水珠，头发也是湿的，好像刚洗完脸。女人一搞地质，都不会讲究到哪里去，但也不会像我这样随便找个泥坑凑合。

她走到我边上，看到我的脸就笑了，对我道："那边有大点的水坑，你要不要去洗洗？我看你像这几年都没好好洗脸。"

"反正这辈子也没指望找对象了，不浪费那个时间。"我笑道。

"找对象这种事情，全靠自己的努力，自己都放弃了，人家姑娘家当然不会来迁就你。"她道，"搞地质勘探的又不是没有女同志，你泄气什么？快去洗吧，我带你去。"

我跟着她走了几步，前面果然有个清澈的水坑，我蹲下去，这次比较仔细地洗了把脸。

洗完她看了看我，点头道："这不是好多了，男人就要精神点儿。"

"怎么精神也精神不过苏联飞行员啊。"我道，"你可别拿你爱人的标准来要求我。"

以前并不敢这么和她说话，不过不知道为什么，我现在看到她并没有感到不可靠近，也许是因为基地里发生的那些事情，让我对她改变了看法。

袁喜乐有点吃惊地看着我："你怎么知道的？"她用手帕擦了一下脸，"我可没告诉什么人，是谁告诉的你？"

我笑了笑："天下没有不透风的墙，保密工作做得再好也没用。"

她脸红地笑了笑："那都是以前在苏联的事了，我回来以后都过去了，他也不可能来中国。"

"你怎么肯定他不会跟来？"我道，"也许他只是慢了一点。"

"就算他来了，我们也不可能在一起，这里和苏联虽然都是布尔什维克，但是毕竟还有很大的不同。如果他来了，我只能拒绝他。"她道。

"不可惜吗？那么出色的一个男人？"我问道。

"你怎么知道他出色？"她好像觉得我有点好笑。

我心说：我真的知道，要是他不出色，我已经死在一个匪夷所思的地方了。

"也许，在那时的我看来他真的不错。"袁喜乐的脸有些苍白，表情有些无奈，"不过，越是炽热的爱，冷却下来就越有可能开裂。其实我也说不清楚。"她叹了口气，"我不想谈这些。"说着加快脚步把我甩在了后头。

我想追上去，却迟疑了一下，但她跨几步，又走了回来，盯着我道："今天的话别讲给别人听，不管你是从哪里听来的。"

我点头，她看了看不远处的木屋，又道："这一次我们的任务非同寻常，你们最好和我们划清界限，我尽量说服苏振华让你们回去。"

"如果苏振华不肯会出现什么结果？"我问。

"你们可能被划入我们的队伍。"她道，"但是这次的任务很危险，你们不应该冒险。"她说完指了指嘴巴，"别乱说话，我知道你的背景，但是别人不知道，有人会对你们不放心的。"然后离开了我。

我理解她说的话，对于早已经知道结局的人来说，我知道她说得很正确。

看着她的背影，一直到她进入木屋，我才去找王四川。后来在木屋后院找到了他，他在晒木柴，我过去帮忙，两个人假装认真干活儿，我把我的想法告诉了他。

他听完后说，他当时也是这么想的，但又觉得实在不可能会发生这种事情。与其说我们回到了过去，他觉得还不如说这些人都是山里的鬼，特地来戏弄我们的。

这就更不可能了，我和他合计了一下，觉得既然想不到其他理由，我们现在只能认为，我们真的已经回到了大半年前。

那么情况就变得非常复杂，因为这支勘探队明显是要找到那个洞口，如果我们被编入他们的队伍，岂不是又要到洞里去——我宁可死都不想回去，所以一定得想办法，让特派员苏振华同意把我们送出去。

不管是哪种情况，对我们来说，最重要的是活着出去。

他们今天一定会商量这件事情，小聪明是发电报的，他们商量的结果小聪明一定知道，王四川准备和小聪明套下近乎，探探口风。他们如果不让我们走，那我们就得想办法连夜跑了。

这个我不内行，只能让他去处理，王四川于是约了小聪明去打猎，我又回到屋子里，竭力表现得正常，希望特派员能忘掉我昨天的反应。

绝密飞行

中午的时候，王四川和小聪明带了大礼回来，那是头鹿，用枪打的。这头鹿肥得很，我们吃完后还剩下很多，王四川就让我帮忙熏肉，我们原来准备的干粮根本不够这么多人吃。袁喜乐他们的消耗很大，不可能把粮食让给我们，反而还要消耗我们的。我知道王四川打猎的目的，除了和小聪明套近乎，还在准备我们需要的食物。

我越来越佩服这小子，能文能武，精力旺盛，除了冲动点儿，几乎没什么大缺点，蒙古族的血统让人不得不佩服。

当天下午，勘探队开始去四周工作，只留了几个体力没恢复的人。我们在屋外，王四川一边切肉条，一边看没人在附近，和我说，他打听了，他们好像是要找小聪明把我们送出去，来回得一个多月，真够远的。具体怎么办，他们好像还在商量。

他说袁喜乐他们肯定不是走了一个多月从外面进来的，这附近一定有大型据点，但不想让我们知道，就让小聪明带着绕过大部队。这样一来，我们会以为这只是一次两支队伍的意外相遇，不会想到背后有那么多破事。

"这正合我意，这样我们可以找个乡村躲一段时间，等到'我们'出发了再想办法回去，否则没法解释。"王四川最后道。

这一定是袁喜乐出的主意，我心中一安。忽然想到袁喜乐当时在洞里被我们发现的样子，我对王四川道："不对，我们不能一走了之，我们一走，这些人都要牺牲了。"

"对于我们来说，他们已经牺牲了。"王四川默默道。他显然早就想过这个问题。

"我们可以提醒他们一下，也许会好很多。"我道。

"不行。"王四川马上摇头，"如果我们真的回到了几个月之前，我不能想象提醒了他们会有什么后果。在我们的历史里，他们的命运已经注定了，如果绕过既定命运，改变了的历史，那么我们的历史也会改变，我想象不出会是怎样，但很可能是我们没法接受的。这一次幸存的是袁喜乐和苏振华，但是你一提醒，幸存的就可能是其他人了。"

我想了一下，忽然觉得毛骨悚然，确实如此，假如袁喜乐他们全部幸存，我至少可以保证一点，飞入深渊的计划一定轮不到我们，而是由袁喜乐他们参与。他们还是会飞回大半年前坠毁在大坝里，袁喜乐能不能在这次坠毁时幸存，很难说。

我们经历的现实，算起来是我们能接受的最好的历史。我想着袁喜乐的模样，她的未来是一场噩梦，我可以改变这一切。但为了她，我要眼睁睁地看着这一切发生。

我叹了口气，决定妥协，我不是上帝，在这种命运面前，不知道自己能做些什么。

绝密飞行

　　肉熏了一个下午，晚上袁喜乐没宣布王四川带来的那个消息，我并不觉得意外，知道这种事情总要花一些时间做计划的。

　　在睡着之前，我在脑海里把所有的顺序理了一遍，发现我已经慢慢接受了那个前提，那就是，我们真的回到了几个月之前。

　　如果我们按照王四川的计划离开，那么他们之后会进入洞里，发生一连串的意外，而在这个时间，另一边不知情的"我"正在等待前往这里的调令。

　　不过这一切也许不会这么快就发生，我们进入洞里，看到地下河上"深山"的时候，飞机锈得非常厉害，当时我以为飞机坠毁了二十多年，现在看来，那种腐朽速度应该是地下河的环境恶劣导致的。但即使这样，我觉得也至少需要四个月时间"深山"才可能坏成那个样子。

　　我们是在 11 月中旬进洞的，在洞里待了差不多五个月，然后飞入深渊。飞机坠毁后，如果要在地下河里腐烂成"我们"见到的样子，那么，我们至少回了十个月之前。

　　也就是说，现在我们是在 1962 年的夏天，现在大概是 7 月。

　　那么之所以气温这么高，不是因为暖冬，而是因为现在本身就是夏天。

　　我们在这里已经待了一个月左右，也就是说，另一队"我们"怎么也要三个月以后才会来到这里。假设袁喜乐早我们一个月进洞，那还需要在这里待三个月才会进入那个洞。

三个月，他们在这里干什么呢？单纯寻找吗？

我知道洞穴就在附近，但是被很厚的落叶层覆盖了，在这种林子里找几个被落叶覆盖的洞是十分困难的。我记得之前打猎的时候，就在离它很近的地方都没有找到那个洞口。

所以他们能不能很快找到那些洞口的确很难说，但三个月也太长了。

这么多人在找，就算一寸一寸去找也该找到了。

难道是之后还有什么事会发生，使得他们进洞推迟了？我想。

难道是因为下雨？

推算下来，现在已经是雨季，下雨之后，这里的地下河水位会暴涨，他们即使发现了洞穴也没法下去。

对的，上游的汛期结束之前，他们可能会一直等候，等到水位降下去再进行勘探。

我忽然有了一个想法：如果我阻止了他们呢？让他们完全放弃那个计划，比如说，在他们离开之后把那个洞口炸毁。

我可以把大坝里的炮弹运出来，那么他们也许不会死，但很可能会带来一系列的变化，我也许没机会被借调进这个项目，我经历的事情也不会发生。

如此一来会有一个悖论，如果是这样，我就和这件事情没关系了，那不可能出现在这里，也不可能去阻止他们。他们还是会按照原来的计划进洞，然后遭遇一系列事故，而我会被借调进该项目。

整件事情形成了一个矛盾之环，我没法思考下去，也明白这不能轻易尝试，否则不知道会出现什么状况。

虽然我已经找到了一个理由让自己妥协，但是每次想起袁喜乐会遭遇危险，心里还是很不舒服，我知道，我不可能真的当什么事情都没发生过。

心中的纠结让人难以入睡，我真希望老田是对的，这是一场疯梦，我可以早点醒来，就算发现自己躺在那张病床上，也至少能让我坦然。

半梦半醒地，我做了无数的梦，内容都非常晦涩，让人捉摸不透，到了第二天早上，听到王四川在和人吵架才醒。

我爬起来一看，发现他是在和特派员吵，王四川骂得很难听，显然怒不可遏。

没有人劝架，在那个年代只有动手才能劝，不动手的话只算是互相抨击一下，其他人也不敢随便帮腔。

我没那么多的忌讳，走过去摆手阻止王四川问怎么了，王四川道："王八蛋说让我们留在这里！不让小聪明带我们出去了。"

"为什么？"我转向特派员，"我们是战友，你怎么可以见死不救？"

"我们和总部联系不上，这件事我们自己做不了主。"特派员不动声色道，"我们的任务也很急迫，不能耽搁，所以我也没办法。你们等在这里，我们执行完任务回来再来找你们。"

"我们在这里已经被困了快一个月，我们也有自己的任务。"王四川气急败坏。

"那你不如当我们没有来过。"特派员道。

我看着他的脸，那种表情让人知道，他不是在和王四川吵，而是在看王四川的反应，我心里想到袁喜乐的话，意识到形势肯定有了很微妙的变化。

很难说这个让我们留下的决定不是上头的意思，我也可以理解，虽然他们确实没法查到每一支地质队的动向，但是有人出现在这里肯定引起了很高的警惕。

"得，那你们滚吧。"王四川道，"老子不靠你们也走得出去。"

"不行，这片森林很危险，你们必须留在原地等我们回来，这附近也最好不要乱走，我们会留几个人陪你们。"特派员不想再说，说完往屋里走。

王四川气得发抖，马上就要发狂："陪我们？是看着我们吧？你把我们当什么了？！"

特派员没理他，我对王四川使了个眼色，让他别冲动，自己点上一根烟，朝特派员走了过去。

"那你们估计什么时候回来？"我问道。

"说不准，但肯定不会太久，你们安心待着好了。"特派员没有看我，说得很不经意。

"如果是一般的地质活动，我们也可以帮忙，省得傻等。"我道，"我们和袁喜乐一起工作过一段时间，她知道我们的表现。"

说着我看了一眼袁喜乐，她却没有给我回应。

"不用了。"他道，"不是不相信你们的能力。"

这话说得很明白了，不是不相信能力问题，那不相信的是什么？我心知肚明。我还想说话，一边的老猫就上来拍了拍我的肩膀道："也不是不需要你们帮忙，你们可以在这里多熏点腌肉，改善我们的伙食嘛。"

说完，老猫看着我笑，其他人也笑了出来，我知道这是老猫在给双方台阶下，不由得暗叹了一声。

看来他们全部商量好了，已经默认接受这一决定。

事到如今，不会再有任何改变了。现在还这么客气，说明他们还没有查到我们的底细，再争论，也许会露怯，不如装成无奈的样子再想办法。

我默默点头同意，拉王四川坐下。老猫颇有深意地看了我一眼，远远地坐到一边，不知道是同情还是什么。

接下来几天，他们继续搜索，只留下小聪明带着几个人和我们在一起。我们不知道他们的去向，但是，一般是三到五天后，他们就会回来休整。

我们没有听到他们在我们面前谈论任何有关勘探的内容，这显然是一种防备我们的默契。

他们不在的时候，我们就自己去打猎，小聪明没有贴身监视我们，但几个留守的总盯着我们的背包，显然知道凭这些装备和干粮是走不出这里的。

王四川想过逃走，我们把一些食物在野外熏干，藏到树上，但放在外面的肉保存不了几天，很快就会变臭。

而且我们逃跑，好像不太可能，因为——第一，我们搞不到食物；第二，那些留下来的工程兵逮到我们一定会毫不犹豫地开枪击毙我们。

我焦虑起来，水位终归会下去，他们终归会进洞，现在我最担心的反而是他们，因为一旦进洞，就是他们死期到了。

如果我估计得没错，当时应该是 9 月初，气温比我们刚出洞时凉快很多，而袁喜乐他们最近一次离开之后，再也没有回来，从此音信全无。

小聪明一开始还专心地暗中监视我们，后来却也坐立不安，虽然竭力不表现出来，但是已经没什么作用。显然，等待的时间已经超过了他们的预期。我们的心态也发生了变化，王四川越来越平静，我却急躁起来。

我知道我的推测，或者说我的预感很可能应验了。

我们不知道他们去了哪里，也没有办法寻找，只得耐心等候着，时间一天一天过去，却不见他们回来，情况变得非常尴尬。

我们都知道，无论那个洞穴有多难找，他们都该早就回来了，现在还不见踪影，那基本上可以判定为出了意外——或者迷路，或者被困在了某个地方。

刚开始几天，我和小聪明在比较小的范围里进行了搜索，什么都没有发现。小聪明不让我们拿包裹，所以我们没法走远。他非常固执，即使到了这种程度，也不肯信任我们。

我们没有办法，只能死扛着。又扛了一个多星期，还是没有人回来，我们就正式确定他们是出事了。他们的食物最多支撑两个星期，距离他们出去已经将近一个月，我们再不想办法，他们就死定了。

看管我们的本来一共有三个人，其中两个现在组成了搜救队开始搜索，只留一个人看守我们。

我立即发现这是一个改变局势的机会，于是对小聪明说，我们也要参与，这样可以分成两组，效率要高一倍，这种时候，时间就是人命。

小聪明还在犹豫，我看得出他非常着急，但显然特派员的任务在他心里分量非常重。

"特派员说过，请你们在这里等。"他想了想还是这么说道。

"你觉得苏振华会觉得看着我们比他的命更重要吗？我们在这里等，基本就是等着给他收尸。"我道，"我敞开来说话，你要是不放心我们，你拿着枪和我们一组，还怕我们跑了吗？"

他还是显得很犹豫，我觉得简直不可理喻，这么简单的道理在这种人的脑子里怎么就想不明白。

索性不再理会他，我直接抓起另外一个包，开始往里塞熏肉和装备，做准备工作。

另一边王四川也背起包，小聪明看着我们好像忽然想通了一样，跺了跺脚，立即招呼其他两个人和我们一起准备。

王四川确实是有私心的，装了一背包熏肉，一切准备妥当后，我们分成了两队，老田、王四川、小聪明和我一队，往外面出发。

一进入丛林，我马上发现形势比我们想得还要严峻，走远了之后，连之前认得的路都不认得了，茂密的树林中所有地方看来都差不多。后来王四川用斧头在树上砍上"王"字做记号，怕我们也会迷路。

我本来分析，按照每三到五天回营地补给一次的频率，他们活动的区域一定是步行一到两天就可以到达的，走运的话，可能被困在了某个地方，我们应该很快就能发现。但现在看来，他们在丛林里迷路的机会很大，我不知道他们会走到哪里去，如果走得太远，那就完蛋了。

另外，我想着，他们有没有可能进洞去了？不过他们没有补给，就算有重大发现也不可能挨饿去探索。

我们先去了东北方向，一边大喊，一边往山上爬，寻找视野好的地方眺望。

老田看到外面的莽莽林海，满脸茫然。我们点起"狼烟"，希望他们会回应，可是都没有收获。

就这么一路找去，一找就是五天，四周还是茫茫一片墨绿色，我其实心里很明白，再这么找下去，能和他们相遇的机会非常渺茫。

以前勘探队出任务也不是没有发生过人员失踪的事情，但凡有人不见，大部分情况下是找不回来的，即使有村民帮忙带着火把去找也没什么用。但在那时，我心里有个信念，就是他们绝对不会死在这个地方。

一路上，王四川不停地暗示我可以逃跑了，只要制伏小聪明，有了那么多熏肉，我们应该可以存活，大不了带着他一起往南方去。而那些人一定不会死在树林里，说不定已经和另外一支搜索队遇到了，或者自己找到了出路，我们是不用去理会的。

虽然他这么分析有道理，但是我没有同意，原因没有说，我隐约记得在仓库里发现的那具盖在帆布下的尸体，好像是小聪明。

如果我的记忆没错，那说明小聪明之后也会进到洞里，绝对不会被我们在这里绑架。

这就说明，我们现在对小聪明发难，很可能失败的是我们，我们可能会被他击毙在这里。

小聪明身手很好，我觉得王四川不一定干得过他，所以，现在绝对不是我们离开的时机，还是要继续等待机会。

王四川急躁难耐，我把继续寻找的方向定为南边，他才安静下来，我和他说，我们向南找，如果真找不到，我们就执行他的计划。

于是我们掉转方向，往南边找去，这一次故意走深了一些，深入七天的路程，到了第八天中午，忽然王四川开始大声嚷嚷。我们往他说的地方看去，远处的山头有烟冒了起来。

这里还处在原始森林里，不可能是炊烟，普通的树木着火也不会有那么明显的黑烟，大规模的森林火灾也不是这样的。

这是求救的狼烟信号，肯定是袁喜乐参考了我们之前的做法。

绝密飞行

小聪明欣喜若狂，我们一路狂奔了七个小时才到达烟升起的地方，一眼看到那是一处背风的山腰。第一眼还看不清，但仔细看后，我们就发现，"黑烟"升起来的地方，有六七顶大帐篷。虽然我知道他们一定会没事，但看到这个场景的时候，还是松了口气。与此同时，我忽然发现这里很眼熟，周围的地形让我觉得似曾相识。

跟着小聪明跑下去，他冲帐篷大叫，我再一看周围的环境，冷汗就下来了，我几乎立即肯定，这里我来过。

毫无疑问，这里就是我们第一次下去时走的垂直天坑洞口，现在还在被树叶覆盖着。

可是，我记得那里离日本人废弃的军营并没有多远，而且也不在这个方向。

难道，我们一直以为自己在往南走，但实际上是绕过来了？

我四处去看，很多特征让我无比地肯定，确实就是这里。

我觉得不对劲，却说不出个所以然来。如果是绕错了，那我们绕的圈子可算是匪夷所思了。

在疑虑中，我们来到帐篷边上，小聪明马上大喊："特派员首长，特派员首长。"

没有人回应，我们冲进帐篷里，一个一个地找，却发现帐篷里没有人。

"哪里去了？被狼叼去了？"王四川还没有发现这里的蹊跷。

我却知道他们去了哪里，转身往山坡跑，绕过一棵巨大的树木后，立即看到大树后面的黑土上有一个大洞。

小聪明跟着我上来，看到那个洞马上要上去，我一把没拉住，他踩到的地方就陷了下去。

等我们把他拉上来，再清掉落叶，一层伪装网赫然暴露在我们面前。

那层伪装网的网绳非常粗大，看上去很结实，但已经烂得差不多了，一碰就断。

我们看到大树上系了几根绳子，一路挂到洞下。

我心里发凉，看样子他们在最近一次出发后发现了这个洞口。他们并不是迷路或者被困住，而是进洞去了。从他们失踪到现在，已经过了相当长的时间，补给肯定已经到了底，为什么还不出来？

难道他们已经出事了？

不对，时间太早了，我们进洞的时候是 11 月，现在是初秋，其间隔了很长时间，如果他们现在就在洞里出事了，难道被困了两个月？

我在"避难所"的房间里只看到几十盒罐头，那些怎么都撑不过那么长的时间。

而且，按道理来说，老猫应该会出来报信，没听老猫说他在洞里待了很长时间。

各种迷惑涌了上来，我忽然意识到事情没有我想得那么简单。一切都不像上头说得那么简单，袁喜乐他们在这里一定发生了相当多的事情。

就在这时，让人意想不到的事情发生了，小聪明把枪对准了我。

"你干什么？"我觉得有些莫名其妙，下意识去躲枪口。

他站了起来，让王四川也靠向我："你刚才想也不想就冲上来，早就知道洞在这里对不对？"

我心脏咯噔一下，糟糕，刚才疏忽了，没想到这小鬼这么机灵，仓促中我马上道："不是，我只是想上高点的地方看看他们是不是在附近。"

他"咔嗒"一下拉上枪栓："你刚才的行为非常可疑，我不相信，但我现在没工夫审问你，你们两个马上给我下去救人。"

小聪明把枪对着我们，我和王四川对视一眼，心说：怎么这么丧？

之前一直在抓敌特，飞了一圈，我们就变敌特了。

"我觉得我们应该先合计一下。"我道，"我们不知道下面是什么情况，贸然下去可能也会遭殃。"

"没时间给你合计了。"小聪明道，"要是他们死，你们也活不了。"

"他们绝对死不了，我向你保证。"我耐心道。

小聪明一下把枪对准了我："吴工，特派员说了，让我好好看着你们几个，我不知道你们到底是不是特务，但现在要去救他们，就看不住你们了，只能把你们先毙了。"

我目瞪口呆，心说：这是什么狗屁逻辑？我一时间居然做不出反应。

"为了你们自己好，你们应该下去。"他道。

"特派员的任务就那么重要？"我终于问道，"万一你杀错了我们呢？"

"那就把我自己毙了给你们偿命！"

我看向小聪明的眼睛，发现他已经急得失去理智了，知道只能按他说的办，否则他真会开枪。我对王四川使了一个眼色，王四川就大骂了一声。

我看了一眼洞口，比起第一次，它现在显得更加阴冷可怕，但还是整顿一下，在小聪明的催促中爬了下去。

因为已经爬过一次，我们对所有的落脚点都很熟悉，下得非常快，小聪明紧跟着，还是用枪指着我们。

我们落到下面，打开手电发现下面水位很高很急，显然夏季最后的雨水全部汇到了附近的河流里，河流又连通地下河，虽然这时比起遇到涨水情况要好一些，但想在水里站稳还是很困难，而且这水竟然凉得有点刺骨。

我环视四周的洞壁，小聪明让我们赶快走，我强忍住抗拒刚想动，忽然被王四川拉住了。

我问他干吗，他把脸转向了另一个方向，转向地下河的上游。

"你听。"他道。

我凝神静气，排除水声，果然听到上游有人说话。

小聪明立即朝上游冲去，逆流走了不到三百米，前面出现一块突出边缘的石台，上面有篝火和人。

"特派员！"小聪明大叫着冲过去，那边的人立即有了反应，我们也冲了上去，看见情况极度糟糕。那些人好像都受了伤，有些人一动不动地躺着。

袁喜乐正在给一个伤员换纱布，看到我好像有点不敢相信，晃了晃，几乎要晕过去，我立即上去扶住她，她马上抱住了我大哭起来。

我很诧异，不知道他们发生了什么情况，又去看其他人，发现损失惨重，所有人都受伤了，好几个已经奄奄一息。而且我没有看到特派员，小聪明像是在找他，没找到，显得失魂落魄。

我快速数了一下，袁喜乐的队伍不算小聪明和另外两个搜山的工程兵，其余一共有十七个人，现在只看到七个，就问她到底是怎么回事。

经过短暂的休息后，袁喜乐把他们的经历讲了一遍。他们果然是在最近一次出发后发现了这个洞，下来后先往上游探索，但可能是下雨的缘故，水位之后涨得很高，等他们发现的时候已经走得太远，往回赶来不及，有九个人被冲到下游去了，受重伤的都是被激流冲到石头上磕的。

老田他们帮忙照顾着，我和王四川仔细检查了伤员，发现两个重伤员其实已经救不了，只是还没有完全断气，这几天全靠袁喜乐带着两个轻伤员照顾他们，已经精疲力竭到绝望了。

食物早就吃光了，他们从六天前起几乎就没吃东西，也曾经让人出去求救，但派出去的人到现在都没回来。

我想到外面的茂密丛林，那个人恐怕已经凶多吉少，这时候反而宁愿他当了逃兵。

这些伤员都有不同程度的骨折，不可能把他们都拉到上面去，所以索性在洞里面养着，还不用烧火取暖。他们还定期派人上去烧浓烟放信号，一直到今天才被我们看到。

我听着只觉得头大，他们的遭遇几乎和我们一样，只是我们有老猫营救，否则估计也是一样的结果。这可能也是老猫在上游下雨之后能立即反应过来的原因，毕竟已经经历过一次灾难。

绝密飞行

这群人里没有老猫，我估计他也被冲到下游去了。

我们拿出熏肉，煮了给他们吃，看他们狼吞虎咽地吃完。我让袁喜乐他们休息，我来看护伤员。他们很快就睡着了。

小聪明非常敬业，虽然非常担心特派员，但还是牢牢监视着我们，我忽然就对这种人感到不寒而栗，他们到底是为了什么活着？

半夜我才睡过去，隔天醒来，发现这里温度远比上面低，那些已经淡下去的洞穴记忆又被翻了起来，心里不由得很堵。

我爬起来想琢磨琢磨接下来怎么办，却见几个轻伤员过来收拾装备，好像要去什么地方。

我喊住他们，问他们要干吗，为首的小聪明说要去地下河下游找被冲走的人。

我气不打一处来，心说：你们也不掂掂自己的斤量，你们知道那下面是什么地方吗？

我坚决不准，没想到这几个人都不服我，我才想起，我在这里不是负责人。

"你不用监视我们了吗？"我揶揄道。

小聪明伸手指了指我背后，我看到一个年纪有些大的伤员正在看我们，枪就放在他枕头边。

我火大起来，心说：管你去死！

但我回头一想，这些人要是出事，还得我们去救，实在麻烦，只能让袁喜乐帮忙。

没想到袁喜乐也昏了头，竟然同意他们去，并且表明自己也要去，她对我道："你们来了，我们就有了人手，下面的人很可能和我们一样还活着，我们一定得去看看。"

我心说：你他娘的倒说得头头是道！你知不知道这样会把他们都害死？

但又不能说出来，我急得直跳脚。

袁喜乐看我的表情，以为我只是胆小，道："你相信我，我相信自己的判断。在这种时候，要敢于冒险，吴用，你跟过我好几次，知道我说一不二。"

我看了眼王四川，几乎要说出来了，王四川朝我狠狠瞪了一眼，我才忍住，现在说这个明显让人觉得是气话，他们也未必信。

无奈之下，我们让那几个伤员留下，说这种事情需要精力充沛的人干，否则即使找到他们也没有力气救援，所以还是我、王四川和小聪明三个人去。可能由于之前我说了几句气话，在那一刻我从小聪明眼里看到了一股敌意，心中不由得一叹，忽然明白了什么叫对牛弹琴。

真正知道一切的人的悲哀，是别人不信他。

然而我当时并不知道，命运已经开始强迫我行动，在慌乱中我忘记了一件最重要的事情，很快，逻辑便会失去作用。有些时候想起来，命运在那时候好像正如伊万所说，变成了一种你无法抗拒的存在。

绝密飞行

　　袁喜乐这批人都不算新人，而且是早于我们出发的第一支队伍，规格一定比我们高。这帮人不是比我们根正苗红，就是在关系上更靠近院里，也可能是袁喜乐早几届带出来的学生，经验肯定比我们丰富，不会把我们放在眼里。

　　一瞬间我有些难受，因为她这时还是"苏联魔女"，并不是我的喜乐。

　　准备的时候，几个伤员和袁喜乐讨论，我基本上插不上话，他们不停地分析，推测下去以后应该怎么行动，再往下可能是什么结构的洞穴。我听到知道毫无价值，他们能判断出地质类别，但这对营救没有任何帮助。

　　我几次想打断他们，说出我的意见，他们都不理会，连袁喜乐都皱了眉头，有点厌恶地看着我，好像觉得我很毛躁。

　　我气得要命，王四川劝我随机应变，慢慢来，要这些人听我们的太难了，不让他们吃吃苦头是不会知道谁是对的。

　　我们准备妥当之后，顺流而下，上游的水位一直在人的大腿处，往下游走，很快水位急速变深，直接没顶，而且流速比上游急很多倍。

　　袁喜乐并不知道这些情况，让所有人都绑上绳子连成一线往水里摸，她相信那些人一定会等待救援。

　　而我知道，这个洞穴是个水葫芦形，里面有个小水囊，水位会升高到很可怕

的位置，那九个人被水冲走后，最有可能去到的地方是水牢。那里地势很高，前后有大量的乱石，只要他们没有被乱石撞死，我们很可能在那里找到他们。

所以反倒不用那么着急，因为我们绝对不可能在这种水势下到达那里，现在无论做什么都是瞎折腾。

果然，往下游只走了十几米，水流就冲得我们走不动了，不抓住洞壁根本不可能站住。袁喜乐是个很固执的人，还是要尝试，才走几步就被冲倒，拉倒了小聪明，王四川和我死死抓住一块石头，才把他们拉回来。我对他们大叫："暂时先回去，硬来是不行的。"袁喜乐这时才反应过来，我把她拉到我身边，见小聪明竟然咬牙徒手爬上了洞壁。

他回头看了我和袁喜乐一眼，做了个跟着他的手势。

我摇头大叫："你过不去的，别逞强！"

他抹了一把脸上的水，好像有点赌气，又做了个跟着他的手势。

我心中暗骂，袁喜乐也叫道："算了，小聪明，先回来再说！"我们却见他解掉自己的绳子，又爬高了一些，往里爬去。

我一边咬牙切齿，心中不停咒骂这倒霉孩子，一边解开绳子，爬上一边的洞壁，袁喜乐问我干什么，我大叫道："我去带他回来。"

王四川在我后面抓起绳子大叫："太危险了，你的伤还没好！让他去吧，他自己想死我们没辙。"

我心说：到了这一步，总要尽尽人事。何况，他不应该死在这里。

袁喜乐死死地抓住岩壁，犹豫地道："吴用你行不行？"我对她道："我不行你来？"她有点发怔，大约是恼火，想不到我这么不客气。我管不了那么多，对王四川道："你把他们一个个拽回去，先到上面去，然后下来等我！"

这时那个原先企图用枪威慑我们的人道："吴用，什么时候轮到你来发布命令？这里袁喜乐才是头儿。"

我抹了把脸上的水，心说：我们在这里是救小聪明！你大爷的。

我对王四川使了个眼色，不理他开始往洞壁上爬。

这个人语气严厉起来："吴用！你这是严重违反纪律！"王四川在后面一用

劲，把他们都往后拉去。"我要报告团部，让你降级！"看得出他要崩溃了，我没理他。

往里爬了十几米，我看到小聪明被困在一块石壁的凸起处，好像滑了一下，半个身子浸在水里，面色苍白地看着我，用力往上爬，但是毫无作用，眼睛是血红的，好像不喜欢被我看到他这副模样。

我当时有一股冲动，想把这个傻鸟一脚踹下去，然后回去和他们说，来不及救他。但看到那张年轻的脸，我也只好忍了，谁没年轻过？那是什么都可以浪费的年纪啊。

我看准一块结实的凸起石头踩过去，然后把手伸给他，他犹豫一下抓住了我的手。

我把他拉上来，对他说道："回去！"

没想到他竟然不理我，还是要往里摸。

任性的人我见过不少，没见过这么死心眼儿的，我拉住他，他立即挣开我的手。我的忍耐一下到了极限，火上来了，一把把他揪过来，他瞪着血红的眼睛要推我，我猛地甩了一个巴掌打得他摆了一下，然后抓起他的头发往岩壁上碰。

我发火是用了力气的，他一下被磕晕了，人掉进水里。我一只手抓住他，一下感觉到水流的力量，心说：糟糕！冲动了，这下难办了。

王四川的声音从后面传来："干得好，老子早就想揍他。"

我回头一看，袁喜乐他们居然都没走，全都目瞪口呆地看着我。

"我手滑了一下！"我大叫着解释，"快过来帮忙。老子要被冲走了。"王四川伸手过来，我先把小聪明拽过去，重新套上绳子，由王四川扶着，然后我也套上自己的，催促他们开始往回走。

衣服里浸满了冰冷的水，行动十分不方便，走了几步，我忽然听到汹涌的水声里出现了一种奇怪的声音从上游传过来。

那声音由远及近，速度极快，我隐约感到不对，猜到了那是什么，立即大叫："小心！"

轰的一声，从上流的暗河中猛地冲出一块巨大的树木，狂野地撞击着洞壁两

边，转眼之间把我们全部从洞壁上扫了下来。

等从水里爬起来，已经被冲出几十米，身上的绳子拽着我下沉，我呛了一大口水，在水里解掉了身上的绳扣，才浮起来。

转头四望，我看到那块树木在我面前，王四川和其他几个人拖着它，小聪明也在那里，王四川朝我挥手让我游过去，我转头去找袁喜乐，看到她在我后面。

"怎么办？"她朝我大叫。

我深吸了几口气，把嘴里的水吐掉："往边上游。"水下有铁丝网，现在水位很高，腿抬动时不一定会被挂到，但是如果被挂到了后果不堪设想。

我们会被冲向这个洞穴的深处，很快进入暗河地带。以这种流速，我们肯定要被剐去不少皮。这时如果贴着洞壁，很难抓住石头和洞壁让自己停下来。

如果停不下来，那就要看运气了，水位够高运气够好的话，我们也许只会受些轻伤，但不可能所有人运气都那么好。

爬上树木能勉强避开一些撞击，我们也许能在岩石上停下来；但是担不住所有人，人一多它就会沉下去。我最害怕的，是下游有一帘将近十米高的瀑布，上面也全是铁丝网，要是人被挂在上面，会被活活冲死。而没被挂住的话，谁从十米高的地方落下去，下面只要有石头的位置不对，必死无疑。

我们必须在被冲到瀑布前找到避难点。

水流的速度和力量，如果没在激流里搏斗过是没法体会的，靠人力没法和它抗争。现在最重要的是节约体力，并且冷静。

我一边顺流往边上靠去，一边用手电狂照前方的石壁，忽然见到前头有一个转弯，那边水势比较缓慢，可以借机抓住岩壁上的石头。

"靠过去！在转弯的时候抓住岩壁。"我对后面的人大叫，同时把手电照向那块区域。

后面的人纷纷往边缘游过来，我看见人数很多，心说"不妙"，又叫道："分开点，别把前面的人再撞下去。"这时一边的袁喜乐惊呼了一声。

我转头看去，她身形顿了一下，猛地被什么扯进了水里，扑腾起来，竟然还在原来的位置。我被水流带着，看着她瞬间和我隔开了。

我心叫"糟糕"，知道她被铁丝网钩住了。

我立即靠边，用力抓住一边的岩壁，岩壁非常滑，我的手一路划出去六七米才抠住一道缝隙，指甲全出了血。

停住的一刹那，我的身体被水流带了起来，双脚被带到水面，我用力让自己贴向岩壁，扭头看见袁喜乐在一边毫无作用地挣扎着。

"别乱动！"我对她大叫。再那么乱动的话，她会把自己困到铁丝网里，这时不如不动。

我用力抓着缝隙往前，对抗水流，单纯靠手的动作，一点一点地抠着能抠到的部分朝她靠过去。

我和她其实已经有了很长一段距离，这一路我还必须咬着手电时刻注意那边的情况，爬到她身边几乎筋疲力尽。她趴在岩壁上，因为被困在铁丝网里，所以没法把身子完全探出来，只有半张脸浮在水面上。

我换成单手拿手电，喘了几口气对她道："你抓紧了，我要抱着你潜下去，帮你挣脱出来，水流的力量很大，你绝对不能松手，否则一溺水就死定了，明白吗？"

她惊恐地点头，我深吸了一口气，一下抓住她的手臂，然后抓住她的肩膀沉进水里，抱着她的腰一点一点地往下。

她的衣服被冲得漂了起来，我摸到了她纤细的腰和光滑的皮肤，昔日的记忆一下涌了上来。我只能在心中苦笑，继续往下，一直潜到她小腿的位置，摸到了铁丝网。

扯了几下没扯下来，我知道军裤非常结实，靠扯是扯不破的，顺手摸到她腰间的匕首，立刻拔出来把裤脚割掉。

几乎没怎么用力，只划了两下，水流的力量就把切开的布条拉断了，瞬间我和袁喜乐被水冲了出去。

我们在水里抱着，她非常惊慌，我甩掉匕首用力圈住她的腋下，把两个人硬生生提出水面，稳住了身形。就这么一瞬间，我们已经顺水被冲出去几十米。

前面打着几支手电，有人对我们狂叫："过来！"

我打眼一看，之前的转弯就在眼前，心中一急，知道这一下转过去，我和袁喜乐就都死定了。

袁喜乐还没有缓过来，我心急如焚，立即大吼："小聪明！"说完用尽全身的力气，把袁喜乐尽可能抬出水面，往那边推去。

瞬间，我看到小聪明猛地从洞壁上扑了出来，一下抓住了袁喜乐的手，他的另一只手拉着一条皮带，拽在后面的人手里。

他大吼一声，把袁喜乐硬生生拉了过去，两个人立即被水流冲着向前，但后面那人死死拉住他的皮带，把他拉住了。

我心中踏实下来，暗骂这小子总算起了点作用，但转眼间自己被冲过了转弯处。就在转过转角的一刹那，我凭着自己最后的力气，一下扳住转角处凸出的岩石。瞬间所有的冲力全部集中到我的手上，我大吼一声，手快被拉断了，总算没被冲下去。

老子也总算有点长进，我暗想，另一只手也扳住岩石，刚松了口气，却又听到上游传来了奇怪的声音。

所有的手电顿时打向了那个方向，我心里咯噔一下，随即看到王四川大叫了一声："抓紧，趴下！"

我立即看到，一面足有两个成人高的水墙从上游排山倒海地冲了过来，在狭窄的洞道里冲起巨大的水浪。

上游有地方塌了！我意识到这点，连忙缩紧身子，但明白这一切举动都是徒劳的。

水浪瞬间就把我冲走了，巨大的力量像水压枪一样推向我，最后一眼我看见王四川和袁喜乐他们也全被冲了下来。

等我跌跌撞撞地从水里爬起来，看到自己搁浅在一片浅滩上，手电已经不在手上了，但一边的地上有手电的光亮，照出了一小块地方。

我抹了抹脸，走过去看到是王四川捏着手电，我把他翻过来，他的脸都青了。我立即按压他的小腹，把他肚子里的水压出来，然后翻过去，让石头垫在他的腹部下，拍他的后背。

他咳嗽几声，醒了过来，我马上再去找别人，却发现浅滩上没有其他人的身影。

背后是水牢，果然如我所料，我们都被冲到了这个地方。但是，我发现有一个地方预料错了，这一次的激流使得水位空前地高，比我们刚来的时候高了太多，浅滩四周全是激流，我们被搁浅的地方是最高点，现在成了一座江心岛屿。

那些人很可能已经被冲到更下游的地方去了。

我回到王四川身边把他拽上来一点，坐下来想怎么办，这里是被困死的，再往深了走，全是凸出水面的乱石，即使攀着乱石也走不了多远。按照我们的经验，

他们下一次能停下来的地方，只有那个水泥落水洞基站。

那里高高地凸出水面，显然是为了避开大水设计的，我们在那里发现了帐篷，幸存的人应该会在那里被搁浅。

但现在我们没法过去，我站起来想摸下水流，看看能不能在这么急的水流里维持动作。

刚下水，王四川就在身后大叫："放弃吧！"

我转头看他，他爬起来道："你什么都改变不了！"

我看着他，脑子里一片空白，其实也知道下去基本上等于送死，他咳嗽了几声道："他们已经走上了他们的道路，你什么都改变不了。"

我摇头道："不可能什么都不能做。"

"他们的现在是我们的历史，你如果改变了什么，让历史改变了，我们也一定会发生变化。"王四川大叫，"但是我们有变化吗？我们没有任何的变化。这说明什么？这说明，你只要跳下去，会死在水里，消失在这个世界上，同样什么都不能干。"

"可是！"

"对于我们来说，他们已经死了！那些事情必须发生，我们才能回到这里来。"王四川坐了下去，"我们什么也做不了。"

我看着湍急的水流，知道他说的是对的。

"袁喜乐没有死，你们还有见面的机会。"王四川道，"你跳下去，真的再也没有以后了。"

我在水流边坐下，颓然地看着远处的黑暗，身边磅礴的水声让我渐渐失去了神志。

我不得不承认，王四川说的是对的，他们已经踏上了他们自己的道路。

以后的经历，对于他们来说是未知，对于我们来说，是命运。

但是，想到袁喜乐必须自己一个人去面对那黑暗和可怕的未知，我无法忍受。

这是一个无法解决的悖论，或者说是一场赌局，我们已经赢了第一把，第二把如果继续赌下去，也许会赢得更多，但也可能直接出局。

我们在浅滩上等了二十多个小时，水位竟然慢慢降低。

我失魂落魄地往下游走了一段，别说是尸体，一点零星的痕迹都没有了——不管是袁喜乐的，还是我们回来时留下的。

不知道出于什么原因，地下水囊的水迅速退了下去，我们没法空手爬上另一个洞口，王四川拉住了我，让我往回走。

我放弃了，如果继续爬下去，后面的事情会是什么样子，无法想象。

所有人都被冲下去了，包括老田，我已经不去想会不会和他碰面，因为印象中没有这种消息传出来，可能他和其他人在基地里牺牲了吧。我心里充满了挫败感，和王四川互相搀扶着，慢慢走出了洞口，爬上了地面。

出来后，王四川整理了干粮和水，说必须出发了。

我看着那个幽深的洞口，想到袁喜乐，觉得很难受。离开这里，等于离开袁

喜乐，我觉得，这一走，很可能再也见不到她了。这对于我来说，不是惆怅，而是不可以忍受的。一想到这一点，我会产生即使死也要在这里等的想法。

这种想法和我的理智抗争过无数次，和所有热恋中的男人一样，我很快发现这不是什么选择，单纯是折磨，王四川一直在开解我，但也逐渐失去了耐心。

最后的准备工作做完以后，他背起了自己的包裹，站在我面前。我知道他是要给我最后一次机会。他的性格决定他不会陪我一起死，我也明白我只有跟他走这一条路。

看我有动摇的迹象，王四川松了口气，对我道："必然导致必然，你强求也没有用。"

我点了点头，叹了口气，忽然觉得不对。

"你刚才说什么？"我道。

"必然导致必然。"他看着我，觉得莫名其妙。

一股寒意从我的背后生出来，我瞬间打了个哆嗦。

"怎么了？"王四川看我面色有变，问道。

"你怎么知道这句话？你是从哪里看来的？"我问道。

"这种话，我随便乱说的，怎么？你想到什么了？"

我的汗毛乍起来，像有一道闪电闪过我的大脑，我一下想到了什么，却抓不住。

必然导致必然。

不对，不对，情况不对劲。

我想起了在"避难所"里，袁喜乐特地给我看墙壁上刻的字，一个不可思议的念头忽然在脑海里浮了起来。

当时她为什么要让我看那句话？为什么有一句那么奇怪的话被刻在墙壁上？那是谁刻的？

几乎瞬间，我想到了假何汝平当时听到我的声音说的那句奇怪的话，他好像在说："为什么又是你？"

他听到我的声音时反应非常奇怪，我当时无法理解。但如果是那样的话——一个封闭的环在我脑海轰然闭合。

等反应过来，我发现我身上已经湿透了，连手都在不由自主地发抖。

"你到底怎么了？"王四川问。

我深吸了口气，对他道："我要回去，回到洞里去。"

我参与了袁喜乐的历史，我在心里暗叹道，汗毛全部立了起来。

假何汝平那么害怕我，是因为见过我；而袁喜乐给我看那句话，无疑是一个提示。这是设计好的，而且，一定是我自己设计的，是为了让我在刚才那一刻听到王四川的那句话，领悟到整件事情背后的奥秘。

"我"用这种方式，告诉我，我的任务并没有结束，必须和袁喜乐一起到洞里去。

这就对了，进洞的一路上，我总觉得有一股如影随形的力量在推动事情的发展。我总感到，暗中有一个人在一路观察着我们。

比如说，出现在我口袋里的那几张奇怪的字条，有人在我们进入沉箱以后启动了机器设置下降，有人事先撬断了那个通风管道的口子。

如果这么说的话，我想到了一个让我发抖的可能性——难道袁喜乐当时没有疯？

难道当时的袁喜乐知道一切，她是假装的。难道是因为这样，她才会下意识地接近我，才会躺在我的怀里？

我不敢再想下去了，也等不及了。我必须立即回到洞里去，如果真是这样的话。我已经耽误了太多时间，不知道还来不来得及。

王四川听我说完摇头："这不可能吧？也许只是巧合而已。"

我摇头，想着当时袁喜乐给我看墙上那行字时的情形，怎么可能是巧合？

"你走吧。"我道，"不管是不是巧合，既然事情到了这一步，我只能回去看看，我们冒不起这个险。"

如果我不回去的话，万一我的想法是对的，那么事情会不堪设想，我甚至无法想象会发生什么。这时我发现本来阻挠我的东西，现在忽然变成了我前进的坚实理由，不由得觉得好笑，这真是讽刺。

"你一个人回去太危险，我陪你回去。"王四川也犹豫了，"既然现在只剩下咱们两个了，那是长生天给我们的缘分，没道理让你一个人冒险。"

我想了想，摇头："你没有回去的理由，而且，我并没有发现你回去的痕迹。"如果整件事情是我和袁喜乐策划的，那一定是在非常私密的情况下，没有第三个人存在，"这是我的事情。"

他并没有和我争辩，确实，要回到那片压抑的黑暗里去，需要极大的勇气。如果不是袁喜乐，我连身后的洞口都不想靠近，只想尽量远离它们。

我背起了背包："必然决定必然，没什么好说的。"

王四川叹了口气，我们对视一眼，他拍了拍我的肩，说道："那你自己保重。"

我颇感慨，我和王四川的感情我自己都说不出是深是浅。但这些日子相处下来，我知道他是一个值得信任的人，如果能活着出来和他再见面，我们一定会成为真正的莫逆之交。

我们就此分别，他往南走去，而我再次进入洞穴，内心出奇地平静。当知道自己应该干什么的时候，你不会去想太多旁枝末节的东西。

洞里的水位已经彻底降了下去，我小心翼翼地爬到一块岩壁上，想着前两次到这里的情形，现在又是孤身一人，那种感觉很难形容。每次离开这里的时候，我都会想绝对不会再回来，但无奈的是每一次都回来了，而且面临的形势一次比一次险恶。

这是命运，伊万说过，在某些时候，你会发现命运是触手可及的。如果他能活下来，面对现在的局面，一定会觉得，命运何止可以摸到，几乎在我们面前扇我们耳光。

苦笑着最后把装备理了一遍，我振奋一下精神，开始顺着已经不再湍急的水流往前走。

接下来，是在黑暗里长时间跋涉，虽然一个人在那片地下河里往深处前进的过程让我毛骨悚然，甚至一度产生各种幻觉，但我已经走过一遍，就不赘述了。

一路上，我在能走的地方走，在不能走的地方顺水漂流，两天后，来到了蓄水囊处。

我们之前在蓄水囊底部发现过一道铁门，之后上游发大水，我们在逃命的归途中被老猫的冲锋舟从这里送到了洞顶的岔洞里。这个地方是一个坎，我找到当时躲藏的大石，爬上去生了篝火休息——第一次休息。

可即使两天没有睡觉，我这时也睡不着，最担心的是不能赶上他们，毕竟在这么长的时间里，什么事情都有可能发生。我脑子里一遍一遍地回忆之前经历过的所有事情，想着袁喜乐是不是装疯。

我真的无法肯定，因为从来没有接触过疯子，事实上是不是真疯很难界定，不然古代那些故事里，韬光养晦的人也不会动不动装疯。

不管疯没疯，她给我看那面墙上的字，就是一种提示，一定有人告诉她要给我看那几个字。但是，当时我们两个人单独相处，她如果没有疯的话，有必要在

我面前继续装疯吗？为什么不直接告诉我？

或者她是怕我不相信，试想她当时和我说这些，我绝对会认为和"影子里有鬼"一样，是另外一种疯话。不过，也有可能她真的疯了，但记得这件事情，并且非常侥幸地传递了这个信息。

这件对我来说已经发生过的事情，他娘的现在看来竟然有无数种可能性。真相只有到了那里我才能知道。

真希望她没有疯，我在暗自祈祷中迷迷糊糊地睡了过去。

醒来以后继续上路，我爬上石壁到达顶部的洞口。因为水位下降，这里的一切都露了出来，水只没到膝盖处，我看到了当时我们在水下看到的战斗机残骸和铁轨全都露出了水面。紧接着，我看到了前面的水泥架子。

那是落水洞发电站，在之前的时间里，我们和老唐就在这里第一次分开。

我远远地看到了篝火和帐篷，心说果然和我预料的一样，幸存的人都会在这里被搁浅。

这时我反倒不敢上前，我在想，我应该以怎样的方式介入，是暗地里观察环境，还是直接现身？

如果要让袁喜乐为我留下提示，我必然要和她再次见面，并且取得她的信任。但是，以我知道的结果来看，这些人的尸体散布在大坝的各个位置，很多是被枪杀的，接下来发生的事情，恐怕不是那么简单。而且，敌特还在其中，我看不出是谁，如果暴露自己，好像不太妙。

我不清楚自己应该怎么做，只能先躲起来，仔细看着篝火能照亮的范围，忽然发现帐篷的四周没有人，篝火不是旺盛的状态。

我们在洞里都是露天睡地铺的，有帐篷是因为有女性队员，她们换衣服和睡觉需要避讳。我不知道帐篷里有没有人，但外面一个人都没见到，这看起来有问题。

我小心翼翼地从水里潜过去，来到水泥架子下，听着帐篷里的动静，却发现一点声音也没有。

我觉得有点不对，即使他们都睡了，也不可能安静成这样。我决定冒一次险，过去偷偷一看，确实整个宿营地一个人也没有，帐篷里也是空的。

篝火还很暖和，我靠近取暖，一想就明白了是怎么回事，他们在这里休整完毕后，往里去探索了。这个营地和我们当时看到的一模一样，他们这一去，没有再回来。

我抽了根烟，把烟头丢进篝火里，然后去查看落水洞，发现了他们下去用的绳索。

从这里下去，离大坝其实已经非常近，以后不再是见机行事，而是必须好好想想，我到底需要做些什么。

我回到篝火边，下意识地摸了摸我的口袋，这时也没有纸片了，不由得苦笑，拿出王四川给我准备的肉片，舀水用火煮着化开，一边看着篝火，一边凝神思考。

最重要的是，我一旦找到他们，应该怎么做？我不知道到底会在什么情况下和他们相遇，也许他们所有人都还在，也许他们已经在大坝里出事了。

我首先打定的主意是，尽量在人少的时候和袁喜乐接触，因为一旦被大部队发现，我就不得不听从那个"特派员"的命令，说不定还会被看管起来。

这个基地非常大，如果他们已经进入其中，要找到他们一定十分麻烦，盲目去找，在短时间里一定找不到。

我想了几个他们一定会到的地方，需要去那些地方堵他们，而我能肯定的，只有那片把我们困死的毒气区域。

想着，我心中有了一条大概的路线，还有一些我必须先去的地方。整顿所有的装备，我束紧裤子从落水洞爬了下去。

下面的路更好走，只要注意那些蚂蟥，当时通过这些地方我们吃了不少亏，但这一次我心里有底，所以走得快了很多。顺着最后的出口，跳进地下河"0号—川"，水流很缓慢，我再次爬上铁丝网，看着四周的黑暗，知道自己已经真正回到了这个"熟悉"的地方。

我打起手电，用衣服蒙住，特意看了看那架坠毁的"深山"。它和三个月前已经不一样了，腐坏得很严重，果然地下河水的酸性十分厉害，难怪我第一次下来的时候产生它坏了二十多年的错觉。

电力系统好像没有开启，整个基地一片漆黑，但我对这里太熟悉了，摸着我上来的地方，就知道自己在什么地方。

向大坝的方向眺望，没有火光，他们一定已经进入了大坝，我小心翼翼地按

绝密飞行

照原路进入大坝。

我首先去的是放置三防服的地方，在这里，没有这东西真是寸步难行。我爬到大坝的顶端，没有探照灯的照明，在上面什么也看不到，但想象中的那片虚空更加让人恐惧。这片深渊里到底隐藏了什么样的力量？

顺着大坝外沿，我找到当时爬下去的铁丝梯，风实在太大，在手电的光线下看不清楚，只得硬着头皮小心翼翼地往下爬。

我不记得当时副班长踩的是哪一级铁丝出的事，只能格外小心，很快进入准备通道，来到放置三防服的墙壁前。这时我注意到，一共七个钩子，有两个钩子是空的，看样子有人比我先来过了，其中的一件，可能被那个"敌特"拿走了。不过，为什么少了两件？难道有两个敌特？我想了想，觉得不可能，整支勘探队那么多人，死的死，疯的疯，也许那人以防万一多拿了一件。

我在其中挑了一件，塞入自己的包里，立即往回走，但是出去以后，忽然觉得不放心，再次回去拿了一件。

在我打包准备绑起来背在自己身上的时候，忽然从大坝的内部深处，传来了一道沉闷的声音，然后在大坝里蔓延，接着，我看到大坝的探照灯开始闪动，竟然好像要亮起来。我愣了一下，意识到发电机开始发电了，有人打开了电源。

随着沉闷的声音越来越急促，我看到更多的探照灯亮了起来，一条条光线射入深渊，有些灯一亮就熄灭了，有些闪几下就稳定了下来。

一开始我还不算紧张，这里的黑暗是很大的麻烦，有了灯光，我行动起来方便很多。但是随即一想，我就知道情况糟糕，勘探队的人不可能冒险去开大坝的电源，也不太可能知道哪个开关是总电闸，这肯定是那个"敌特"干的。看样子，他是准备动手了。

我急忙爬回大坝上方，走回另一边看着大坝内部，好多灯闪动着也亮起来，整个基地恢复了生气。这样的生气背后却是一个无比险恶的陷阱。

不能再磨蹭了，我拔出"托卡列夫"手枪，检查了子弹，顺着通往放映室的路线，狂奔而去。

　　我不知道控制整座大坝电源的电闸在什么地方，但记得曾经找到过一个四方形的满是仪器的房间，那里有人活动的痕迹，我的直觉告诉我，应该是那里。

　　那人拿走三防服，又打开电源，说明袁喜乐他们已经被困在那块区域里了。他只要打开那块区域的灯，等着他们被毒气弄倒，然后进去，一个一个干掉还没有被毒死的。

　　我没有多少时间，或者是说几乎没有时间了。

　　狂奔着跑到电缆井，我才慢下来，一边深呼吸把心跳减缓，一边小心翼翼地往前爬去。等找到那间仪器室，我看到里面亮着一支手电，看不到人，但能听到脚步声。

　　要不要把他毙掉？我犹豫了一下，如果把他杀了会发生什么事情？

　　敌特不会死在这里，但是，如果我怀着这种心态去做事，等于给自己上了道枷锁。事到如今，我什么也管不了了。如果一切都是注定的，那我做什么都是注定的。

　　想着，我缓缓地深吸一口气，一下从通风管道滑了下去，混乱间看到一个穿着三防服的人，举枪就射。

　　三枪几乎全部打中了他，他一下栽倒在地，我虽然在军训的时候非常熟悉枪

械，但平时也没有机会用枪，这三枪打完，我的手几乎失去了知觉。

看他摔倒在地，我立即打开手电照过去，看到那人倒在地上，胸口全是血，正在艰难地拉动他冲锋枪的绳子，看样子想把枪拉过来。

我看着那些血竟然不敢过去，定了定神才鼓起勇气，上去一脚把他的手踢开，把他的冲锋枪背到身上，然后一把把他的头罩掀开，用手电直接照他的脸，骂道："你他娘到底是谁？"

一看之下，我看到了一张熟悉的脸，竟然是特派员。他捂着伤口，难以置信地看着我。

"原来是你。"我心中苦笑。

"又是你！你怎么会在这里？"他喘着气道，"你怎么会知道这个地方？"

"老天派我来的。"我道。我刚想把他拽起来，让他去关掉电源开关，忽然嗡的一声，有什么东西狠狠地打在了我的后脑勺上，把我打得眼前一黑，有一瞬间失去了知觉。

我一个趔趄往前扑到特派员身上，刚想站起来，特派员立即把我抱住，我挣扎着，后脑勺又被打了一下，直接把我打蒙了。迷糊中我感到有人把我从特派员身上拉了起来甩到一边，我手里的枪被抢了过去。

竭力忍住要昏过去的感觉，我跌跌撞撞地爬起来，看到另一个人拿枪指着我，一边的特派员捂着伤口跌跌撞撞地也爬了起来。

见鬼了，居然有两个人。我暗骂一声，看向那个人，接着愣住了，拿枪对着我的那个人竟然是袁喜乐。

"你？"我看着袁喜乐，吃惊得说不出话来，一刹那，我的脑子一片混沌，感觉整个世界都变得荒诞起来。

她冷冷地看着我，问那个特派员："你没事吧？"

特派员点了点头靠近袁喜乐，看着我对她道："杀了他。"

袁喜乐把他推开，道："不行，我有事情要问他。他好像知道很多我的情况，我得问问他是怎么知道的。"说着把冲锋枪递给他，"你去把正事办了。"

特派员满脸杀气地看了我一眼，但好像也意识到袁喜乐的话有道理，于是接过冲锋枪放在一边，开始脱三防服。我看到那几枪只有一枪打中了他的肩头，刚才的射击没有我想得那么精准。

他咬牙撕下一团衣服裹着伤口，让我把我背上的三防服丢给他穿上，然后拿着冲锋枪往外走，临走时对袁喜乐道："你最好快一点。"

袁喜乐偏头看他捂着伤口离开，再次看向我，对我道："好了，说说看，你到底是什么人？你怎么知道我那么多事情？"

我看着她的脸，心里想着该怎么办。但是，我被另外一种情感冲击着，根本无法思考怎么脱身，甚至完全不想脱身。

我无法理解我眼前的情形。

这是怎么回事？不对劲，事情不应该是这样的。

我回来是救袁喜乐的，我会暗算那个暗算我们的敌特，然后把袁喜乐救出来，保护她，让她能活到我们相遇的那一刻。

但是眼前是怎么回事？

我实在不敢相信袁喜乐竟然是敌特之一。

可是，这怎么可能呢？我想着，回忆着以往的一切，忽然意识到了这是怎么回事。

难道这一切都是她设下的圈套？

虽然一直在竭力否定，但脑中像过电影一样闪过很多画面，我忽然意识到眼前的这种情况不是绝对不可理解的。我甚至仔细想起来，整支队伍只剩下两个疯子，一个特派员，一个袁喜乐，其他人都死了，难道是巧合吗？

袁喜乐在当时知道我会出现，甚至我的出现可能在以后给她的计划提供便利，所以设下了一个圈套，让我这个笨蛋以为自己是一个爱情勇士，带着牺牲自己的想法回到这里，再被她利用一次。

所以她在"毒气区域"里和我在一起，和我发生暧昧举动，在敌特面前救了我一次，甚至把她自己都给了我，是让我陷得够深，在那一刻有必须回来的勇气吗？

我无法判断，但想到在我们起飞之前，袁喜乐被送回了地面，没有受到任何的审查。如果她也是敌特，那说明她非常成功地逃过了组织的追查。

绝密飞行

在整个过程中，因为她的疯癫状态，没有任何一个人怀疑过她。

我忽然觉得自己是一个白痴，袁喜乐这样的女人怎么会轮到我？像当时那几个医生说的，我有任何地方可以吸引她吗？我不是情感上的矮子，而是情感上的白痴而已。到了现在，我甚至没有机会问袁喜乐真相，因为现在我面前的她是彻头彻尾的敌人。

我已经开始绝望，愣愣地看着她，她看我不回答，又问了一遍："别以为装傻就没事，我想你既然知道我们的存在，也必然知道我们的手段，不想吃苦就直说。我时间不多，也不想大动干戈。"

我看着她，深吸了一口气，心道：我现在还有什么可说的？说出那个本来很可笑的故事，告诉你我是一个在未来被你诱惑的男人，然后自愿到这里来，被你利用吗？

我只是看着她，什么都不想说。

她被我这样看着，倒有点不自在，皱起秀眉坐了下来，道："我对付过很多像你这样的人，他们要么想把我咬死，要么瞪着眼睛虚张声势，不过你这种好像懒得理我的，倒是头一次见。"说着，她忽然把枪放下了，"你走吧。"

我知道她的目的，这是让我燃起求生的意志，一旦我走，她就会喝住我。

当必死的时候，人会放弃求生的欲望，那样无论是多么可怕的威胁，都是没有用的。但一旦有了求生的想法，那么平静就会打破，人的弱点会露出来。

我还是没有动，不是识破了她的想法，而是根本不想动。我转身把头顶在墙上，心里非常非常难受。我不知道我要干什么，我回到这里，本身竟没有任何意义。

沉默片刻，袁喜乐按捺不住了，又道："你再不走，等我的朋友回来了，你肯定走不了。"

我抬头看着她，对她道："你给我闭嘴，我想待在哪里就待在哪里。"

她扬了扬眉毛，我看着她忽然起了一股冲动，站起来朝她走过去。

她一惊立刻把枪举起来，往后退了一步，我立即扑过去。

她虽然猝不及防，但显然训练有素，瞬间开枪了。我左肩一震，一个趔趄，但丝毫不觉得疼，上去一把抓住她拿枪的手，把她压到墙壁上吻了上去。

她一下被我吻住，停顿了几秒才反应过来，猛地把我推开，脸上也不知道是惊恐还是惊讶。

她继续退后，我看到她头发全乱了，枪口对着我没有开枪，但是手在发抖。

我的左肩开始剧痛，我慢慢缩起了身子。我还是看着她，想着刚才那一吻和她身上熟悉的香味，希望她能对着我的要害补一枪。

被女特务挟持的时候，忽然得到了反击的机会，不是想着夺枪，而是想着强奸她的，估计古今中外也只有我一个人。我喘着气，坐倒在地，但还是看着她，和她对视着。我希望她能记得我，记得我这么一个和其他人完全不同的人。

她喘着气道："你是个疯子，我要杀了你。"

我闭上了眼睛，听到枪的撞针被扳动的声音。

我安静下来，等着最后那一刻，竟然没有了杂念——快一点吧，别让我等太久。

我想着第一次进入地下河的各种危险，想着在飞机上的九死一生和那黑暗里的几天几夜，就当我没有熬过去好了。

然而，静了很久，我没有听到枪响。

我抬起头睁开眼睛，看到她还是那么看着我，枪口虽然仍然对着我，但她的表情非常奇怪。接着我见她从一边捡起一根木棍，对着我的脑袋狠命一敲，我的脑袋一震，立刻失去了知觉。

　　我是被冻醒的，睁开眼睛发现自己被绑在铁桌子的腿上，脸上全是水。

　　我还在那间屋子里，袁喜乐在一边站着，特派员已经回来了，正用水壶里的水泼我。

　　我根本不想看他，越过他的肩膀，看到袁喜乐的头发已经弄整齐，恢复了冰冷的样子。

　　看样子我昏了相当长的时间，不知道特派员的事情有没有做完，狗日的，我竟然什么都没能改变，还把自己搭进去了。

　　"你怎么会犯这样的错误？"袁喜乐的语气很不好，好像是在质问他。

　　"时间不够，我灯开得太早了。他们走得很小心，还没到最深的地方我就开灯了，结果他们还有时间冲回来，从放映室跑了。不过你放心，就算从那地方跑出来也活不了多久。而且，这地方有点不对劲。"特派员说着把我的脸扳回来，看着我，问道，"你们有几个人？"

　　我没理他，他一个巴掌挥了过来，打得我眼冒金星，接着呵斥道："我问你，你们他娘的有几个人？"

　　我觉得奇怪：他问这个干什么？

　　但袁喜乐问我我都没说，更不会理他，我只是冷冷地看了他一眼。

"没有用的。"袁喜乐在他后面道，"这个人是个疯子。"

特派员倒也沉得住气，转头望向袁喜乐："你确定他不是共产党的人？"

"我确定他绝对没受过训练，我很早以前就见过他，和他共事过很长时间。他不太可能是搞情报的。"袁喜乐道，"刚才他有机会逃走，但是他……"她没说下去，"搞情报的人不会犯这种错误。"

"也许他是装的。"特派员笑了几声，走回去在包里翻着什么东西。

"装的目的也应该是找机会脱身逃出去，而不是找死。"袁喜乐抱着双臂，"他让我有一种非常奇怪的感觉。"说着她看向我，"他一定知道很多东西，但一定不是共产党的人。"

"如果不是情报员，那他怎么可能知道我们的计划？"特派员从包里掏出一把匕首，"刚才我差点中招了，这家伙一定有同伙，他吻你，可能是单纯爱上你了。"

"搞情报的人会爱上别人吗？"她好像有点无奈。

"同伙？"我听着觉得奇怪，看见特派员拿着匕首坐到桌子上，然后把匕首用一瓶烧酒擦了擦，从自己的肩膀里把子弹挖了出去，我看他面不改色，竟然好像丝毫感觉不到疼痛。

"我来给你看看我是怎么干的。"他道。他说着把挖出来的子弹丢到一边，然后拿烧酒往肩膀上浇了上去，用布擦干净，包好，穿好衣服，朝我走过来。他把匕首在我面前晃了晃："说实话吧，女士肯定看不惯我这么干，但我有信心在三分钟内让你忘记你现在的镇定，然后在第五分钟，看到自己的肠子。我会让你看见我把它们切成一段又一段。不过你不会那么快死，你还能活好几个小时，你最好想清楚，我知道你不怕死，但是死也分舒服和不舒服。"

我知道他不是在开玩笑，这时忽然有些害怕，之前的那种冲击已经过去，我虽然不怕死，但也不想死得那么难看。

我看着他，又看了看袁喜乐。真的，这个时候我想到了电影里那些酷刑，他看到了我的表情变化，问道："怎么样？我说得有道理吧？"我叹了口气，不由得苦笑，但不是为了自己，而是为了面前的这个人。因为在刚才的一刹那，我确实害怕了。但是他这么一说，我忽然意识到，不管怎样都是死，我不可以在袁喜乐面前死得太窝囊。想着，我忽然有了一个念头，一个连我自己都觉得可怕但是又非常好玩的念头。

我笑了，对他道："你还没有了解情况吗？"

"什么？"他道。

"你也知道我不怕死，你拿这个来威胁我有什么用呢？"我道，说着我看向袁喜乐，"不过，我可以和你们做一个交易。"

特派员有些得意地回头看了看袁喜乐一眼，然后转头问我："什么交易？"

"我可以告诉你们一些事情，但是，剖开我的肚子这件事，我希望不是你来动手，让喜乐来。"我道，"把刀给她。"

两个人都愣了愣，特派员道："如果以为她是个女人，下不了这个手，你错了，她可比我狠得多。"

"没关系。"我道，"你不会懂我的想法，所以按照我说的话做就对了。"

他回头看了看袁喜乐，袁喜乐正若有所思地看着我，我想，她也许想看出我脸上有虚张声势的表情，于是我笑了。我有一种报复性的快感，她一定找不到任何的胆怯，因为我确实没有。

特派员有点恼怒，忽然用匕首割开我的衣服，说道："对不起，现在是我说了算，等我剖开你的肚子，你就知道我懂不懂你的想法了。"

"那样你什么也得不到。"我道，"你大可以试试。"

他反手握紧匕首，看着我的脸，我平静地看着他，深吸一口气，屏住呼吸对他点了点头。

他整张脸都扭曲了，刚要下手，袁喜乐说了一句："等等。"

说着，袁喜乐走过来，把特派员手里的匕首拿了过去。我看到特派员松了口气，转过身去，脸上的表情一定非常不好看。

我心中的快意更加强烈，袁喜乐拿着匕首在我面前蹲下，纤细的手停在我的肚子上，道："吴用，其实你不必死，我们可以放你一条生路，何必这样？"

我看着她的脸，她的语气我很熟悉，和以前她给我们上课时候说话的语气很像，我摇头，不知不觉眼泪下来了，看着她摇头道："没有用了，你现在说这些已

绝密飞行

经没有用了，动手吧，有些话，我只能在死之前和你说。"

　　她和我对视着，我从她眼里看到了震惊和不理解。她迟疑了好久，才道："你不是在为自己哭对不对？你在为我哭对不对？你到底是谁？为什么我从你的眼里看到的是你对我的怜悯？"

我听到这句话，真想说"是的"，但不是对你的怜悯，而是对我们两个之间的那些"过去"的怜悯，但是，随即我意识到不对。

怜悯？

我呼吸停顿了一下，眼前的袁喜乐，忽然和另一个时空的袁喜乐重叠了起来。

我忽然想起在她的手表上看到的那句话。

"无论我变成什么样子，你都要怜悯我。"

我一个激灵，看到袁喜乐在犹豫，但是刀已经划向我的肚子，立即叫道："等等，等等。"

她愣了一下，更加疑惑地看着我。我道："让我想几分钟。"

我脑子里忽然跳出来各种信息，许多奇怪的想法闪过，我抓不住一丝线索，忽然灵光一闪，想到了一个关键点。

"必然导致必然。"

这句话是王四川对我说的，如果设局要袁喜乐来使用这句话，袁喜乐必须知道我听过王四川说这句话，但依现在的情况，我不可能把这件事情告诉她。

而她之后一定知道了这句话，并特意给我看到了。除了我之外，还有人会告诉她这条信息吗？

恐怕不可能有了。

我又想到了袁喜乐之后的情况，她没有和特派员一起逃出去，而是一个人在地下河里遇到我们。

如果他们在这里杀了我，找不到那盒胶卷的话，出去的时候应该会两个人一起行动，而当时"我"遇到的情况是，特派员还在仓库里（他一定是在那个地方寻找那盒胶卷），袁喜乐独自往洞外走，这说明她和特派员之间产生了问题。

敌特之间产生问题，一定不是因为赌气，很可能是因为背叛或者决裂。

从这两个因素推断，第一，她从我这里听说了"必然导致必然"的话语，就说明我不会死在这里；第二，之后她很有可能和特派员决裂。

那就说明，我眼前的情况，在不久的将来会产生出乎我意料的变化。

但是再看现在的情况，几分钟之后我就要看着自己的肠子回忆人生了，怎么看都不可能有转机。袁喜乐总不可能忽然转身和特派员搏斗，然后把我救出去，对我说："同志，其实我想投诚很长时间了。"

看着袁喜乐的匕首，我想着那行"必然导致必然"的刻字，想着袁喜乐手表上的"无论我变成什么样子，你都要怜悯我"，忽然想到了一个问题。

这些信息，不管是袁喜乐给我的提示，还是我自己留给自己的提示，用意都是让我回来参与这段历史。

第一句话是为了让我回到这个洞里，而第二句话是让我知道事情会有出乎意料的变化。

但是，如果这件事情一定会发生，何必写在手表上提示我？

这第二句话一定和第一句话一样，是万分必要的，我马上就要死了，难道是说，这个"出乎我意料的变化"，并不是自然而然发生的，而是我看到了这句话而引发的？

——我必须做点什么，引发后面的变化？

真的有这个可能性。我想着冒出一身冷汗，看见袁喜乐莫名其妙地看着我，我道："我想通了，我招。我什么都说。"

袁喜乐一下没有反应过来，还是看着我，我继续对她道："我想通了，只要你们不杀我，我什么都说。"

袁喜乐还是没有反应过来，回头看了看特派员，特派员也莫名其妙地看着我，接着袁喜乐恼怒了，猛地用刀抵住我的脖子："吴用，你是在戏弄我吗？"

我摇头，道："我是认真的。"

袁喜乐的俏脸蒙上了冰霜，我怕她恼羞成怒一刀刺下来，立即对她道："你们是来寻找一盒胶卷的，对不对？"

特派员饶有兴趣地看着我，拉了拉袁喜乐，把她手里的匕首拿了过去，丢到桌子上，指着我道："你是个人物。"说着他对袁喜乐道，"你还说他没受过情报训练，看样子他比你还厉害。"

袁喜乐啪地打了我一个巴掌，我觉得脸上火辣辣地疼，笑了起来。特派员道："你是怎么知道的？"

"这个我不能告诉你，你也没有知道的必要，但我可以告诉你，那东西在什么地方。"我道。

他看着我道："你说。"

"你们进入这里之前，应该看过这里的平面图，对不对？否则你们也不可能事先定下这么周密的计划。"我道，"那你们应该知道，这座大坝里有一个巨大的冰窖。"

他们两人互相看了看。

我继续道："日本人的小分队跳伞从这里下去以后，飞行员带回来一盒胶卷，那盒胶卷在冰窖里，但被封在冰里了。"

特派员若有所思地看着我，半晌才问道："你连日本人在这里跳伞都知道，到底是什么人？"

"我说出来你不会相信的，而且，我还知道一些让你非常意外的事情。"我道，"我知道你等一下会杀喜乐灭口。"

我看着特派员，牢牢地看着他，手电光下他的表情十分难以捉摸，不知道是错觉还是什么，我感觉他的面部抽动了一下。

我知道自己猜对了，因为袁喜乐如果在当时帮我刺伤了他，说明他们决裂了。以袁喜乐被动的处境，一定是特派员抢先发难的。而且，不管对不对，这么说总

绝密飞行

277

归是不错的，女人都是多疑的。

四下顿时一片安静，两个人都没有说话，好像被我说中了什么痛处，良久后特派员才道："胡说，你想挑拨我们的关系就不用白费力气了，在这里，只有我和她两个人相依为命。"

"你不用掩饰。"我道，看向袁喜乐。袁喜乐冷笑："你以为我会相信你吗？"

我暗叹一声，只有硬着头皮了，对她道："我可以证明。你过来，我耳语给你听。"

她看着我。特派员道："别被他控制了，这小子很厉害。"

我看着袁喜乐，心中祈祷，"相信我"，如果她过来听，就说明我有希望了。

袁喜乐眼神中闪现出一丝犹豫，似乎想过来，特派员立即阻止，袁喜乐看向他道："你很心虚吗？"特派员被噎了一下，他有点阴狠地看着我，在边上点了支烟。

袁喜乐凑过来，低声道："说！"

我闻着她耳边的香味，低声道："第一，你一定要相信我，因为这一次的任务非同小可，他不可能留你活口；第二，我知道你很多事情，消息来自你最亲密的人，我不能说是谁，但我是来帮你的。"她听着想挪开，我立即跟了过去，继续道，"我知道你背上的痣，一共是三颗。"

她猛地哆嗦一下，顿了顿，立即给了我一个巴掌："放屁！"

这一巴掌格外用力，我瞬间觉得脸颊麻麻的，几乎感受不到自己的脸了，特派员也被她搞得吓了一跳，说道："让你别听。"

她转身看向特派员："你去冰窖那里看看，看他说的是不是真的，如果不是，直接毙了他。"

特派员点了点头，又道："你小心点儿，这里肯定不止他一个人。"说着出去了。

袁喜乐看着他出去，把我从地上扶起来，压到桌子上，问道："你到底是怎么知道这些事情的？"

我的肩膀疼得让我几乎休克，嘶哑着声音问道："你信还是不信？"

"你告诉我到底是怎么回事我才信你。"她道。

"你必须得信我。"我道，"我刚才这么说，他一定会提前动手的，他一定在外面，随时可能回来，你必须相信我。"

她摇头。眼角的余光忽然看到门口有人影一闪，我立即咬牙翻起来和她一起滚到地上，同时一梭子子弹扫了过来，打得铁桌子火花四溅。

我大叫了一声："关手电。"

袁喜乐回头一枪把立在桌子上的手电打飞，我看到有人瞬间冲到了屋里，我和袁喜乐一下翻到桌子下面，子弹扫过我们刚才待的地方。

屋子里顿时漆黑一片，袁喜乐好像是凭着刚才一瞬间的感觉对着一个方向连打了好几枪。

我已经滚出桌子，听到那人跑出了门，袁喜乐骂了一声，退到我身后，三两下把我的绳子解开了，然后对外面大骂道："王八蛋，你真是这么打算的。"

"上头的指令，没办法。"特派员的声音从外面传来，"否则你这么漂亮，我也舍不得。"

我的肩膀已经完全没有力气了，只能活动一下没受伤的右手，拉住袁喜乐的手，让她退后。

她轻声对我道："你说过让我相信你，现在你打算怎么办？"我想着指了指一边的通风口："上去，他有冲锋枪，你的枪里只剩几颗子弹了，我们绝对不是他的对手。"

黑暗里也不知道她是什么表情，我拉出一张椅子，听着她摸索着爬了上去。我让她把手枪给我，然后对着门口开了两枪，对方还来一梭子。

我打那两枪是为了让他知道我们还有子弹，借机争取一些时间，接着我把手枪插到腰间，也爬了上去。

两个人一路往前，来到电缆井里，她显然不知道该往哪里走，我抓住她的手，拉着她回到仓库里，从那个口子爬了出来。几乎在同时，我忽然听到整个基地里响起了防空警报的声音。

凄厉的警报声让袁喜乐面色惨白。"怎么回事？"她问我。

"大坝要泄洪了。"我在心中暗骂了一声，看来上游大雨积累的水量已经超过大坝的承受量。

一泄洪，深渊下的毒气就会涌上来，把这里覆盖，我们会被困住，而我身上只有一件三防服。

我想到了一个地方，拉着她走。

她立即甩掉了我的手，看着我："你要到哪里去？"

"在这里找个地方躲起来。"

"为什么？"她道，"我要干掉那个王八蛋。"

"来不及了。"我道，把雾气的事情解释给她听，然后道，"你在这里和他纠缠，没有胜算。而且，这里很快会有后续的部队下来。那是一支几百人的队伍，这里的人都是被枪杀的，你准备怎么和他们解释事情的经过？他们会相信特派员，还是相信你这个从苏联回来的女人？"

她看着我没说话，显然还想问我是怎么知道的，但是克制住了。

我道："能隔离毒气的，只有这个仓库连通的三块区域，那个王八蛋现在在办公区，没有周旋的余地，我们没有地方躲，只有一个地方是安全的。"

安全的地方就是那块毒气区域，他绝对想不到我们会躲到那里。

"但是那里有毒。"她道。

"我知道一个地方毒气进不去。"我道，紧紧地拉着她的手，"我不会骗你的，你要相信我。"

她犹豫了一下，感觉她第一次抓紧了我的手，我心头一热，立即拉着她来到吊装仓库的二楼，找到那道连通净化水池的铁门进去，然后进入通风管道，一路来到了那块噩梦一般的毒气区域。

毒气区域没有开灯，但为了以防万一，我让她穿上三防服，自己用衣服捂住嘴，一路找过去，回到了那个积水的房间。

我蹚水进入这个房间的时候，有一种恍如隔世黄粱一梦的感觉，转那么一圈，竟然又回到了这里。

我坐到床上，看见袁喜乐陌生地看着房间里的一切，问我道："现在你可以告诉我你到底是谁了吧？"

我解开自己的衣服，子弹从我的肩膀下靠近胳肢窝的地方穿过去，流出的血已经凝成了血块。我一边用衣服擦着，一边道："现在我还可以做一个预言，你绝对不会相信我跟你说的故事。但是，只要你听我的，我能让你摆脱现在的生活。"

我把所有的事情，原原本本全部和袁喜乐说了一遍，没有漏掉任何细节。

她听完之后，表情和我想的一模一样，那不仅是不信，而且是一种看神经病的表情。

"你觉得我会爱上你？可笑，不过我觉得你预言得非常准。"她道，"我确实不相信你。"

我从怀里掏出了她当时送我的表递给她，她看着，眼角一跳，拿了过去，立即和自己手上的一比，面色瞬间变了。

"我没有在市面上见过这种表，我想，这一定不是任何人都能得到的。"我道。

她看着那块表，一下坐在了床上："这是伊万送给我的。"我看着她道："你觉得，我可能会知道你身上那么多的秘密吗？"

她想了想，还是摇头，把头埋到自己的手心："我不相信，这不可能。"我蹲下来，看着她的样子，又是心疼，又是难受。我和她经历的一切，对于现在的她来说，都是虚幻和毫无基础的。我吸了口气，定定神，对她道："不管你信不信其他的事，为了你自己，也要听我的。之后，我会让你看到所有的'证据'一件一件出现。"

她沉默着，吸了口气，点头道："好吧，你要我怎么做？"

我道："我要你先把你们到这里的目的全部告诉我，你现在已经被他背叛了，即使不相信我，说出来也没有关系。我只是需要知道他之后可能会有的动向。"

她看着我道："我们到这里来，第一是为了找你说的一盒胶卷，但是更重要的是为了发一封电报。"

电报？

我看着她，她继续说，她是东北53谋略部队的最后一批特工，当时还是小孩，甚至来不及训练，日本就战败了。于是她被滞留在东北的福利院，由当时的接头人员负责抚养，后来进入地质勘探系统。到来这里之前，她才和特派员接上头，执行她的第一个也是最后一个任务。

她没有其他选择，因为身份决定了她只能这么撑下去。

她并不知道要发的电报是什么内容，他们从日本方面拿到了这里的资料，特派员把她调入这个项目中，任务进行到现在，没想到会有那么多的波折。

我在心里盘算了一下，那个假何汝平半夜爬到深渊下，难道是为了发那封电报？那家伙难道就是特派员？

我们的人没在基地里找到特派员的尸体，这种可能性一下变大，妈的，那他们往深渊里发的电报到底是什么内容？难道下面真的有人在？

我想到了裴青，那小子难道是对的？

袁喜乐看着我，问道："你想到了什么？"

我把思绪转回来，对她道："现在，你要听我的计划，一点也不要漏掉。"

我把我的所有想法，一边和她说，一边在自己的脑子里整理。

如果我没有回来，那么袁喜乐一定会被特派员灭口，这几条关键的信息，把我逼回这来，显然不像我之前想的那样，只是在暗地里推动事情的发展，我的

绝密飞行

到来，竟然完全改变了一个人的命运。

我不是一个逻辑学家，无法推测各种无解的问题，也知道现在所发生的一切，从逻辑上来说好像是无法成立的。但是，事情既然已经发展到现在，我只能先往后想，往后做。

首先，我明确了一点，就是我不能放任事情自然发生，因为显然我在袁喜乐的这段历史里，起的不是之前我想的那种辅助作用。我的到来颇为关键，甚至是决定性的。

与其束手束脚地去想我到底应该在这段历史里怎么小心翼翼，不如直接放手大胆设计。

我把我们入洞之后的所有经过全都想了一遍，想着我所做的每一个决定，就发现了一个非常可怕的事实，我的所有决定看上去非常平常，但好像都不是我自己做的。

我们为什么会进入落水洞里？是因为一张奇怪的字条。这张字条是谁塞进我的口袋里的？又是在什么时候塞进去的？

我们进入沉箱后，是谁启动了沉箱，把我们降到冰窖里？

是谁事先拧开了放映室地上通风管道口的螺栓？

又是谁在那块毒气区域的墙壁上，刻下了通往出口的刻痕？

我忽然发现，在每一个决定我们命运的地方，都有人事先帮我们做好了准备。

这个人不可能是别人，只可能是我自己。

一边想一边理，在和袁喜乐说的过程中，我的心中慢慢有了全貌，我发现我需要做的事情非常非常多，但是，并不算太难。因为对于我来说，答案早就已经写在了我的脑子里，我现在只需要照做一遍。

说完之后，我发现袁喜乐没能理解我所有的话，其实我也明白，这么多的信息对于她来说是不可能一次消化干净的。

我想了想，就意识到这种全盘计划没必要对她说，我只需要告诉她，遇到某些事情之后应该怎么做。

在洞穴里遇到我们第二支队伍的时候，她必须装疯。

在我们离开之后，她必须带陈落户和马在海他们回到大坝里，因为他们去不了洞口上游，会发大水，只有大坝里是安全的。而进入大坝之后，他们必须立即到沉箱里躲避雾气——袁喜乐熟悉这里的地形，这不是什么问题。

之后，我会启动沉箱，把她降到冰窖里，她可以在黑暗中想办法离开沉箱，虽然我不知道她当时是怎么毫无声息地离开的，但是，一定有办法。

她离开沉箱，通过通道来到毒气区域，进入"避难所"，只要听到我们发出动静，就去到那个位置发出声音来吸引我们的注意。

她点头，但表情满是怀疑："吴用，如果你说的这些情况都不发生，我该怎么办？"

"相信我，对于我来说，这些事情已经发生了。"我道，"发生的那些事情，不会改变，我也不想改变。"

她看着我的眼睛，忽然问道："这一切不是做梦？"

我摇头，想了想道："算上结局的话，即使是梦，对于你来说，也不算是个噩梦。"对于我来说，最紧迫的工作，就是把王四川说的那句话刻到墙壁上去。

"我们真的会相爱？"她突兀地问道。

我转头看了她一眼，心中有些难过，这个问题，我原本是那么确定，但是现在，又无法肯定了。因为我没有想到，这个故事真正的开始会是这个样子的。

"我想要打败一个能驾驶轰炸机在空中翻转 180 度的男人，只能让自己变成一个在命运里翻转 180 度的男人。"我道，"我只能向你保证，我一定会喜欢上你。"

她继续看着我的眼睛，好像在思考些什么。

我从她的腰间拔出匕首，搬动靠墙的床，回忆着看到的那行字的位置，想把"必然导致必然"先刻上去。

我能做的事情，全部在我脑海里，之后她到底怎么想，恐怕已经不是我可以控制的了。但是，在我预言的事情一件接着一件发生后，她对我的信任会逐渐加深，我至少可以放心地看着她安全离开。

我推开床，露出墙壁，然后趴下去准备下手，这个时候，墙壁上出现的东西打断了我的思绪。

我看到有人在墙壁上刻了一行字："必然导致必然。"

我愣住了。

仔细去看，我发现这行字无论是位置，还是样子，都和之前我看到的那一行一模一样。

我看了看手里的匕首，差点以为这是我自己刻上去的，但显然不是。

他娘的，这是怎么一回事？

这行字不是我刻的？我摸着这行字，忽然开始浑身冒冷汗。

这事情不对劲，不对劲，妈的，很不对劲！

第六十四章

我和『我』

在我的推断里，应该是我刻下了这行字，提醒即将到来的自己。

所以我推开这张床之后，看到的墙壁应该什么都没有。

但是，原本应该我刻上去的字，现在已经在墙壁上了。而且显然，我看着这行字发现，这字刻上去有一些日子了。

我的脑子里刹那间一片空白，完全无法去思考这是怎么回事，摸着字感觉头都要裂开了。

原来的一切虽然复杂，但我觉得已经想明白了前因后果，但是，这行字一下让我意识到，我这些想法不对。

但是，为什么不对呢？

我连我们回到十个多月前这种荒唐的事情都相信了，一切好像说得通，为什么在这里会出现这种奇怪的事情？

我发怔地看着那行字，一下不知道该怎么办了。

袁喜乐看见我的表情，就问道："怎么了？出了什么事？"

我看向她，不知道该怎么和她解释，想了想，就道："没事。"但我的手已经不由自主地抖了起来。

我深吸了几口气，冷静下来，开始想这行字可能是谁刻的。

知道这行字的人，只有两个，一个是我，一个是王四川。

绝对不是我，那，难道是王四川刻的？

但是，这怎么也说不通啊，王四川不可能知道我的计划，也不可能知道这句话对于我和袁喜乐来说多重要。他即使真的能够比我还快地偷偷潜进基地，先到这个地方来刻下这行字，那他的理由是什么，这比这行字在这里出现还要诡异。

然而，除此之外，不可能有其他的解释了。

我看着手里的匕首，感觉很尴尬，心说：怎么办？已经有人刻上去了，是划掉它自己重新刻，还是在后面加个"×2"？

如果我加一个"×2"会不会对之后的事情产生影响？从常理上说应该不会，但是，那一定会让"我"看见它的时候产生疑惑。想着，我下意识地看向这行字的四周，这个时候，又发现了一些奇怪的现象。

我用力把床推得更远，发现在这行字下面，靠近墙角的部分，有几块被人刮擦的痕迹。

我摸着那些划痕，意识到这些被刮掉的部分，之前应该也写着什么字。

我看着，一共有八块刮痕，突然心生寒意。

这里原来写着什么？难道也是信息？

那这些信息又是谁留给我的，又是被谁刮掉了？

事情到这里，我好像明白了这是怎么回事，但又不能肯定。但我明白，这里发生的事情一定没有我想得那么简单。我所经历的，看来只是时空旋涡中的冰山一角。

我看着"必然导致必然"这句话，觉得能刻下这句话的人，只可能是我。

但它一定不是现在的我刻下的，难道，我现在遇到的情况，只是整件事情的开始？难道，我执行完这一次计划之后，在未来还会回到这里，并且重演事件？

如果是这样的话，那太可怕了。

我收起匕首，暗叹看来要做一个能在命运中翻滚的人，我绝对还不够格。

此时我反倒放开了，决定不去想这些可能性了。

对，这就是所谓的命运，和袁喜乐一样，看来我也只能走一步看一步了。

此时的特派员不知道在干什么，之前他说小聪明他们没有被毒死就逃出了毒气室，我记得那个老专家死在了落水洞那里，当时牙龈发黑，应该是汞中毒的迹象。而有一些人死在了仓库里，还有一部分人死在了另一边支流洞穴的电报室里。

这些人即使现在没有死，也会是严重中毒的状态，但是，只要活着，特派员就不可能置之不理。只要他不是专心对付我们，那我就有机可乘。

我想着，是否有可能去救剩下的那些人？他们从这里逃了出去，这里又是全封闭的，特派员是怎么把他们骗到这里来的？

我想到了当时在放映室的经历，难道，他也是用烟把他们熏进来的？

很有可能。当时，那个通风管道口已经被撬松了，我还以为那是我即将要做的事，但如果它本身就是个圈套，那个入口很可能是特派员做好的陷阱，在通风管道的出口，他也做了一个陷阱，和这个入口陷阱成了一条死亡通道的两端。

不过，那些人并不知道"避难所"的存在，也没有"影子里有鬼"的提示，所以，会比我们更晚发现毒气。等他们反应过来，会立即冲向入口。

特派员说他估错了时间，也就是说，他在那些人还没有走得足够深的时候启动了电源和灯光，结果，那些人可能在死之前爬回了连通放映室的通风管道，然后一直待在管道里，挨到特派员认为他们死透的时候，回到放映室逃了出去。

他们的人数不少，如果没有浓烟的话，是很可能撬开门出去的。

但是，这些人一定已经因为汞中毒受到严重损伤了，神经系统逐渐出问题。他们会产生分歧，有些人会回去追捕特派员，有些人会选择直接出去，还有些人则意识到他们已经不可能活着出去了，会想办法通知外面这里的情况。

所以才会有人死在不同的地方。

我猜想以小聪明这种性格，会咽不下这口气，以为袁喜乐被特派员抓住而去解救，所以会回头找特派员算账最后死在仓库里。老专家地位很高、身份神秘，可能很想活下来，会选择出去。而其他几个人因为更加理智和以任务为重，会想办法通知外面。

我不知道这几个人是怎么知道电报室的位置的，也许是在前期探索的时候找到的，然后把发报机的电线接到了电话线上，发送信号出去。

绝密飞行

289

初期的信号不是之前"我"在电话里听到的,"我"听到的那个信号是特派员改的,他们最后被发现在电报室附近被枪杀了。我不知道特派员改那封电报是什么用意,但这就可以解释,当"我们"第一次进洞以后,工程兵整理电缆的时候接通电话线,立即就有电流让电话响了。

整个过程应该是这样的,我相信怎么也该八九不离十了。如果是这样,那我能救下他们的概率太低了。第一,我不可能去救那个老专家,时间来不及;第二,我不可能去救在电报室的人,因为不知道那在什么地方,寻找太花时间;我可以救的,就是小聪明这一拨,可惜特派员没有死,小聪明死了,我即使去救也会失败。

不管如何,这方面我觉得见机行事就行,其实已经放弃了,这么想只是让自己好过一些。在特派员精力被他们分散的时候,我反而有了优势。

他一定不会想到我们会跑到这个危险的地方,所以我可以很从容地干一些事情。

我做的第一件事情,是在黑暗中做出通往出口的标记。那些灯很难破坏,我只能一盏一盏爬上去看灯丝的情况,尽量做出一条最安全的、一路上路灯都不亮的路线,在每个转弯口都做上记号。

做完之后,我看着时间等待,让我觉得好笑的是,特派员一次都没有在这个地方出现过,显然他打死也不认为袁喜乐会在这个地方。而事实上,如果他不知道我的底细,一定认为我已经离开这里了。

如果可以的话,我倒也想这么走了算了。但如果没有袁喜乐搅局,"我们"那批人进来后,可能和第一支队伍一样被特派员连锅端了。

我在黑暗中陪了袁喜乐大约一个月。我在这块区域里找到了好几个包,应该都是小聪明他们发现毒气之后,在狂奔下抛弃的重行李,里面有不少罐头,我们靠这些罐头和我包里的牛肉度日。

在这一次的黑暗中,没有了之前的那种温存,她一开始很谨慎地看着我,慢慢地,习惯我的存在,放松了下来。

我们聊了很多,我编了一个关于伊万的故事,和她说了很多我的事情,她一直安静地听着。我能感觉到她对我的态度在软化,但是,仅仅是最浅的变化。

她就在我面前，离得远的时候，我觉得她就是我拥抱过爱过的袁喜乐，但是，只要我一靠近她些，她立即就会变得陌生起来。

后来我放弃了。在黑暗里掐着日子算着时间，到我记得的"我"下来之前的几天，我和袁喜乐出发了。

路上并没有碰到特派员，他一定就在附近，但是这个地方太大了，即使我们不是那么小心翼翼，也很难碰到。

之后的事情，乏善可陈。

我准备了两张字条，一张是"小心裴青"，一张是"下落水洞"。

对于第二张字条的作用，我心里很清楚，但是第一张字条，让我觉得有点疑惑，为什么我要让"我"小心裴青呢，裴青不过打了我一枪？

我无法肯定所有的字条都是我放的，但是这些字条都使用了劳保本的纸，纸质很好，而且因为是特殊用途，都具有防水性，既然来源一样，所以应该都是一个人写的。

但即使有疑惑，我也不敢不送，因为我知道，如果没有"小心裴青"这张字条，我的很多行为会改变，比如说，"我"不会在裴青反常的时候觉得他的行为不正常。

说起来，这张字条是我所有预判情节中，最无法解释的。因为似乎之前我其他的干预行为，都正中事情的关键，而这张字条明显不是。

我写完后有种奇怪的感觉，这似乎是一种"控制"。我用这张字条，仅仅为了引起"我"对裴青的注意，但这是没有动机的。如果"我"没有收到过这张字条，是不会想到送出这张字条的。

这不同于我的"干预"，干预只是野蛮地在任何需要引导的时候引导，而"控制"的感觉，精细得多。

我想起了我在床后看到的那些被刮掉的字，感觉这里的事情很不简单，虽然我现在写了两张字条，但并不一定能送出去，这个"控制者"，其实未必是我。

如果有人在非常精细地引导着所有事情的发生——那是谁？他的动机是什么？

比如说，本来事情是朝着一个方向发展的，有人为了使事情朝另一个方向发

绝密飞行

展，设计了一个非常精细的"干预"动作。这些"干预"动作，有些很关键，比如说我的"下落水洞"字条，有些却很难察觉，比如说"小心裴青"。这种带着"小心"字眼的字条，改变的往往是我们的心态，从而引起一连串连锁反应。

这算是奇思妙想，我很快就放弃了。只要我把字条都送出去，那么，事情就没有那么复杂，一切都是我瞎想。如果不是，那么我经历的一切，恐怕都在另外一个更大的局里，我现在是不可能抗拒的。

我宁可相信前者。因为后者虽然我隐约已经有了感觉，但是太可怕了。

当然，我无法证明它存在，因为可能性太多了。也许，第一张字条真的是陈落户塞给我的。

这种事情，只能随机应变了。

我们在黑暗中通过一条岔洞回到了当时进来的暗河支流，走了很久，突然听到了前面的枪声。

我知道那是怎么回事，我们终于遇到了"我们"。

我立即冲过去，看到前面的悬崖，钟胡子已经躺在了上面，裴青正在悬崖上开枪通知后面的"我们"。我远远地看着，钟胡子一动不动地躺在瀑布下，显然已经遇难了。

我让袁喜乐先等在瀑布下面，自己顺着边缘小心翼翼地爬上去，此时我知道"我"听到枪声正赶过来。

我潜伏在黑暗中，慢慢绕过裴青，他正处在万分焦急的状态，根本不可能注意到我。绕开他，走远一段距离之后，我开始在乱石中狂爬，在黑暗中看着副班长和几个战士先跑过去，然后是"我"和王四川。我躲在石头后面，等他们过去，去往"我们"的宿营地。

我拿着字条，看到"我"的外套放在篝火边烤，把"小心裴青"的字条塞到了"我"的口袋里，刚想离开，就听到有人问道："出了什么事情？"

我回头一看，发现是陈落户，他捂着手也爬了回来，显然刚才追我们追一半就放弃回来了。这家伙力气不小，但是不够灵活，在这种地方跑简直要他的命了。

我一下有点不知所措，但他并没有发现我有什么不妥，又问了我一遍："出了什么事了？老裴干吗打枪？"

我看着他，又听了听远处的枪声，忽然脑子里灵光一闪。

我对他道："好像有人掉下去了，我跟不上他们，没看到你，就先回来看看。"

他指了指腿："我扭了一下，你别管我，我没事。"

我装出担心的样子："那行，我再去看看，你待在这里。"说完再次跳入黑暗之中。

跑了一段时间，我再往回看，陈落户坐下了，没有任何异样。

——他分辨不出来。

我摸了摸自己的下巴，在这里的黑暗下，他认不出我来，看来这一年时间并没有让我变化多少。

我想着就意识到我能做什么了。在这种情况下，我能做的事情比我想象得要多得多。

我一路小心翼翼地等他们背上尸体离开，然后爬回瀑布下，带着袁喜乐爬了上去，再次回到营地。

当我们在黑暗里，看到"我"和王四川他们在篝火下休息的时候，袁喜乐一下抓住我的手臂，指甲都掐到了我的肉里。

我仔细看着"我"自己的样子，感觉十分奇妙，当时的"我"怎么会想到，在远处的黑暗中，凝视他的人有如此奇妙的际遇。

我回头看了袁喜乐一眼，关键的时刻终于到了。

我推了袁喜乐一把，对她做了手势，让她一定要记住我的话，她第一次坚定地点头，我相信她终于完全相信我了。

我们对视着，她深吸一口气，转身想走，这个时候，我终于忍不住拉住她，在她没有反应过来的时候，吻了她一下。

出奇地，她只推了我几下，没有拒绝，分开后，在远处篝火的淡光中，我发现她的眼神非常复杂。

我对她做了一个保重的手势，她盯着我，头也不回地离开了。

我靠在一块大石头后面，听着那边我以前亲身经历过的动静，内心平静得自

绝密飞行

293

己都害怕。

接下来的事情我可以迅速说完，我在"我们"过水牢的时候，把裴青拉进了水里，等"我"下水之后，把一具尸体推向"我"，在"我"惊恐莫名的时候，把第二张字条塞进了"我"的口袋里。

接着我跟着"我"到了大坝，在所有人进入沉箱之后，启动开关，把他们降入冰窖里。

之后，就是"我"的事了。

我完成该做的事情，回到了地面上。

外面有很多人，汽车开的临时栈道出现在木屋的周围。

我小心翼翼地绕过那些人，走上了临时栈道。在临时栈道中段，我遇上了王四川，他竟然在等我。

我初看到他吃了一惊，但并不感动，因为如果是我，我也一定会在路上等他，不仅是情谊的问题，还因为在这个世界上，只有我们两个是同类了。

对视中，他问我道："成功了？"我点了点头，没有再说什么。

我们走了两个星期，在大雪中看到了伐木林场的小火车，偷偷爬上火车，又在一个木站下车，已经冻得连话也说不清了。

我们在木站冒充在其他林场迷路的建设兵团成员，拿了大衣和一些干粮，坐火车回到佳木斯。

那时候还没有全国联网，我们的身份证和军官证通行无阻，可以去任何大食堂吃饭。

王四川问我有什么打算。

我说想回山西老家去，但这不太现实，以后我爸妈问起我为什么回去，事情会很难办，只能先找一个偏远的地方待着。

我想到了大庆附近的山村，那里还在做地质普查，我们可以冒充地质队员待上一段时间。

王四川觉得可行，我们查地图找了一个不通火车只能步行进去的山村，把身上所有的东西都兑换成粮票。

我们到了以后，发现那是一个很安静的小村子。这个村子里的人甚至对抗日战争的事情也不熟悉，因为没人愿意走这么远来抓几个壮丁，四周又全是山。

我们在村公所用全国粮票换了一间屋子和一些生活用品，在村里挨过了整个冬天。

快到夏天的时候，我们的粮票已经用完了。有一拨供销社的人来做普查，我们跟他买了一台收音机，播放当时的广播故事，来换取粮食。一直挨到立夏，我们才走上归途。

不能去单位报到，我先回老家，编了一个故事说给爹娘，说自己做了逃兵，差点死在苏联人手里，大部队以为我牺牲了，我就藏了起来——在那个消息闭塞年代的乡下，这样说是不会露出破绽的。

老爸对于我的事情表示非常意外，但我毕竟是他的亲生儿子，得以暂时躲在了家里。

当时这样的事情并不少见，仗打完以后找不到部队，只好回老家，在部队里是作为烈士记录在册的，重新登记户口的时候，就要找其他身份顶替。

我父亲托他部队里的朋友尝试帮我找个空户口顶上，但一直没有什么结果。另外，袁喜乐也没有任何消息，我没有收到她的任何信件，不知道她是什么情况。

在老家待了一段时间，我终于受不了这种煎熬，决定去找她，又找了借口离开了家乡。

那段时间，我蓄了胡子，一眼很难被认出来，倒也不是很担心暴露身份，身上的证件齐全，如果不被人特地去查，吃饭坐车什么还都是免费的。

七二三工程是如此绝密的项目，我知道一切都绝不可能在表面上被查到，但是如果袁喜乐还活着，我一定可以在某个地方找到她。

她是东北人，我走遍了东三省几乎所有的医院，一路上，经过不少地方，除了东走西看，空下来的时间，就是想着和她在一起的那些日子。

那些日日夜夜，说实话时间真的不长，但闭上眼睛，一切仿佛都在眼前，然而袁喜乐好像从这个世界上消失了一样，无论怎么寻找，我都没有找到一丝线索。

我从坚持，找到绝望，再到麻木，一直到再次见到王四川，我的心里已经认定我再也不会见到她了。

王四川重新回到了矿上工作，他的父亲权力很大，他顶了一个身份，也不求发展，只求能在那个小地方安稳地待下去。他看到我的样子，说会想办法让他父亲也帮我顶个身份，被我谢绝了。

当时各种运动风潮涌动，这个国家的未来越来越难以预测，在这个时候，还是小心一点好。

后来说起袁喜乐，他听了我的遭遇，提醒道，她是跟着大部队出去的，当时会出现的最合理的情况，是到部队医院，然后被家里人领回家。

袁喜乐是孤儿，会由单位负责，安顿在单位所在城市的精神病院里。所以，袁喜乐很可能不在东北，而在南方。

于是我又辗转到了南方寻找，她的名字很奇特，重名的情况会很少，所以我连错误的希望都不曾有过，只是害怕命运和我开玩笑，对每一家医院都是亲自问过和看过很多遍的。

一路麻木又不敢放松地找过来，却还是没有消息，一直到第二年的冬天，我来到成都市郊区的双流精神病院。

那是我在四川的最后一站，成都的冬天，少有地下着冰雨，十分寒冷。

我刚找到医生，拿着王四川父亲写给我的介绍信，想去病房看看，走过走廊的时候，看到了一个女人的背影。

那个女人正看着窗外的冰雨，玻璃上倒映出她模糊的容颜。

我走了过去，拍了拍她的肩膀。

她转过身来，我们四目相对。

我想说话，但是那一刻，什么也说不出来。

绝密飞行

尾声

这是我的故事。

说得准确点，是我年轻时的故事。

在风云飘摇的几十年里，这些记忆、这些恐惧、这些爱情，一直深埋在我的脑海里，我以为它们迟早会被消磨忘记，没有想到，这么多年后，重新拿出来，吹掉上面的灰尘，却还能看出当年的那些纹理。

我不得不承认，这是一个很难让人信服的故事。这个故事以一个确切真实的模样开始，又以一个如此真实的模样结束。但是，其中的过程，完全找不到一点在现实中可能发生的依据。

很多人问我，这个故事是真是假，是否真的有七二三工程，是否在内蒙古的地下，真的有那么大的一个空腔。

我很想简单地回答一句"是"或者"否"，但我无法回答，因为无论是真实的，或者是虚构的，对于看完故事的你来说，已经无关紧要了。

我在故事的开篇，告诫着，这只是一个故事而已。当一些无法被流传、无法被写入史料的事情被写了下来，那么它只能作为故事存在。任何的探究，都没有意义，甚至是危险的。

当然，这并不是这一类"故事"中唯一的一个，但我只想把这个故事讲出来。

因为，对于我来说，不仅是个故事而已，它承载了我最好的一段岁月和最好的一些人。

也许还会有人问，我和袁喜乐以后的故事。

我觉得，那也不重要。

在最后的那一瞬间，我意识到一个真理：世界上，很多经历过的一切，之所以发生，不是为了他的过去或者未来，而只是为了他人生中的某一瞬间而已。

假使和某一个人共同拥有过那一瞬间，你会理解我的话。

四年后，我换了一个身份，重新考入当地的地质勘探队，在第二年转到了当地的学校办培训班。当时"文革"已经迫在眉睫，我和王四川也长时间不敢联系。之后，我又经历了一些事情。

在这段过程中，我一直在想办法打听七二三工程的结果，但是，只能打听到这个工程在 1965 年结束了。

一直以来，我都觉得这件事情并没有结束，一直在等待出现任何苗头。我觉得，我终归还是会回到那个洞里去的。但是，我没有等到什么契机。

在培训班第二期的时候，我的班上来了一个小伙子，他在这个班上做强化考核，之后要被调去东北执行三四七工程。这应该是整个东北大勘探的收尾工程，不过据说规模也很大。

我看他的资料时，发现他的信息栏里，写着：毛五月，28 岁。

我的心脏一抽搐，同名同姓？

我忽然觉得不是，特地见了他一面，在食堂里，一张非常熟悉但非常年轻的脸出现在我面前，他并不认识我，见到我觉得很奇怪，问我道："老师，你有什么要和我说的？"

我看着他，很久才道："有，我有很多话和你说。"

这是我的故事。

大家好，我是南派三叔。

很抱歉拖延这么久，才完成了这部作品。

这部小说原本是一个中篇，但是越写越喜欢，终于成为这么长的篇幅。算起来，这算是我个人完成的第一部作品，真正的首度"填坑"，应该可以这么说吧。

因为之前没有写全过一部小说，所以没有机会写什么后记，这次终于完成了，我有一些话想说。

这是一部很奇特的小说，在创作之初、创作之中，到最后完成，我对它的想法都是完全不同的。我想表达的东西，也随着时间的推移慢慢变化了。原先它只是一部非常奇怪的探险小说，但是随后我发现，可以把它写成一种我自己都没有想到的状态。

写完本书之后，我也曾经思考过几种未来的方向，是走奇诡的路线，还是做一个封闭的结构？最后我选择了后者，因为想正面尝试一下所有的细节都相扣是什么感觉——这本来是第三人称小说才能做的结构，用第一人称"我"来写，简直就是自虐，不过我还是虐了。我不知道自己做得怎么样，希望大家喜欢。

另外，我一直认为很多东西点到为止是比较合适的，不喜欢罗列出对所有伏笔的解释——小说毕竟不是教科书。但是，很多朋友习惯了听到作家亲口说出那

些答案，才算是真正的答案。

那么，我想我可以把故事的一些线索的官方可能性写在以下：敌特就是特派员和袁喜乐，目的是向深渊发送一封电报。特派员躲在基地里暗算了两批勘探队员，最后自己潜入深渊第一层的信号塔，想向深渊发出一封电报。特派员知道下面的情况，事先准备了防护用具。下去之后发生了一系列事情，他在偷窃水泥塔里奄奄一息的工程兵的补给、证件时被惊醒的人发现，被追赶着上了钢缆。在钢缆上，他们发生冲突，撕扯中特派员的防护用具掉了，被严重烫伤，而工程兵本身就受了烫伤，直接死在了钢缆上，临死时想炸断钢缆但没有成功。

这部分内容因为当事人死亡了，靠"我"是不可能得知的，想让"我"推理出来事实也是不现实的，结果脑补不出来，这就是解释。

巨大的石雕来自远古文明，确实如裴青所说，是从上头跌落下来的。

（我一开始其实想写发现了威震天）巨大的空间里到底隐藏了什么？从石雕处开始，空间呈现一种不对称的时空倒流的关系，由此"深山"回到了几个月前。深渊中隐藏的，是一个时空旋涡。

日本人的目的是什么？他们一开始在洞穴里开采汞矿，后来对那片巨大的深渊产生了兴趣，尝试着运用飞机下去探秘。但是那架战斗机会飞回过去的时间，那个时候，说不定大坝还没有竣工——这在大坝上的人看来，相当于他们刚把战斗机的零件运下来，忽然就有一架战斗机从深渊里飞了回来。两者一联系，他们会意识到发生了什么事情。所以，他们才会在地下河设置那么多缓冲沙包，因为不知道什么时候又会有飞机从深渊中飞回来。

这是非常令人崩溃的情况，说不定在日本军官们商议飞机起飞的计划时，会议开到一半，他们准备起飞的飞机就从深渊中飞回来了。

他们飞去深渊的目的是什么？也许他们是想回到过去，阻止在战争中犯下的错误，但是，显然在计划成功之前，日本就战败了。但这个计划和之前的计划很不相同，即使战败了，也应该执行下去，所以日本人在这个地下要塞还没被发现的时候，准备转移人员进入深渊。

他们准备在第二级台阶建设机场。但是机场还没有建成，基地就发生了突发事件，于是有一架轰炸机强行起飞，日本兵带着他们研究的所有资料，跳伞进入了深渊之内。在当时的那种情况下，基地还没有被发现，虽然那时日本人也不能走出地面，但能让日本人放弃基地的，只能是基地内部发生了不可逆转的事故——这个事故我已经给了足够的提示（是提示，并没有直白地说出来，因为主人公是不可能知道这些事情的），说出来就没有意思了。

至于深渊下的灯光，日本人是否还活着，这个就不要追究了吧？深渊下的世界，精彩之处就在于，可以有无穷的可能性。但是，如果你觉得很难受的话，我只能说，从理论上来说，这片深渊之中有的是大量的石头。是的，全是石头，没有任何其他答案会比这个答案更合理。

那么，主人公为了救袁喜乐，到底循环了多少次呢？七二三工程发生了什么？这个看似复杂的简单故事背后，还有多少可能性？那些在"避难所"被刮掉的信息痕迹意味着什么？

大家看里面的各种细节，大约能推测出来，就不说那么明白了。当然，你也可以发现，我可以去掉这些悬念，使得整个故事完全封闭，但是，这样一来，这个故事就会失去最后让人思考的部分——好比最近的一部电影那样，最后旋转的陀螺是否会停下？见仁见智。它是我提出的一个思考题，而不是悬念。

对了，也许有人会觉得这部小说里的爱情不是爱情，我想说的是，大概大部分男孩的第一次爱情是这样的，飞短流长的言情看多了，偶然看看真实的也不错吧。

谢谢大家，希望我的解释不是太复杂或者太简单。

南派三叔

2010-12-1

绝密飞行

图书在版编目（CIP）数据

深渊笔记. 完结篇 / 南派三叔著. –– 北京 : 北京
联合出版公司, 2022.1（2025.6重印）
ISBN 978-7-5596-5729-9

Ⅰ. ①深… Ⅱ. ①南… Ⅲ. ①长篇小说—中国—当代
Ⅳ. ①I247.5

中国版本图书馆CIP数据核字(2021)第229079号

深渊笔记. 完结篇

作　　者：南派三叔
出 品 人：赵红仕
责任编辑：徐　樟
封面设计：TOPIC DESIGN
内文排版：刘珍珍

北京联合出版公司出版
（北京市西城区德外大街83号楼9层　100088）
河北鹏润印刷有限公司印刷　新华书店经销
字数295千字　700毫米×980毫米　1/16　印张19.5
2022年1月第1版　2025年6月第13次印刷
ISBN 978-7-5596-5729-9
定价：49.80元